DONOVAN

ROI DES CONNARDS

De la même auteure dans la collection

Luv

Perfect Bad Boy

LENA K. SUMMERS

DONOVAN
ROI DES CONNARDS

Luv

« It feels like I've hit the ground
After we were so high…
Now I'm sitting here alone,
Just wondering why…
I hurt the girl, I know means everything to me.
I can't find the right words that will help her finally see… »

(« J'ai l'impression d'avoir heurté le sol
Après que nous sommes allés si haut…
Maintenant je suis assis ici seul,
En me demandant pourquoi…
Je blesse cette fille, alors qu'elle est tout pour moi.
Je ne peux pas trouver les bons mots qui pourraient
l'aider à finalement voir… »)

Conor Maynard, *« I Love You »*

Mon père, mon héros qui me prouve depuis plus de vingt ans que la maladie ne le définit pas.

1

Donovan

J'ai toujours été un roi.

Celui de ma mère, de ma naissance à sa mort. J'ai toujours été sa priorité et elle était ma reine. La plus belle femme que la terre ait portée. Jusqu'à mes 15 ans, nous étions le meilleur binôme qui soit. Elle m'a élevé seule et malgré ça, je n'ai manqué de rien, bien au contraire. Tous les jours elle me rappelait à quel point elle m'aimait. « Le roi de mon cœur », comme elle me surnommait.

Puis j'ai été le roi du lycée. Une période ingrate pour certains, mais pas si terrible que ça quand on est à la tête de son établissement et que toute une cour se plie en quatre pour réaliser tous tes désirs. Au décès de ma mère, j'ai atterri chez mon père. C'était un inconnu pour moi et je l'étais pour lui aussi. Éternel célibataire, il n'a pas bien vu mon arrivée dans sa vie. Il ne me l'a pas dit, mais je l'ai compris à son soupir de soulagement quand je lui ai dit qu'à l'adolescence, je n'avais plus besoin de chaperon à chaque heure du jour et de la nuit. Il m'a laissé faire mon deuil à ma manière, en devenant la superstar du lycée. À cette époque, je jouais dans toutes les équipes sportives possibles. Et j'excellais en tout. Un besoin d'évacuer une énergie et une rage que je ne savais pas verbaliser. Je crois d'ailleurs toujours détenir le record de participation au sein des équipes. Donovan McFlane est le roi en toutes circonstances.

J'ai été le roi de la fac aussi, plus pour mes talents sportifs, mais pour mon parcours scolaire. L'outsider que j'étais a bluffé tous ses profs. Il faut dire que quand ils ont vu mon dossier, ils ont grincé des dents et c'est la remarque d'un des membres du conseil qui m'a poussé à me dépasser.

– Il viendra grossir les rangs des sportifs qui nous permettront d'avoir les meilleures donations. Si jamais un sélectionneur le prend sous sa coupe, nous pourrons enfin rénover la bibliothèque.

Je n'étais pas censé entendre ces paroles, mais ce jour-là a marqué un vrai tournant. La rage qui bouillonnait en moi a trouvé une nouvelle façon de s'exprimer. Le jour même, je suis rentré chez mon père et j'ai acheté tous les bouquins nécessaires pour rattraper mon retard et faire fermer la bouche de tous ces bien-pensants. Et j'ai été brillant. Major de promo, référent pour les nouveaux étudiants et assistant de prof la dernière année. Donovan McFlane était un personnage incontournable.

Et aujourd'hui, sept ans plus tard, je suis toujours un roi…

– Oh, oui ! Donovan, ouiiiii…

La voix suraiguë de la nana sous moi me fait sourire. Je sais qu'elle est sur le point de basculer. Je m'active un peu plus, accentuant la pression de ma langue sur son clitoris, alors que ses cuisses se resserrent sur mon visage. D'un geste répété plus de mille fois, je les écarte avec mes épaules et laisse mes mains partir à la recherche de ses seins sous sa chemise rose.

– Mon Dieu…

– Appelle-moi mon roi, dis-je en me reculant de quelques centimètres.

– Tout ce que tu veux, mais ne t'arrête pas… Ahhh… Ouiiii…

Elle jouit sous ma langue et je souris en sachant ce qui va suivre. Je me relève et détache la ceinture de mon jean, enfile un préservatif et la pénètre sans attendre. Putain, ce que c'est bon ! Le sexe est vraiment la meilleure chose au monde. Je ne pense à rien d'autre qu'à mon plaisir puisque la demoiselle a déjà eu son compte quelques secondes avant. Chacun son tour, après tout. Je bouge, laissant mes sensations m'enivrer. Je ne suis pas doux et vu les gémissements de la nana, elle apprécie le sexe sauvage. J'entends un léger grincement et reporte mon regard sur la psyché de la chambre pour voir qui se permet de jouer les voyeurs. Mon sourire grandit quand je reconnais la nouvelle arrivée. Cela va pimenter les choses ! Le O parfait que forme sa bouche quand elle me reconnaît et que ses yeux se fixent aux miens à travers le miroir m'amène à la jouissance. Je pousse un râle de plaisir alors que je quitte les cuisses de ma partenaire et me lève pour retirer la capote que je jette dans la corbeille. Je reboutonne mon jean et observe les deux femmes.

– Donovan… commence la nouvelle. Mais, Donovan…

– Tu le connais ? la coupe la seconde.

– Oui, c'est le mec que j'ai rencontré hier et qui a passé la nuit avec moi !

– Merde ! s'écrie l'autre en planquant son visage dans ses mains. Emma, je ne savais pas. Je…

– Tu plaisantes, Ella ? crie la nouvelle. Je te retrouve dans mon lit avec mon mec et tu vas me faire croire que tu ne savais pas ?

Je les regarde et j'ai envie de rire. Elles sont ridicules.

– Emma, je ne ferais jamais ça !

– C'est pourtant ce que tu as fait !

– Écoute, je ne comprends pas. Quand je suis arrivée après le boulot aujourd'hui, j'ai trouvé Donovan devant l'immeuble. Il s'est approché de moi et m'a embrassée, en me disant qu'il avait envie de moi. Je l'avais déjà vu dans la rue quelques jours plus tôt alors j'ai cru qu'il me voulait vraiment moi, pas qu'il me prenait pour toi.

C'est le moment, celui où je dois l'ouvrir. Et je ne peux empêcher un sourire de naître sur mon visage.

– Oh, mais je savais exactement qui tu étais, expliqué-je en les regardant l'une et l'autre. J'ai toujours voulu baiser des jumelles. Et vous savez quoi, les filles ? Ce que l'on dit est vrai… Vous êtes interchangeables !

Je les vois assimiler mes propos pendant que j'enfile mon blouson.

– Quoi ? hurlent-elles en chœur. Tu as fait quoi ?

– Je vous ai baisées, et cela ne semblait pas vous contrarier pendant que vous criiez mon nom.

– Mais tu es un connard ! crie Emma.

– Non, tu es le roi des connards, renchérit Ella, rouge de colère. Dégage de chez nous !

Je ne me le fais pas dire deux fois et prends la porte, un sourire satisfait sur les lèvres.

Aujourd'hui, je suis bel et bien un roi. Le roi des connards.

2

Penny

Ma vie était toute tracée. Depuis des années, je savais exactement où j'allais et ce que je voulais obtenir. Et jusque-là, j'ai tout réussi. Je peux être fière de la femme que je suis.

– Penelope Douglas, il serait temps de sortir de tes songes, plaisante Lysia.

J'observe la boule d'énergie qui est mon second et souris comme à chaque fois que je pose mes yeux sur elle. Si je devais définir Lysia, je dirais qu'elle est la personnification d'une mousse au chocolat au praliné croquant. Tout en douceur, en formes appétissantes, dont on devient facilement accro une fois qu'on y a goûté et qui possède un caractère qui marque les esprits. Bref, elle est parfaite et c'est aussi ma meilleure amie.

– Soit tu penses à un prochain dessert et dans ce cas, je n'ai rien à dire, soit tu divagues encore et je dois m'inquiéter.

– Mais non, rassure-toi, tout va bien. Je te l'ai déjà expliqué, l'autre jour, j'ai fait une overdose de sucre. Tu savais que le sucre est la drogue la plus puissante du monde ?

– Ouais, je ne suis toujours pas convaincue. Malgré les quantités astronomiques que j'engloutis, je n'ai jamais déliré comme tu l'as fait.

C'est vrai que quand j'y repense, c'était flippant. Je ne me souviens pas de tout et si je n'avais pas visionné les enregistrements des caméras de surveillance, je n'aurais jamais cru ce que me racontait Lysia.

– Mais si, insisté-je pour changer de sujet, j'ai une constitution différente de la tienne, c'est tout. Bon, j'ai pensé à quelque chose.

– Boulot ?

– Toujours, dis-je en souriant quand je la vois lever les yeux au ciel. Une nouvelle recette de verrine à base de kiwi, sablé à la noisette, chantilly citron vert-kiwi et compote kiwi.

– Tu as rêvé de Hulk ou quoi ?

– Quoi ?

– Ça fait beaucoup de vert, tu ne trouves pas ?

J'éclate de rire en entendant sa réflexion, mais je dois bien avouer qu'elle n'a pas tort.

– Et si au lieu de ton sablé à la noisette, on faisait plutôt un crumble au chocolat ? Cela apporterait le contraste visuel et le chocolat noir ou le gianduja se marient parfaitement avec le kiwi et le citron !

– Mais oui, tu as raison, m'exclamé-je en tapant dans mes mains. Que ferais-je sans toi ?

– Tu passerais plus de temps dans ton labo et ce serait un drame !

– À ce point ?

– Oui, car je perdrais mon acolyte de soirée !

Je grimace en imaginant déjà dans quel plan elle va encore me fourrer. Lysia est une femme enfant qui n'a pas toujours les pieds sur terre. Amoureuse de la sensation d'être amoureuse, elle cumule les histoires éphémères avant de se rendre compte que son *crush* du moment n'est pas celui qu'elle espérait. Comme elle a déjà écumé tous les amis de ses connaissances, elle part en chasse dans les pubs londoniens et je dois l'accompagner alors que je ne rêve que d'une chose : rentrer dormir.

– Tu es certaine que…

– Aucune excuse n'est tolérée, assène-t-elle en posant ses mains sur les hanches. Ce soir, tu enfiles une tenue sexy et tu t'amuses comme la jeune femme de 28 ans que tu es.

– Oui, chef, répliqué-je, amusée, en inversant nos rôles. Je t'accompagne à la seule condition que nous ne rentrions pas trop tard, car demain est la plus grosse journée de la pâtisserie et nous devons être en forme !

– Mais oui ! Et au pire, on viendra directement de la soirée si celle-ci est vraiment démente !

– Quoi ? m'écrié-je.

– Je plaisante, ça va. Enfin, peut-être pas, ajoute-t-elle en me tirant la langue.

Ça promet !

***

Trois heures plus tard, je suis assise sur mon canapé, une lettre entre les mains. Je la relis pour la cinquantième fois depuis que j'ai découvert l'information qui va changer ma vie. Je crois être passée par tous les états possibles. J'ai crié, j'ai pleuré, j'ai refusé de comprendre les mots que j'ai lus, j'ai essayé de comprendre et j'ai lu de nouveau afin de prendre conscience de tout ce que cela allait changer dans ma vie. Tout va changer. Tout change déjà. J'ai l'impression que mon corps me lâche et de ne plus avoir toute ma faculté de compréhension.

Un bip me sort de ma torpeur et je découvre un message de Lysia.

[Dress code de la soirée :
sexy en cuir !]

Lysia, la soirée… J'avais oublié. Je m'apprête à décliner sa proposition quand un second SMS arrive.

[Je sais que tu n'as pas de cuir
chez toi, alors prépare-toi,
j'arrive avec une garde-robe
complète. Et rassure-toi,
ce n'est pas la mienne, mais celle
de Célia. Je suis chez toi dans
vingt minutes. Je veux voir
la Olivia Newton-John
qui est en toi !]

Je souris devant ses derniers mots. Nous sommes toutes les deux fans de *Grease*. J'ai longtemps espéré trouver un

Danny Zuko, et Lysia me compare souvent à Sandy Olsson, le personnage joué par Olivia Newton-John, pour mon côté trop sage et prévisible. Si jusqu'à présent la ressemblance avec la gentille fille de bonne famille ne me dérangeait pas, ce soir elle m'indispose. Pire que ça, elle me révulse. J'ai besoin de sortir de mon corps, de changer celle que je suis puisque je ne serai plus jamais la même. Et si le temps d'une soirée, je devenais la Sandy de la fin du film, celle qui change de look, de caractère, de vie ? Et si ce soir, c'était à mon tour de jouer mon final ?

Je me lève, prise d'une volonté nouvelle, place le courrier dans le tiroir de mon bureau, et me dirige vers la salle de bains.

Quand Lysia se présente à mon appartement, c'est la nouvelle Penny qui lui ouvre.

– Qui êtes-vous et qu'avez-vous fait de mon amie ? me demande-t-elle en m'observant sous toutes les coutures.

C'est vrai que le changement est assez flagrant. Moi qui porte d'ordinaire mes cheveux bruns attachés dans un chignon assez strict, je les ai laissés libres et ai accentué leur mouvement en faisant de larges boucles qui dévalent sur mes épaules. Je ne suis pas une grande adepte du maquillage, mais j'ai pourtant réalisé un *smokey eye* dont je suis très fière. Bon, j'avoue avoir regardé deux tutos avant de trouver la bonne technique, mais le résultat est plus que correct.

– Je crois n'avoir jamais remarqué à quel point tes yeux sont clairs. Avec ce maquillage, on te prendrait presque pour une personne surnaturelle !

– Je ne suis pas certaine que ce soit un compliment, dis-je, pleine de doute.

– Mais oui, patate, tu vas juste tous les envoûter, ce soir ! Ils ne verront que toi. Ça va te faire du bien de lâcher un peu la bride, d'être la *dark* Penny, celle qui ne pense pas et vit.

– Ce soir, je me lâche !

– Et j'ai la tenue parfaite pour toi. Vire-moi ce peignoir et enfile ça !

Je découvre le pantalon slim en cuir et le top bleu turquoise qu'elle me tend. C'est loin de mon style, c'est loin de la Penny que j'ai toujours voulu être. C'est parfait ! Je ne pouvais pas rêver mieux pour changer de peau et oublier tout ce qui m'arrive.

Ce soir, je ne suis pas moi.

3

Donovan

Le vendredi est le jour que je préfère. Il marque la fin de la semaine et tout le monde a envie de légèreté et de fête. Ce sont les conditions idéales pour trouver des jeunes femmes à la recherche de fun dans une vie souvent monotone, et de m'amuser un peu à mon tour.

– Alors Don, quoi de prévu pour ce soir ? me demande Will en se postant devant mon bureau.

Ce grand blond au style californien est loin de l'image que l'on a d'un trader londonien et, pourtant, il excelle dans son métier. Pas autant que moi, mais on peut dire de lui que c'est un bon. Avec ses cheveux en bataille légèrement trop longs et ses éternels jean et tee-shirt noir, il est mon opposé. Même si je porte les mêmes vêtements que lui dans mon quotidien, quand je viens au bureau, j'enfile une tenue plus conventionnelle. Costume, chemise, chaussures de ville. Bref, le parfait trader. Si Will se permet cette fantaisie, c'est qu'il est le neveu du grand patron de Satelys, l'entreprise de *trading* pour laquelle nous travaillons, et qu'en guise d'acte de rébellion envers sa famille, il exprime sa différence grâce à ses tenues.

– Oh, tu sais, comme tous les vendredis soir, je pars en chasse.

Nous partageons un sourire car je sais que Will est comme moi, à une exception près : lui cherche la femme de sa vie alors que moi, je veux juste m'envoyer en l'air.

– Tu as prévu d'aller où ?

– Pourquoi, tu as besoin de compagnie ? le taquiné-je.

– Non, enfin oui, ça pourrait être sympa, mais cette fois-ci, j'apprécierais que tu ne me piques pas ma nana.

Certains seraient mal à l'aise à l'évocation d'un souvenir tel que celui-ci, mais pas moi. Ce n'est pas de ma faute si la fille qu'il embrassait cinq minutes plus tôt s'est retrouvée à genoux dans les toilettes à me tailler une pipe d'enfer. En fait si, c'est moi qui l'ai entraînée là-dedans, mais elle aurait pu dire non.

– Dis-toi que je t'ai rendu service. Cette fille n'était pas sérieuse et t'aurait trompé à tout bout de champ.

– Ouais, enfin, j'aurais aimé partager plus que quelques baisers avec elle, marmonne-t-il.

– Rien ne t'empêchait de la reprendre après moi. Je n'ai pas fini la nuit avec elle.

– Ah, mais tu es un…

– Connard ? le devancé-je.

– Oui, répond-il en éclatant de rire.

– Je le sais. Bon, pour ce soir, on boit un verre au St Stephen's Tavern avant d'aller à l'Infernos ?

– Tu passes te changer ou tu restes en mode BCBG ?

– Rendez-vous au pub à vingt et une heures.

Il me fait un signe de la tête et sort de mon bureau.

Will, malgré sa part romantique, est ce qui se rapproche le plus de ce que l'on pourrait considérer comme un ami. Du moins, il est le seul mec que je n'ai pas envie d'envoyer chier à tout bout de champ. En plus il ne s'offusque pas – ou pas trop – quand je lui pique une conquête.

Je quitte mon bureau rapidement après sa visite et rentre chez moi. J'habite un appartement sur Clements Lane, à seulement quelques minutes du bureau. Pratique, car je ne perds pas un temps fou dans les transports en commun. Bon, le loyer est conséquent, mais je suis au cœur de la ville que j'adore. Loin de ce que j'ai connu avant, et c'est tout ce que je voulais quand je suis arrivé ici. Oublier tout ce qu'était ma vie et vivre l'inverse. Quand j'entre dans mon appartement, je l'observe d'un œil neutre. On ne peut pas dire qu'il est chaleureux, mais il me convient. Il est à mon image. Une table avec deux chaises, un canapé confortable, une cuisine fonctionnelle dans laquelle je ne mets que rarement les pieds, une salle d'eau qui ne contient que des produits masculins, et une chambre à la décoration quasi inexistante. Bref, c'est juste un lieu où je passe quelques heures par jour. Je ne le considère pas comme un foyer. Je n'en ai plus depuis longtemps. Et ça me va. Je n'ai pas à me plaindre de ma vie. J'ai un boulot qui me rapporte une tonne de fric, un logement dans un quartier de bon standing, et je baise qui je veux, comme je veux, quand je veux. J'ai une vie idéale.

Après une douche chaude, je m'habille tout en m'observant dans le miroir. Je sais que je plais et que j'ai un physique avantageux. Je viens de fêter mes 30 ans, même s'il est rare qu'on devine mon âge. Les cheveux châtains avec une coupe courte sur les côtés et quelques longueurs sur le dessus, les yeux gris-bleu qui changent légèrement de teinte en fonction de mes humeurs, une barbe de trois jours que je taille méticuleusement, les pommettes marquées, deux fossettes quand je souris... Je suis un aimant à nanas. Et je fais tout pour. Tout a été étudié chez moi, de ma coupe faite pour que les femmes puissent s'y accrocher à ma barbe qui marque leur peau quand je les embrasse, en passant par mon sourire charmeur qui les fait toutes tomber. J'enfile mon jean à même la peau, c'est beaucoup plus pratique pour ce que j'ai à faire ce soir, pas besoin d'ajouter une couche supplémentaire de vêtement alors que je rêve déjà de me retrouver nu. Un tee-shirt blanc qui met en valeur mon torse musclé, que j'accompagne de mon Perfecto, et me voilà prêt à partir en chasse.

J'arrive au bar avec quelques minutes d'avance, ce qui me permet de repérer les lieux. Il est situé au pied de la City, on y trouve principalement une clientèle issue du quartier des affaires, mais également quelques personnes qui veulent changer des bars classiques. Avec sa décoration typique des pubs anglais, sa boiserie sombre et ses tabourets en cuir vert, il nous plonge dans l'ambiance londonienne par excellence. Ici, les costards et les tailleurs se mélangent avec quelques robes de cocktail ou de soirée. D'ailleurs, je vois une magnifique rousse dans une robe verte qui lui fait un corps d'enfer. Ce que je remarque avant tout, c'est sa bouche… Elle semble conçue pour s'occuper de ma queue.

– Don ! m'apostrophe Will.

– Salut !

– Tu as déjà commandé ?

– Pas encore, j'arrive à peine.

Je jette un coup d'œil vers la rousse et la surprends en train de me regarder. C'est vraiment trop facile. J'incline la tête en signe de salutation et lui souris. Sa réaction est immédiate, elle rougit, mais soutient mon regard. Parfait, ce n'est pas une prude et d'ici quelques minutes, elle fera intimement connaissance avec moi.

– Deux pressions, commande Will au barman, alors qu'il prend place sur un tabouret à mes côtés. Tu as vu quelque chose d'intéressant ?

– La rousse, à huit heures, indiqué-je alors qu'il se tourne discrètement vers elle.

– Jolie ! Et au regard qu'elle te lance, elle semble très intéressée.

– Je sais, mais elle va attendre un petit peu.

– Tu as repéré quelqu'un d'autre ? me demande-t-il en observant les alentours.

– Pas pour le moment.

– Alors, pourquoi attendre ?

– Car ça va l'exciter un peu plus, susciter le désir et elle dira oui à tout ce que je veux.

– Tu es diabolique, réplique-t-il en riant.

Je ne lui réponds pas, mais ne peux empêcher un sourire de poindre. Du coin de l'œil, je remarque que la rousse m'observe, une paille dans la bouche, et qu'elle me lance des œillades plus que suggestives. Elle est chaude, que dis-je, brûlante ! Il est temps pour moi de lui offrir un peu de compagnie.

– J'y vais. À tout à l'heure.

– Je t'attends avant de partir ?

– Oui, je n'en ai pas pour longtemps.

Je me lève, bois le reste de ma bière, et prends la direction des sanitaires sans même jeter un coup d'œil à la rousse. Je sais qu'elle va me suivre. Et quand j'entends des talons dans le couloir, je sais que j'ai tout gagné. J'ouvre la porte des toilettes pour femmes et prends appui contre la vasque. D'un coup d'œil, je m'aperçois que les lieux sont déserts, ce qui est assez rare. La porte s'entrouvre et sans surprise, je découvre la rousse.

– Salut, dit-elle sans rougir.

– Salut.

– Tu m'attendais ?

J'acquiesce d'un signe de la tête, lui décoche mon sourire en coin, celui qui creuse mes fossettes et qui me permet toujours d'obtenir ce que je désire. Elle s'approche de moi, ne me quittant pas du regard, et quand elle passe sa langue sur ses lèvres, je comprends qu'elle sait parfaitement ce que je veux d'elle. Ses doigts s'accrochent à la ceinture de mon jean et je souris. J'aime quand les femmes sont libérées et qu'elles ne s'encombrent pas de fausse pudeur. Je passe ma main dans ses cheveux et la rapproche de moi. Si certains n'aiment pas embrasser leur coup d'un soir, moi j'adore ça. Ça me permet de savoir ce qui m'attend par la suite, car soyons honnêtes : embrasser est le premier préliminaire. Une personne qui embrasse mal garantit une baise moyenne, voire à peine passable. Et la seule chose que je peux dire, c'est que la rouquine promet d'être un super coup ! Notre baiser terminé, elle s'agenouille devant moi. En moins de temps qu'il n'en faut pour le dire, elle défait les boutons de mon jean et découvre ma peau nue.

– J'adore ça. Et si tu veux tout savoir, moi non plus je ne porte pas de sous-vêtements.

L'imaginer nue sous sa robe m'excite et me fait durcir instantanément, ce qui plaît à la rousse vu son ronronnement rauque. Et là, sans préambule, ses lèvres se posent sur mon sexe et me goûtent. C'est doux, c'est chaud, c'est humide… C'est bon. Je laisse la rouquine, dont je ne connais pas le nom, s'occuper de moi sans penser à rien d'autre. Je profite juste du plaisir qui inonde mon corps. Je pose mes mains sur sa chevelure pour ralentir ou accélérer ses mouvements et répondre au mieux à mon désir. Par moments, je pousse mes hanches en avant pour qu'elle me prenne au plus profond de sa gorge et je suis satisfait quand je l'entends gémir, entre plaisir et supplice. C'est égoïste, je le sais, mais c'est trop bon. Au moment où je m'apprête à laisser libre cours à mon envie, c'est-à-dire bouger frénétiquement mon bassin, le grincement de la porte se fait entendre. La rousse ne semble pas avoir entendu, car elle continue à me sucer avec passion. Savoir que nous avons une spectatrice m'excite encore plus. Je sens que je ne vais pas tenir longtemps, surtout lorsque je croise le regard de la nouvelle arrivée. Ses yeux turquoise semblent scintiller. La rougeur sur ses joues m'indique qu'elle aime ce qu'elle voit, alors d'un signe de la tête, je l'invite à nous rejoindre.

C'est là que son visage change, et s'il était possible de mourir mitraillé par un regard, je serais déjà sans vie, étendu sur le sol des sanitaires, le pantalon baissé et mon sexe dressé. Sa colère, son indignation la rendent belle. Vraiment belle. Une brune aux yeux bleus, qui pourrait être banale, mais c'est tout l'inverse. Elle a des proportions parfaites, des traits fins, délicats qui lui donnent une fragilité qu'elle est loin d'exprimer en cet instant. Mais malgré sa mâchoire serrée, ses yeux étrécis, je crois n'avoir jamais rencontré de créature pareille. J'empoigne la chevelure de la rousse et accentue mes coups de reins, mais ce n'est pas elle que je baise, c'est la brune. Son regard descend quelques secondes sur mon corps et c'est suffisant pour déclencher les prémices de ma jouissance. Ses yeux reviennent dans les miens et la dernière chose que je vois avant de m'abandonner, c'est son majeur tendu qu'elle m'adresse.

4

Penny

Je n'y crois pas ! Mais quel... Purée, mais comment peut-on agir de la sorte sans aucune gêne ? Et le pire dans tout ça, c'est que j'ai toujours envie de faire pipi ! Je reviens d'un pas rapide dans le bar et retrouve Lysia en compagnie d'un jeune homme blond qui a dû profiter de mon absence pour l'aborder.

– Ça va, ma poulette ? Tu es toute rouge !

– Oh, ce n'est rien... Juste des animaux sans éducation qui se sont trouvés sur mon passage.

– Laisse-moi te présenter Will, reprend-elle après m'avoir interrogée du regard pour savoir si tout va bien.

– Enchanté ! crie celui qui ressemble à un surfeur.

Je lui fais un signe de la main et lui souris puis je me penche vers mon amie.

– Ça te dirait de partir maintenant ? Je dois trouver des toilettes le plus rapidement possible.

– Mais tu n'en reviens pas ?

– Ils sont indisponibles, dis-je en grimaçant.

Lysia doit percevoir quelque chose de particulier dans mon regard, car elle se tourne vers son surfeur et lui chuchote quelque chose à l'oreille que je n'entends pas. Puis elle se lève et m'attrape la main pour nous sortir du bar. Nous retrouvons l'air frais de Londres et je prends une profonde inspiration.

– Bon, tu me racontes ce qu'il s'est passé ?

– De quoi tu parles ?

– Tu es blanche comme de la meringue italienne et tu crispes tes mains.

J'observe mes doigts et constate que Lysia a raison. Je les déplie en grimaçant, me rendant compte de l'état dans lequel je me trouve.

– Ce n'est pas grand-chose en réalité. J'ai surpris un couple en pleine action et le mec a…

Je prends une inspiration avant de poursuivre alors que Lysia ne me quitte pas du regard.

– Il m'a proposé de les rejoindre.

– Et ? me demande-t-elle avec un immense sourire.

– Je suis partie en lui faisant un doigt !

– Oh ! La gentille Penny fait de vilaines choses, se moque-t-elle gentiment. Mais je suis curieuse de savoir ce qui t'agace prodigieusement dans cette histoire. Ce n'est pas la première fois qu'on te propose un plan à trois après tout !

– Mais ça ne compte pas, répliqué-je en secouant la tête pour chasser le souvenir que Lysia vient d'inviter dans ma mémoire. Ce n'était qu'un e-mail d'un couple assez fou.

– Tu n'étais pas aussi remontée.

– Ce n'était pas concret. Là, si tu avais vu son regard, ce plaisir lubrique qu'il me transmettait, c'était…

– Je sais, me coupe-t-elle. Je sais pourquoi ça t'énerve autant ! Ça t'a excitée !

– Tu es folle, dis-je, indignée. Je suis agacée, car j'ai toujours envie de faire pipi et que par sa faute, je n'ai pas pu !

– Tut tut tut, dit-elle en agitant son doigt devant elle. Tu dis ça, mais je suis certaine que ce n'est pas l'unique raison. Mais avant de te faire avouer la vérité, trouvons des toilettes sinon notre nuit de folie se retrouvera détruite à cause d'une culotte mouillée, et pas pour la bonne raison.

À la grimace que je fais, elle éclate de rire avant de m'attirer dans la rue à la recherche de ce que je pourrais appeler mon paradis. Une fois soulagée, je pousse un long soupir quand nous retrouvons l'air frais de la ville en cette fin du mois d'octobre.

– Je suis désolée de t'avoir arrachée des bras de ton surfeur, dis-je à mon amie alors que nous marchons côte à côte.

– Oh, ne t'inquiète pas, je vais le revoir très rapidement.

À la lueur d'amusement qui s'allume dans son regard, je comprends que les plans de Lysia pour la soirée sont déjà bien établis.

– Je devrais peut-être rentrer et te laisser profiter.

– Ah, non ! Je t'interdis de faire marche arrière ! C'est notre soirée. Avec la folie de fin d'année qui arrive, tu ne sauras plus où donner de la tête et tu n'auras plus le temps de m'accompagner.

– Je ne suis pas la nana la plus amusante qui soit, dis-je en grimaçant quand je constate que je suis tout son inverse. Je suis d'un ennui mortel, même.

– Je ne dirais pas ça, me console mon amie en me prenant dans ses bras, mais c'est vrai que tu devrais de temps en temps laisser la folie t'emporter. Tu verrais comme c'est bon de lâcher prise.

Je vais pour protester quand elle m'arrête d'un geste de la main.

– Je sais, Penny, tu as une tonne de responsabilités et je t'assure que j'en ai conscience. Tu as bâti un empire et il ne tient debout que grâce à toi. Mais parfois, je me dis que tu vas finir par mourir d'une combustion spontanée tellement ton esprit s'échauffe. Il faut que tu t'autorises des moments de break ou tu mourras avant d'avoir atteint la quarantaine.

Elle ne le sait pas, mais sa phrase me chamboule plus qu'habituellement. Ce n'est pas la première fois qu'elle me dit de trouver le temps de décompresser, mais après ce que j'ai appris aujourd'hui, sa phrase prend un sens bien plus profond.

– Tu as raison ! décidé-je. Allons nous amuser, danser jusqu'au bout de la nuit et vivre pleinement nos 28 ans.

– Tu as oublié l'essentiel !

– Ah bon !

– Évidemment, une bonne soirée se termine toujours par une cuite !

Je lui souris, sachant pertinemment que je ne toucherai pas à une goutte d'alcool. Mon état ne me le permet pas et je suis quand même consciente que demain une longue journée de travail m'attend avec les préparatifs pour Halloween.

Nous arrivons à la discothèque peu de temps après. La musique est assourdissante, c'est bondé de monde mais étrangement, je me sens à l'aise. Perdue dans la foule, je suis presque une simple inconnue et j'avoue que je commence à me laisser emporter par l'ambiance. Quand Lysia m'entraîne sur la piste de danse, je m'abandonne au rythme. J'oublie tout ce qui n'est pas la musique, j'oublie qui je suis, ce qui m'attend aussi. Je vis l'instant présent comme s'il était le dernier. J'entends au loin les paroles de la chanson qui parlent de liberté retrouvée et je ferme les yeux. J'ai l'impression d'être seule sur la piste, ivre des sensations qui se diffusent dans mon corps. Je ressens chaque vibration, chaque basse qui résonne en moi et pour la première fois depuis bien trop longtemps, j'arrête de penser. Je vis. La chanson se termine et je me rends compte que j'avais perdu ce plaisir jusque-là. Me laisser emporter par ce que je ressens, perdre le contrôle. Depuis huit ans, ma vie est millimétrée, rythmée, carrée et qu'est-ce que cela m'a apporté ? Ne voulant pas laisser la bonne humeur m'échapper, j'ouvre les yeux brusquement et me retrouve prisonnière d'un regard bleu brûlant. Et quand j'aperçois une fossette apparaître sur son visage alors qu'il me sourit, je me rends compte de qui se trouve en face de moi : le connard du bar.

5

Donovan

J'ai déjà vu toutes sortes de spectacles. J'ai eu droit à des danses privées plus sexy les unes que les autres. Je me suis délecté de dizaines de strip-teases, de chorégraphies sensuelles, mais rien n'est comparable à ce qui se déroule sous mes yeux. Cette femme est… époustouflante. Ce n'est pas la plus belle que j'aie vue, certes, mais elle possède quelque chose qui m'attire. J'admire son corps qui ondule sous les néons de la boîte et ce jeu d'ombres et de lumières m'excite encore plus.

Ce n'est pas comme si je venais de jouir il y a moins d'une heure.

Et pourtant cette brune en cuir me fait un effet fou. C'est avec elle que je vais finir ma nuit ! Que le jeu commence !

Quand elle ouvre les yeux et que je comprends qui se tient devant moi, je souris. À croire que nous étions faits pour nous rencontrer ce soir. Il est temps que la jolie choquée du bar en prenne conscience. Elle m'a déjà vu à l'œuvre et même si elle a fui la première fois, je ne lâcherai pas l'affaire. Je la veux, sous moi de préférence, à hurler mon nom pendant son orgasme. Elle me tourne le dos et mon regard se pose immédiatement sur ses fesses. Finalement, elle sera mieux en levrette pour que je puisse me délecter encore de cette vue merveilleuse. Je la regarde rejoindre une table et mon sourire s'agrandit quand je remarque qu'elle est avec la nana que Will a voulu rejoindre.

Ça va vraiment être un jeu d'enfant.

Je rejoins le petit groupe quand une femme se met en travers de mon chemin.

– Mais c'est le célèbre Donovan ! dit-elle en se penchant à mon oreille.

– Et tu es ?

– Jessie.

– On se connaît ?

– Pas encore, mais j'ai entendu parler de tes… talents, m'explique-t-elle en me dévorant du regard. Je pensais que tu étais un mythe, mais te voilà devant moi.

Je la regarde, étonné. Je suis certain de ne l'avoir jamais vue, alors comment…

– C'est Lilas qui m'a parlé de toi. Et la photo qu'elle a prise n'est rien comparée à la réalité.

J'ai baisé une Lilas ? Merde, en même temps, je ne retiens pas leurs prénoms. Leurs visages parfois, par contre je n'oublie jamais un beau petit cul.

– Tiens, appelle-moi quand tu auras envie de… Enfin, tu sais.

Elle me fait un clin d'œil alors qu'elle glisse sa carte de visite dans ma main. Par habitude, je la place dans la poche arrière de mon jean et la regarde s'éloigner, un sourire aux lèvres. Quand je reprends la direction de la table, je tombe sur le regard de la jolie brune qui m'incendie.

Bon, ça va compliquer un peu mon plan initial, mais aucun défi ne me fait peur.

– Salut, dis-je en m'installant à côté d'elle.

– Les filles, laissez-moi vous présenter mon pote Donovan.

Will marque son territoire en plaçant un bras autour de celle qui l'accompagne et je saisis son message. Coup de chance pour lui, ce n'est pas elle qui m'intéresse.

– Salut, moi c'est Lysia et voici Penny.

La brune se tourne vers moi et m'adresse un regard hautain qui en temps normal m'aurait fait fuir. Mais je sais que derrière la froideur qu'elle m'offre, il y a le feu, celui-là même qui l'animait quand elle m'a découvert dans les toilettes du bar.

– Je crois que l'on se connaît, ajouté-je en me penchant vers elle pour qu'elle m'entende.

Son parfum me surprend. Elle sent le sucre. Habituellement, les femmes préfèrent les senteurs fleuries, mais elle, on dirait un bonbon.

– Je ne pense pas, me répond-elle froidement.

– Si, et tu le sais autant que moi. Je t'ai vue tout à l'heure et je sais que tu as aimé.

– Tu te donnes une importance que tu n'as pas.

– Tu parles, dis-je en riant, j'ai vu ton regard. Je suis certain que tu étais toute mouillée et qu'il n'aurait pas fallu longtemps pour que tu me rejoignes et te mettes à genoux à ton tour.

Le feu est de retour dans ses yeux, mais ce n'est pas la même lueur. Celle-ci est plus brutale.

– Espèce de connard, crie-t-elle en me vidant son cocktail sur la tête.

Elle me pousse et sous la surprise, je me déplace, lui permettant de se lever de la banquette. Elle récupère son sac et fait un signe de la main à son amie pendant que je tente de me nettoyer comme je le peux. Le coup du cocktail, je ne l'ai pas vu venir, mais je ne l'ai pas volé.

– Sacré Don, se gausse Will, il faut toujours que tu te fasses remarquer.

Lysia, elle, me fusille du regard. Je la comprends, je viens de faire fuir sa copine, et ce pour la deuxième fois de la soirée.

– Qu'est-ce que tu lui as dit ? crache-t-elle, furieuse.

– Que je pensais l'avoir déjà vue !

Elle me jauge pour savoir si je dis la vérité. Pas de chance pour elle, je sais mentir. J'ai appris à la meilleure école qui soit.

– Ça fait chier, pour une fois que Penny acceptait de sortir.

Je sais qu'elle parle plus pour elle que pour moi, mais je suis surpris d'entendre ça. Alors comme ça, miss brunette est du genre sainte-nitouche, à s'offusquer à la moindre allusion sexuelle et à se coucher tôt ? Le défi que je me suis lancé tout à l'heure prend un aspect inhabituel. J'aurais laissé tomber, mais cette fois-ci j'ai envie d'aller plus loin.

***

J'ai passé une nuit de merde.

Après l'épisode poisseux de la boîte, je suis parti accompagné de celle qui m'avait donné sa carte. J'aurais mieux fait de me casser une jambe, car c'était la partie de jambes en l'air la plus nulle que j'aie jamais vécue ! Elle n'arrêtait pas de parler, pensant m'exciter, mais ça a eu l'effet inverse. Il a fallu que je ferme les yeux et que j'imagine miss brunette pour terminer ce que j'avais commencé. J'ai détesté avoir recours à ce stratagème. Je suis parti comme un voleur dès que l'autre a eu le dos tourné. Je suis rentré chez moi, frustré et en colère, mais comme je n'avais rien sous la main pour me défouler, j'ai chaussé mes baskets et je suis allé courir. Je ne sais pas combien j'ai parcouru de kilomètres, mais mes poumons me brûlent. Je prends appui sur une barrière et commence à effectuer des étirements pour détendre au maximum mes muscles quand mon regard s'arrête sur la devanture d'une pâtisserie.

– J'avais besoin de ça ! C'est la distraction parfaite pour me remettre d'aplomb.

L'écriteau annonce que les lieux sont fermés, mais j'aperçois les lumières qui se diffusent à travers les fenêtres. Je n'hésite pas une seconde et frappe distinctement sur les carreaux, mais rien ne se passe. Je contourne alors le bâtiment et découvre l'arrière-cuisine dans laquelle miss brunette s'applique. Je n'hésite pas et actionne la poignée.

– Je ne savais pas que j'avais affaire à une star !

Penny sursaute au son de ma voix et fait tomber le plat qu'elle tenait à la main. Un liquide marron se répand sur le sol et un cri me transperce les oreilles.

– Aïeeeeeeee ! Putain, mais tu es un fléau ! Ce n'est pas possible ! hurle Penny en se dirigeant vers un évier.

– Tu t'es brûlée ? demandé-je en me rapprochant vivement d'elle.

– Reste où tu es !

– Je ne veux pas te faire du mal.

– Trop tard !

Je m'avance encore quand je la vois grimacer alors que l'eau atteint son bras.

– Ne bouge pas ! Tu n'as pas la tenue appropriée pour être dans mon laboratoire. Sors d'ici.

– Je ne te laisse pas comme ça, grogné-je tandis que je me rends compte qu'elle souffre.

– Ce n'est pas ma première brûlure. Je m'en sortirai. Maintenant, dégage.

Je regarde autour de moi et finis par découvrir ce que je cherche. Je récupère dans le carton le nécessaire et m'habille de surchaussures et d'une charlotte en papier. Il ne me manque plus qu'une blouse et j'aurai l'impression d'être dans une salle opératoire. Je m'approche de nouveau de Penny sans qu'elle s'aperçoive de ma présence, tellement elle est concentrée sur sa brûlure.

– Qu'est-ce que je peux faire ?

Elle se retourne rapidement, me faisant reculer d'un pas, et je pars en arrière sans pouvoir me rattraper. Je chute lourdement et sens une douleur sourde se répandre dans ma tête. Je tente de me relever, mais je pose ma main dans un liquide répandu au sol et chute de nouveau. Un rire se fait entendre et je découvre Penny pliée en deux devant ma pitoyable tentative pour me redresser. J'ai l'impression d'être Bambi sur ce putain de lac gelé ! Je suis ridicule, j'en ai conscience, et le rire de miss brunette ne fait qu'augmenter ma frustration.

– Ravi de t'amuser, dis-je, sarcastique, à une Penny encore hilare.

En une seconde, elle retrouve son sérieux et me foudroie du regard.

– Si tu m'avais écoutée et si tu étais parti comme je te l'ai demandé, tu n'en serais pas là.

– Je voulais t'aider !

– Alors je vais te donner une astuce : si tu veux m'aider, disparais de ma vue… pour toujours ! Je n'ai pas besoin de toi.

Pourquoi le fait de l'entendre aussi véhémente m'excite-t-il ? Les mains sur les hanches, sa blouse légèrement entrouverte qui laisse apparaître la dentelle de son sous-vêtement, ses lèvres pincées et le feu dans son regard… tout me plaît. Trop pour abandonner.

– Malheureusement pour toi, je n'écoute plus les conseils depuis longtemps. Alors, tu devras faire avec moi.

Je souris, fier de ma repartie, et savoure sa réaction. Bouche bée, je l'imagine dans une tout autre situation.

– Tu mériterais que je te chasse à coups de poêle !

– Tu te prends pour Raiponce ? demande une voix derrière moi que je reconnais rapidement. Qu'a-t-il fait pour que tu le mettes K.-O. ?

– Oh, il a fait ça tout seul après m'avoir fait la frayeur de ma vie et accessoirement fait renverser le caramel au beurre salé que je préparais pour le glaçage des tartelettes aux noix de pécan.

– QUOI ? hurle Lysia. Il a osé faire ça ? Elle est où la poêle ? C'est moi qui vais l'achever.

– Mais c'est quoi votre truc avec les poêles ? demandé-je en trouvant enfin une prise pour me redresser.

– Tu n'as jamais vu *Raiponce* ? me questionne Lysia, stupéfaite.

– Le dessin animé ? J'ai passé l'âge et vous aussi si vous voulez mon avis.

– Ah, mais c'est ça le truc, enchérit Penny. On n'en veut pas de ton avis. On ne veut pas de toi, tout court.

– Je ne sais pas ce que tu lui as fait, analyse Lysia en nous dévisageant, mais je ne l'ai jamais vue comme ça. Penny a raison sur un point, on n'a pas besoin de toi ici, d'autant plus que l'équipe de tournage arrive dans trente minutes et que nous devons refaire du caramel.

Je regarde le nappage répandu au sol et je grimace. On peut dire que j'ai fait fort, pour le coup.

– Et ton bras ? demandé-je en m'adressant à Penny. Comment ça va ?

– Je te l'ai dit, les brûlures sont fréquentes dans mon milieu. Je survivrai.

– Tu ne devrais pas consulter un médecin au moins ?

Elle lève les yeux au ciel à ma suggestion et secoue la tête.

– Est-ce que tu me foutrais la paix si je te disais que j'irai après mon tournage ?

– Oui… pour le moment.

Je me rapproche de la porte, décidé à les laisser travailler, mais m'arrête avant de sortir.

– Je risque d'avoir besoin de tes talents dans très peu de temps.

J'accompagne mes paroles d'un regard lourd de sens en la reluquant sans aucune gêne alors que Lysia retient difficilement un grognement.

– Dégage !

J'éclate de rire et passe le pas de la porte lorsque la voix de miss brunette me parvient.

– Mais quel connard !

Il est temps que je rentre chez moi et que je me prépare pour retrouver Shirley.

6

Penny

Il sait qui je suis. Si j'ai été soulagée qu'il ne me reconnaisse pas hier soir, ce matin je suis découverte.

– Penny, tu m'expliques ce que Donovan faisait là ?

– Si je le savais !

– Tu lui as dit que tu étais Les Douceurs de Penny hier soir ?

– Jamais de la vie !

Depuis deux ans, je jouis d'une petite notoriété, enfin surtout pour les amateurs de pâtisseries qui me suivent sur ma chaîne YouTube alors que je réalise des tutos de recettes à portée de tous. Depuis la même période, les sponsors qui financent cette activité ont décidé de donner une entité, un logo, une marque à ma pâtisserie. C'est ainsi que ce qui était autrefois Chez Penny est devenu Les Douceurs de Penny. La façade, les emballages, les courriers ont tous une représentation cartoon de ma personne. Ce personnage, c'est ma marque de fabrique. Je n'y voyais pas d'inconvénients jusqu'à présent. Donovan et son envie de ne pas lâcher l'affaire me font regretter de m'être exposée comme cela. Je sais qu'il est capable du pire, j'en ai eu la preuve hier soir et ce matin, et je pressens que les ennuis ne font que commencer avec lui.

– Mais alors comment est-il arrivé jusque-là ?

Je hausse les épaules avant de laisser échapper un profond soupir.

– Tu le connais ? Enfin, je veux dire, tu le connaissais avant hier soir ?

– Non.

– Alors que s'est-il passé pour que tu t'enfuies de la sorte et en lui renversant ton cocktail sur la tête ?

– Je n'ai pas apprécié la façon dont il m'a parlé, c'est tout.

Je ne sais pas pourquoi je ne lui raconte pas l'épisode du bar. Mais j'ai l'impression que si Lysia savait, elle ne me lâcherait pas avec ça.

– Bon, on élucidera le mystère Donovan plus tard. On n'est pas en avance. Ça va aller, ton bras ?

– Un peu de pommade et tout sera oublié.

– Parfait ! Je relance le caramel et je nettoie ce bazar avant qu'une autre personne se retrouve dans une position délicate.

Heureusement que Lysia est là. Avec elle, travailler n'est pas une contrainte, bien au contraire. Nous sommes vraiment complémentaires et elle est animée d'une énergie débordante. Elle est le binôme idéal. Je la retrouve le nez au-dessus de la casserole, humant les effluves du caramel.

– Tu es irrécupérable, dis-je en riant devant son attitude.

– Ce n'est pas de ma faute, je suis accro au sucre.

Et ce n'est pas une boutade. Je pense n'avoir jamais vu quelqu'un manger autant de sucre qu'elle. Elle aime tout, des bonbons chimiques au chocolat en passant par les sucres raffinés, naturels, pétillants.

– Va te changer, j'ai fini dans moins de cinq minutes, me précise-t-elle sans détourner le regard de la casserole.

Je m'exécute en me rendant dans les vestiaires. J'enfile ma tenue spéciale, mon tablier sur lequel une mini-Penny version cartoon sourit. Je plaque un sourire sur mon visage et retrouve mon amie dans le laboratoire.

– Si je ne te connaissais pas, je ne remarquerais rien, me surprend-elle. Mais pas de chance, je te pratique depuis tellement longtemps que je sais que quelque chose ne va pas.

– Ce n'est rien. Juste la saison la plus lourde de l'année qui arrive et l'impression que je ne vais pas sortir d'ici pendant les deux prochains mois.

– Je vois, me répond-elle après m'avoir observée. C'est vrai que l'on va être occupées, trop peut-être, mais si tu veux mon avis… Tu veux mon avis, n'est-ce pas ?

– Que je le veuille ou pas, tu me le donneras de toute façon, alors autant abréger.

– Je te propose un deal.

– Non.

– Mais tu n'as même pas entendu de quoi il retournait, s'offusque-t-elle.

– Je sais. Mais je connais ton goût pour les défis débiles.

– Laisse-moi au moins exposer mon idée et tu verras après !

– Balance.

– Donc je te disais, je te propose un deal. Pendant les deux mois qui arrivent, tant que l'on est ici, à la pâtisserie, on bosse comme des malades. Mais une fois nos horaires terminés, on profite de notre jeunesse. On sort, on s'amuse, on s'envoie en l'air, on rit.

– Tu as conscience que je vis pratiquement ici ? Les seules heures que je passe en dehors des locaux, c'est pour aller dormir.

– C'est là où mon idée devient géniale !

– J'ai peur.

– N'importe quoi, réplique-t-elle en me fusillant du regard. Tu vas tellement apprécier ma proposition que tu voudras ériger une statue en mon nom. Sache que j'accepte si elle est faite de chocolat et de caramel.

– Tu divagues !

– Même pas ! Alors, mon idée est que nous devons embaucher !

J'éclate de rire face à sa lubie.

– Je suis sérieuse. Nous allons avoir besoin d'aide. Nous ne pouvons pas gérer la confection et la vente pendant une période aussi intensive, tu le sais autant que moi.

– Je ne peux pas me permettre d'embaucher deux personnes. Cela ferait trop de frais.

– Sauf si, me contredit Lysia en levant le doigt devant mon visage, on propose un stage.

– Je ne laisserai pas mon bébé à des stagiaires. Ly, là tu pètes les plombs.

– Tu ne me laisses jamais parler ! s'indigne-t-elle en plantant ses poings sur les hanches. Je connais un pâtissier français qui rêve d'avoir de l'expérience à l'étranger. Il serait disponible pour venir nous prêter main-forte.

– Quoi ? Tu t'es déjà renseignée ? Je te rappelle qui est le boss ici ?

– Mais non ! Nous avons suivi le même cursus à Paris avant que j'atterrisse à Londres. Nous communiquons depuis de temps à autre. Il y a trois jours, il m'a envoyé un message pour me demander si j'avais connaissance d'offres d'emploi en Angleterre. C'est un travailleur sérieux, délicat, passionné.

– Mouais.

– Tu pourrais discuter avec lui pour t'en rendre compte par toi-même.

L'équipe de tournage arrive au même moment, mettant un terme à cet échange surréaliste.

Stan, le cameraman, installe son matériel alors que Christian, mon principal sponsor, contourne l'îlot central et dépose une mallette dessus.

– Regarde, me dit-il après nous avoir saluées, je t'apporte notre nouvelle gamme de douilles professionnelles. Nous avons créé des embouts complètement déments.

J'observe tout ce qu'il me propose et apprécie la qualité du matériel.

– Tu penses que l'on peut faire un concours pour en faire gagner un set ?

– C'est faisable. Et je pense que l'on gagnerait beaucoup de vues si tu invitais le vainqueur à faire de la pâtisserie avec toi pour une vidéo.

– Ça me va. Aujourd'hui je teste en direct les douilles et je lance le concours.

– Tu sais déjà ce que tu veux faire ?

– J'avais pensé faire des pâtisseries d'Halloween puisque c'est de saison. Donc je pourrais faire des meringues et des cupcakes, qu'en dis-tu ?

– C'est parfait, tu as de quoi faire !

Je jette un coup d'œil à Lysia et la vois déjà sortir les œufs et mettre le sucre à chauffer. Il n'y a pas à dire, ma meilleure amie est vraiment le meilleur binôme qui puisse exister.

Puis comme à chaque nouvelle séance d'enregistrement, tout va très vite. J'oublie la caméra au bout de quelques minutes pour me consacrer à ma passion, à ce qui me fait vibrer depuis des années. Rien ne compte plus que les préparations qui sont dans le four ou les meringues de toutes les couleurs que je réalise. J'apprécie la qualité du matériel et les formes nouvelles qui me permettent de créer un dessert unique.

– Comme vous le remarquez, nous avons grâce à ces accessoires un rendu exceptionnel ! Et devinez quoi ? Pour que vous vous en rendiez compte par vous-mêmes, je vous propose d'en gagner un lot complet, offert généreusement par notre partenaire Cookivore. Et puisqu'une surprise n'arrive jamais seule, vous viendrez récupérer votre gain ici même et participerez à un live en ma compagnie ! Ce n'est pas extra ça ? Pour participer, rien de plus simple, laissez-nous un commentaire sous la vidéo en nous indiquant de quelle manière vous aimeriez tester votre nouveau matériel. Le concours sera clôturé vendredi et je contacterai le gagnant dès le lendemain.

Le tournage se termine par une prise de vue sur les différentes pâtisseries que j'ai réalisées.

– Génial ! s'écrie Christian quand Stan annonce avoir tout dans la boîte. Je suis certain que tu vas exploser les compteurs.

Je lui souris en guise de réponse alors que je nettoie mon plan de travail.

– Je m'occuperai du tirage au sort, si ça ne te dérange pas, poursuit-il, surexcité.

– Je te fais confiance.

– Super, on se tient au courant alors ! Stan, on passe à l'étape du montage ?

– Oui, la vidéo sera en ligne dans moins de deux heures.

– Merci, les gars, ce n'est pas que je veux vous mettre à la porte…

– Mais tu as du boulot, terminent-ils à ma place d'une seule voix.

Je ne peux m'empêcher de rire en comprenant que je suis prévisible et que je leur répète la même chose à chaque fois. Je les salue et récupère les gâteaux que je place dans une boîte de transport.

– Lysia, appelé-je mon amie, je reviens dans cinq minutes, je vais déposer ça à Jo !

– OK, j'ai préparé du café et une soupe aussi.

Elle me rejoint et me remet un sac en papier. Je sors de la pâtisserie et parcours quelques mètres pour rejoindre Jo, SDF de son état que l'on aide comme on le peut.

– Salut beauté ! m'accueille-t-il.

– Bonjour Jo ! Comment ça va aujourd'hui ?

– Bien, le temps a été clément !

– Tiens, on a encore vu un peu large.

– Ne me prends pas pour un idiot, ma belle. Je sais que vous préparez cela pour moi et je vous en remercie. J'ai de la chance d'avoir des bonnes fées comme vous.

– Tu parles, on ne fait pas grand-chose. Et d'ailleurs, ma proposition tient toujours. Si tu veux dormir dans la salle de repos de la pâtisserie, c'est OK.

– Tu as le cœur sur la main, ma beauté, mais un vieux loup de mer comme moi a le cuir épais et peut vivre dehors sans craindre quoi que ce soit. Et puis je n'ai jamais aimé être enfermé.

Une ombre passe dans le regard de ce quinquagénaire que la vie n'a pas épargné. Je n'insiste pas plus, sachant très bien qu'il refusera mon aide. Il m'en a expliqué un jour la raison : il a été condamné à tort à quinze ans de prison et ce n'est qu'un an avant la fin de sa peine qu'une nouvelle preuve s'est ajoutée à son dossier et qu'il a été déclaré innocent. Mais quatorze ans d'enfermement ont eu raison de lui. Il ne veut plus se sentir prisonnier et vit donc sa propre liberté comme il l'entend. Je pense aussi que malheureusement la société l'a catalogué comme un criminel et que peu de personnes ont retenu l'essentiel : il est innocent de ce dont on l'accuse. Avec Lysia, nous ne pouvons pas faire comme si Jo n'existait pas. Quand j'ai ouvert la pâtisserie, il était déjà là et n'a pas hésité à nous prêter main-forte quand il a aperçu deux jeunes femmes soulever des cartons aussi lourds qu'elles. Depuis, nous lui apportons chaque jour de quoi manger ainsi que quelques accessoires pour lui offrir un minimum de confort.

– OK, mais promets-moi que si un jour tu en ressens le besoin, tu n'hésiteras pas à venir frapper à ma porte.

– Je t'en fais la promesse.

Je retourne à la boutique quelques instants plus tard et dès que je passe le pas de la porte, je remarque le regard inquiet de Lysia.

– Tout va bien ?

– À toi de me le dire. Le Dr Durand a téléphoné à deux reprises puisqu'il n'arrivait pas à te joindre sur ton portable. Il te demande de le rappeler de toute urgence.

La réalité nous rattrape toujours trop vite. Le bien-être que j'avais ressenti en étant ici vient de s'évaporer en moins d'une seconde.

7

Donovan

Il est rare que je ne bosse pas un samedi, la bourse n'étant jamais en repos, mais mon boss nous oblige à poser au moins un week-end par mois. D'après ce que je sais, c'est en rapport avec d'anciens employés surchargés de travail qui ont choisi le suicide comme porte de sortie. C'est horrible de ne pas arriver à trouver d'autres options dans sa vie, de se sentir si acculé que l'on préfère en finir. Quoi qu'il en soit, le boss nous ménage maintenant, enfin autant qu'il le peut. Et une fois par mois, je profite pleinement d'un week-end complet.

J'arrive chez Shirley à l'heure habituelle. Je la connais assez pour savoir qu'arriver à l'improviste n'est pas une bonne idée.

Une fois, mais pas deux !

Shirley est une « charmeuse professionnelle », comme elle aime le dire, et vu que ses clients lui sont fidèles, je suppose qu'elle est douée dans ce qu'elle fait. Je n'ai jamais envisagé cette femme sous cet angle. Un frisson désagréable me parcourt lorsque des images de nous deux imbriqués tentent de s'imposer.

– Beurk ! grogné-je avant d'arriver devant sa porte.

Ça me paraît presque incestueux alors que nous n'avons aucun lien de parenté, mais cette jeune quinquagénaire – même si elle criera sur tous les toits qu'elle a éternellement 29 ans – est ma nouvelle famille. Celle du cœur, celle que j'ai choisie quand l'autre a volé en éclats.

– Ah, te voilà ! m'accueille-t-elle avant même que j'aie pu taper à sa porte. J'ai cru que tu n'arriverais jamais !

Quand je la vois comme ça, tel le sosie de Bree Van de Kamp, je ne peux que lui sourire. Un tablier autour de la taille, les cheveux relevés dans un chignon strict, une trace de farine sur la joue, elle est à l'image des souvenirs tendres que j'ai de ma mère.

– Oh… Calme-toi, Bree !

– Ne m'appelle pas comme ça, sinon tu vas avoir droit à un coup de rouleau à pâtisserie sur la tête !

– Quel crime ce serait d'abîmer un aussi beau visage que le mien ! Tu es certaine de t'attirer les foudres de toute la population féminine du pays !

– Redescends de ton nuage, gamin ! Je suis certaine qu'il y a au moins deux personnes qui sauront te résister, et je suis la première. On peut dire que depuis le temps, je suis vaccinée contre tous tes charmes.

Je lui dépose un baiser sur la joue et la suis à l'intérieur. Je suis immédiatement accueilli par un chant qui me fait à la fois lever les yeux au ciel et sourire.

– Sérieusement, Shirley, ton addiction à Barbra Streisand est flippante.

– C'est une visionnaire ! Tu ne peux pas comprendre !

Comment est-ce qu'une vendeuse de charme peut sérieusement penser qu'une femme qui chante l'amour et la dévotion est une visionnaire ? Cela me dépasse et à mon grand désespoir, ce n'est pas la première fois que nous débattons à ce sujet.

– *« Je suis une femme amoureuse, et je ferais tout pour que tu entres dans mon monde et t'y garder »*, répété-je quelques secondes après la chanteuse. Vraiment ? Tu trouves ça visionnaire ?

– Ce n'est pas parce que je n'ai pas emprunté cette route que je trouve que l'amour est une ineptie, Don, et tu devrais revoir ton opinion à ce sujet.

– Dit celle qui m'a appris que dans la vie il n'existait qu'une seule langue universelle, qu'un seul moyen d'obtenir ce que l'on souhaite et qui fait de nous des rois et des reines.

C'est à son tour de lever les yeux au ciel et de secouer la tête.

– Il y a un temps pour tout, mon petit. À une période de ta vie, cela t'a sauvé, mais tu mérites mieux que la vie que je mène.

– Je vends pas mon cul, réponds-je pour alléger l'ambiance qui devient pesante. Quoique, si je le faisais, je serais sûrement l'homme le plus riche du monde, tellement je suis irrésistible.

– J'ai engendré un monstre, réplique-t-elle en souriant, pas dupe de mon stratagème. Bon maintenant si tu as fini de râler à tout bout de champ, on va pouvoir passer aux choses sérieuses.

– Tu me fais flipper ! À quelle sauce je vais me faire manger ?

– J'hésite entre coquille d'œuf ou orage d'été.

Nous entrons dans son espace de travail et je remarque qu'elle a déjà déplacé les meubles pour faciliter mon travail.

– Tu as fait des tests, à ce que je vois, dis-je quand je remarque deux traces de peinture beige et grise sur le même pan de mur.

– Oui, mais ça ne m'a pas beaucoup aidée, avoue-t-elle avec une grimace adorable. J'aimerais créer une ambiance zen, cocooning. La nuance coquille d'œuf apportera de la lumière, mais le ciel d'orage est plus moderne.

J'embrasse la pièce du regard pour l'analyser d'un œil nouveau. Les dimensions sont assez importantes, une grande fenêtre apporte de la luminosité, mais un film flou empêche les regards indiscrets. Dans un coin se situe une douche à l'italienne moderne, et habituellement au centre se trouve une table XXL de massage. Officiellement, Shirley est masseuse. La seule chose qu'elle ne précise pas, ce sont les types de finition qu'elle accorde à certains de ses clients.

– Pour être raccord avec la douche, tu devrais choisir le gris.

– Tu ne penses pas que ça va trop assombrir ?

– Tu as raison, sauf si tu n'appliques le gris que sur une partie du mur.

– Un soubassement ? demande-t-elle en me souriant.

– Oui, environ à un mètre vingt de hauteur et tu associerais le gris à un blanc lumineux. Avec les bons accessoires par la suite, tu auras le rendu que tu souhaites.

– Je savais que tu étais l'homme de la situation !

– Que veux-tu, je suis toujours l'homme de la situation !

– Tu es…

– Je sais, je sais. Bon, je me mets au boulot tout de suite. Pendant ce temps, retourne en cuisine, femme, et prépare-moi une fournée de cookies aux noix de pécan.

– Tu peux te la mettre derrière l'oreille, mon petit. Tu n'obtiendras rien de moi en agissant ainsi, tu le sais. Si ça marche sur les minettes écervelées, ton charme n'opère pas sur une roublarde comme moi.

Elle quitte la pièce après m'avoir mis une pichenette derrière la tête et je laisse échapper un rire. Shirley est unique et c'est vraiment la seule femme sur terre que je laisse indifférente.

Tu as l'air d'oublier la pâtissière sexy, me rappelle ma conscience. *Avec elle, c'est loin d'être du tout cuit.*

Un sourire presque diabolique prend vie sur mon visage. Je ne l'ai pas encore baisée, mais cela ne saurait tarder, parole de roi des connards. Si je n'y parviens pas, je veux bien céder mon trône et quand on sait comme j'aime la vie que je mène, je vais tout mettre en œuvre pour la faire craquer, et dans les plus brefs délais.

***

Le lundi matin, j'arrive au boulot, prêt à dominer le monde. Mais lorsque j'atteins mon étage, mon entrain est stoppé net par la note de service que je découvre épinglée sur la porte.

Rendez-vous à neuf heures quinze à la salle de réunion Émeraude. Présence obligatoire.

Je grimace en me rendant compte qu'il ne me reste plus que quelques minutes avant d'atteindre l'étage supérieur pour cette réunion improvisée. Juste le temps pour moi de rejoindre mon poste et de vérifier mes dossiers. Quelques minutes plus tard, j'arrive dans la salle de réunion et découvre que tous les employés ont été conviés. Will me fait un signe de la main et je viens m'installer à ses côtés.

– Tu sais ce qui nous attend ? chuchoté-je.

– Non, mon oncle n'a rien voulu me dire. Et je ne suis pas certain que son grognement quand il a découvert ma tenue voulait dire qu'il était prêt à ce que je sois son confident.

J'observe son look et ne peux m'empêcher de sourire quand je remarque l'inscription sur son tee-shirt.

– En même temps, afficher la phrase de Warren Buffett – « Règle numéro un : ne perdez jamais d'argent. Règle numéro deux : n'oubliez jamais la règle numéro un » –, c'est assez couillu.

– J'ai fait faire toute une collection en rapport avec la bourse, m'annonce-t-il, fier comme un paon. Mon oncle ne pourra plus dire que je n'ai pas la tenue appropriée.

– Tu pourrais juste porter un costard aussi, tu sais.

– Et ressembler à tout le monde ici ? Non, ce n'est pas pour moi.

Son sourire éclatant cache sûrement quelque chose de plus profond, mais avant que l'envie de l'asticoter me prenne, le big boss entre dans la salle, imposant un silence lourd.

– Bonjour à tous, commence-t-il après avoir regardé chaque personne présente. Je ne vais pas faire un long discours et je vais aller dans le vif du sujet. Notre société traverse une crise et elle n'est comparable à aucune autre.

Un hoquet de surprise se fait entendre dans la salle et chacun dévisage son voisin en essayant de savoir ce qu'il se passe. Ce n'est pas la première fois que nos concurrents tentent de nous nuire et comme on le dit, « le monde de la finance est un monde de requins », mais généralement nous prenons connaissance de l'attaque dès le début.

– Qui ? demandé-je après quelques minutes.

– Aucun de nos concurrents. Notre ennemi est l'un de nous… Ou plutôt était l'un de nous.

Je fronce les sourcils, ne comprenant pas ce qu'il sous-entend, et attends qu'il s'explique.

– Mary O'Connel nous accuse de harcèlement sexuel et de viol en réunion.

Quoi ? Qui ?

– C'est une secrétaire qui était chez nous en contrat à durée déterminée et qui avait postulé pour un CDI, m'apprend Will quand il comprend que je ne remets pas le nom. Tu sais, la blondinette qui mettait toujours des jupes courtes.

Oh, oui ! Ça y est, je me souviens d'elle ! Des jambes d'une longueur infinie et des fesses bien hautes.

– Putain, dis-moi que tu ne l'as pas baisée ? me demande mon ami en chuchotant.

– Non, cette nana sentait les problèmes à plein nez. Je l'ai compris la première fois où elle m'a parlé. Elle jouait de ses charmes avec tout le monde et n'hésitait pas à utiliser des connotations sexuelles à tout va.

– Ouf.

– Vous le savez, reprend big boss, notre politique d'entreprise est contre le rapprochement physique entre collaborateurs.

Toute la salle acquiesce d'un signe de la tête, donnant la réponse espérée à big boss, qui poursuit son discours.

– De même qu'il est formellement interdit d'avoir des relations sexuelles sur son lieu de travail ! dit-il en haussant le ton. Je n'aurais jamais pensé avoir à tenir ce discours à mes employés.

– A-t-elle des preuves ? demande le responsable du service des ressources humaines.

– Une enquête a été ouverte, vu la gravité de l'affaire. D'ailleurs, ne vous étonnez pas si vous êtes convoqués par la police, que vous soyez touchés de près ou de loin par l'affaire. Avant de vous recevoir de manière individuelle dans mon bureau, je voudrais clarifier une chose : cette affaire est grave et les conséquences seront lourdes pour les coupables, mais elle ne doit pas pour autant perturber plus que nécessaire le fonctionnement de notre entreprise. Je ne permettrai à personne de nous mettre à terre.

– Non mais il est sérieux, souffle Will, la mâchoire serrée. On parle d'une nana qui a été violée !

J'observe big boss et même si son visage est dur et

fermé, je remarque sa position ouverte, ses mains posées avec autorité sur le bureau.

– Il n'y croit pas.

– Quoi ?

– Ton oncle ne croit pas à cette accusation. Observe-le.

– Tu as raison, il est en colère, mais pas inquiet.

– Je vous demanderai encore cinq minutes, poursuit big boss. Nous allons accueillir Erin McCallan dans une heure dans nos locaux. C'est une conseillère en image que nous impose notre assurance. Soyez coopératifs, s'il vous plaît. Maintenant, au boulot !

Le bruit des chaises qui raclent le sol, un brouhaha choqué, et c'est le cours de la Bourse qui reprend. Chacun retourne à son poste en observant cependant ses collègues du coin de l'œil. J'imagine déjà les discussions pendant les pauses-café et les réputations que certains vont se taper à la suite de cet événement. J'espère juste que des innocents ne vont pas se retrouver épinglés et que les véritables coupables seront punis.

Je suis coupé dans mes pensées par un bip qui m'annonce l'arrivée d'un message dans notre messagerie interne.

Donovan McFlane. Vous êtes convoqué dans une heure dans mon bureau.

Aïe, je fais donc partie des personnes accusées. Et pourtant je n'ai jamais touché cette nana !

– Tu as été sifflé toi aussi ? me surprend Will en se présentant devant moi.

– Oui. Toi aussi ?

– Oui, et d'après la secrétaire de mon oncle, on est une dizaine.

– Ah, quand même !

– Tu es certain que tu ne risques rien ?

Je l'observe alors qu'il me dévisage.

– Si tu me demandes si je l'ai baisée, si elle m'a sucé, si je l'ai touchée, la réponse est non. Il me semble te l'avoir déjà dit tout à l'heure.

– Je sais, mais je préfère être sûr que tu ne risques rien, car avec la réputation que tu te traînes…

– Je t'emmerde ! Je n'ai pas de comptes à te rendre de toute façon.

– Je ne dis pas le contraire, mais regarde comme tu t'énerves alors que c'est un ami qui est face à toi.

– Pourquoi, tu vis bien le fait d'être considéré comme un violeur ?

– Bien sûr que non. Mais je sais que la vérité éclatera.

– Alors tout va bien pour nous deux ! Bon, j'ai du boulot qui m'attend avant ce putain de rendez-vous…

Le message est clair et Will le comprend, car en quelques secondes il quitte mon espace de travail et me laisse seul. Cependant, je dois reconnaître qu'il a raison, je me suis emporté comme un con. Après tout, je ne risque rien, alors pourquoi je m'énerve de la sorte ?

Car tu as conscience que tu es un connard avec les femmes ?

Je crois entendre la voix de Shirley et je grimace. Ouais… Le roi des connards même. Et pour une fois je n'en suis pas fier, surtout si cela me pose des problèmes.

8

Penny

– Alors Penny, que fait-on ?

J'observe le Dr Durand avec l'impression que toute mon énergie m'a quittée ou que je suis dans un monde parallèle. Pourtant, entre le moment où j'ai découvert les résultats de mes analyses et aujourd'hui, quelques jours sont passés. Quelques jours pendant lesquels j'ai fait l'autruche, quelques jours pendant lesquels j'ai menti à Lysia.

– Ai-je le choix ?

– Non et vous êtes bien placée pour le savoir.

– Combien de temps ?

– Avant quoi ?

– Que je finisse comme ma mère ?

Le médecin pousse un long soupir et pendant une seconde une émotion traverse son regard professionnel. De la peine. Et ça me bouffe. Mais tout aussi vite qu'elle est venue, elle disparaît.

– Je ne vais pas vous mentir, les antécédents de votre

mère nous font être plus vigilants que la normale.

– Quelle est la prochaine étape ? demandé-je, la voix tremblante.

– Nous devons pousser les examens afin d'établir de quel type de diabète vous êtes atteinte et trouver le traitement le plus approprié.

Diabète… Voilà le mot que je déteste le plus au monde. Cette maladie sournoise qui a emporté ma mère. Bien avant qu'elle ne disparaisse réellement. La femme pleine de vie que je connaissais s'est éteinte à force d'examens, de mauvaises nouvelles, de malaises… Jusqu'à ce que son cœur perde la bataille.

– Penny ?

– Oui, pardon.

– Donc, je vous disais qu'il faudrait que vous veniez passer quelques jours dans notre service pour que l'on puisse réellement savoir ce qu'il en est.

– Une hospitalisation ?

– Oui, entre cinq et dix jours.

– C'est impossible ! Je ne peux pas, j'ai mon entreprise et c'est la période la plus forte de l'année.

– Je ne vous le propose pas, reprend le docteur, je vous indique qu'il faut le faire. Il en va de votre santé, voire de votre vie. Il vaut mieux s'absenter quelques jours et revenir avec tout le nécessaire pour combattre votre maladie plutôt que d'ignorer les premières alertes et faire une hyperglycémie ou une hypoglycémie qui entraîneront un coma diabétique avec des séquelles lourdes pouvant aller jusqu'à la mort. Vous me comprenez ?

Je sais que le discours du médecin est dur, qu'il est fait pour choquer, pour que l'on prenne conscience des enjeux, mais je n'arrive pas à l'entendre. À la place, je ne pense qu'à ma pâtisserie, à l'organisation, à ce que mon absence engendrerait. Ça peut paraître fou, mais ma pâtisserie, c'est tout ce qui me reste de ma mère. C'est elle qui m'a donné le goût du métier, c'est avec elle que j'ai fait mes premières crêpes, mes premières madeleines. C'était notre moment de complicité à nous. Perdre Les Douceurs de Penny reviendrait à voir disparaître ma mère une nouvelle fois et ça, je le refuse.

– J'ai besoin de temps.

C'est un soupir contrarié qui me répond.

– Combien ?

Je repense aux paroles de Lysia, à son offre d'un nouveau pâtissier. Et j'ai un déclic.

– Je dois trouver un remplaçant, lui expliquer le fonctionnement de mon entreprise. Disons, trois semaines.

– D'accord, finit-il par dire après un long moment d'observation. Mais pour les jours à venir, il va falloir respecter de nombreuses règles et observer tous les signes que vous crie votre corps. Et avant de vous accorder ce délai, j'ai besoin que vous passiez un examen dans quelques jours.

– Je vous écoute.

– Nous allons passer le test en externe pour savoir quelle est la source de votre diabète. Pendant les semaines où vous serez à domicile, vous suivrez un protocole classique, celui que votre mère a connu. Et pendant votre hospitalisation, nous ajusterons le traitement. Mais je veux vraiment que vous compreniez la gravité de la situation.

– Je la comprends. Je vous l'assure.

Pendant plus de vingt minutes, le médecin m'explique l'importance pour moi de contrôler ma glycémie et d'annoter chaque information sur un carnet de suivi. Je devrai également surveiller mon alimentation et continuer de pratiquer un exercice physique. Je prends congé du Dr Durand avec la promesse de le contacter au moindre souci. Je passe par la pharmacie pour récupérer le matériel dont je vais avoir besoin et pense déjà à la manière dont je vais annoncer les choses à Lysia.

***

– Bon, et si tu me disais ce que tu as ? me questionne mon amie alors que je tourne et vire dans le laboratoire.

– Quoi ? Je n'ai rien, voyons.

Elle hausse un sourcil et me dévisage, l'air de dire : « Prends-moi pour une idiote ! » Et je la comprends. Je ne suis pas convaincue moi-même par ma voix trop haut perchée et ma nervosité que j'ai du mal à contenir.

– Tu refais une crise ?

Voir son air inquiet me donne la force qu'il me manquait.

– Non, mais il faut que je te parle de quelque chose. Tu te souviens de ton offre pour le nouveau pâtissier ? Ton pote français…

– Oui, bien sûr. Ewan est une perle.

– Et tu aimerais retravailler avec lui ?

– Qu'est-ce que tu essaies de me dire ?

– Je vais devoir m'absenter quelques jours. Je n'ai pas d'autres options que de partir pour une petite semaine ou deux, et je me dis qu'Ewan pourrait venir ici pour te seconder pendant ce laps de temps.

– C'est grave, c'est ça. Tu es... enceinte ? Non, c'est impossible vu l'abstinence que tu t'infliges depuis un certain temps. Tu es malade ?

Je souris malgré moi, appréciant les divagations de Lysia qui allègent la tension.

– Il semblerait que mon malaise soit un peu plus important que ce que j'avais pensé.

– Ce serait quoi ?

– Le médecin pencherait pour du diabète.

– Oh, non !

Elle porte ses mains à la bouche, consciente de ce que cela représente pour moi. Elle était là quand l'état de ma mère s'est dégradé et elle m'a accompagnée dans la peine qui a suivi.

– Mais comment est-ce possible ? Je pensais que le diabète de ta mère n'était pas héréditaire !

– C'est justement la question à laquelle le docteur va tenter de répondre. Je dois passer un examen sérologique dans quelques jours. Puis d'ici trois semaines maxi, je resterai à l'hôpital pour trouver la meilleure parade à tout ça. Mais je n'irai que si je suis certaine que la boutique n'en subira pas les conséquences.

– Tu peux compter sur moi. J'appelle Ewan tout de suite.

Je soupire de soulagement en voyant la réactivité de Lysia, mais grimace quand je sens le poids de son regard sur moi. Je ne veux pas que notre relation change, qu'elle prenne des pincettes avec moi. Il va falloir qu'on en parle rapidement sinon ça va être l'enfer. Je quitte le laboratoire quand j'entends les premiers mots en français et rejoins mon bureau. Je passe des commandes plus importantes que la normale pour éviter la rupture de stock pendant mon absence, je commence à noter les informations qui me semblent utiles quand je reçois un appel de Christian.

– Penny !

– Salut Christian ! Tu vas bien ?

– Oui ! Toujours. Nous avons notre gagnant !

Il me faut un moment avant de comprendre de quoi il me parle.

– Ah, le concours. À ce sujet, soit nous organisons la remise du lot et l'enregistrement dans les dix jours à venir, soit il faudra planifier cela pour le mois prochain.

– Le plus tôt sera le mieux, cela permettra de créer un trafic plus important sur ta chaîne.

– D'accord.

– Je planifie la rencontre et te communique la date.

– Très bien. Merci, Christian.

Il raccroche après m'avoir saluée et je me rends compte que je n'ai même pas pensé à demander le nom du gagnant. Mais ma curiosité s'efface à l'arrivée de Lysia.

– Ewan est OK et pourra être ici dans deux jours, le temps de boucler ses valises et de trouver un billet.

– Waouh ! C'est un rapide ! Tant mieux, plus tôt il sera sur place et plus tôt on pourra le former.

Ma meilleure amie hoche la tête, mais je perçois son malaise alors qu'elle fait tout pour paraître normale.

– Ly, s'il te plaît, arrête ça.

– Quoi ? me demande-t-elle en affrontant mon regard.

– N'aie pas pitié de moi, s'il te plaît.

– Mais ce n'est pas ça, patate ! Ce n'est pas de la pitié, mais de l'inquiétude.

– Ne t'en fais pas pour moi.

– C'est impossible et tu sais pourquoi ?

Je secoue la tête, refusant de laisser entendre le trouble qui m'envahit quand je remarque l'intensité qui brille dans ses yeux.

– Car je tiens à toi. Tu es la sœur que je n'ai pas eue et que j'aurais adoré avoir, tu es ma meilleure amie et je m'inquiète pour toi.

– Je ne veux pas que les choses changent… finis-je par chuchoter.

Lysia ne me laisse pas le temps d'assimiler tout ce que représente mon aveu et me prend dans ses bras pour un câlin dont elle seule a le secret.

– Si les choses changent, on s'adaptera, Penny. On l'a déjà fait et on recommencera.

Son soutien m'arrache une larme que je laisse rouler en silence. Je crois qu'en cet instant Lysia est la représentation même de la force qui me fait défaut.

9

Donovan

Assis dans le bureau du big boss, j'attends qu'il s'exprime, mais il ne dit rien. À la place, il me dévisage d'un air grave. Ce n'est que lorsque sa secrétaire lui annonce l'arrivée de la conseillère en image qu'il se racle la gorge.

– Je suis certain que tu es clean.

– Je le suis.

– Mais ton comportement n'est pas exemplaire pour autant et je pense aussi que tu es celui qui risque de nous faire le plus de tort.

Je n'ai pas le temps de répondre que la porte s'ouvre et qu'une rousse aux courbes voluptueuses entre dans le bureau. Je grimace quand je me rends compte que ce n'est pas une parfaite inconnue.

– Donovan McFlane, me salue-t-elle sans pour autant laisser paraître la moindre surprise. Je suis Erin McCallan.

– Enchanté.

– J'imagine que vous avez déjà compris quel va être mon rôle.

– Pas vraiment.

Elle échange un regard lourd de sens avec big boss et m'observe un moment.

– Votre réputation est loin d'être… idéale. Surtout pour l'affaire qui secoue la société. Mon rôle est de permettre de redorer le blason des employés de cette entreprise.

– Je n'ai rien à me reprocher, dis-je d'un ton ferme. Ce sont des mensonges !

– Votre patron en est persuadé et les enregistrements des vidéos de surveillance de la société nous prouvent qu'il a raison. Cependant, Mary O'Connel peut se servir de votre réputation pour anéantir l'image de la société et semer le doute chez vos clients.

– Comme je l'ai dit, je n'ai rien à me reprocher, et je n'ai jamais forcé une femme à avoir des relations sexuelles avec moi.

– Vous m'en voyez ravie ! Mais cela n'empêche pas pour autant les rumeurs, fondées ou infondées, qui courent sur vos mœurs légères.

Non, mais je rêve ! Est-ce que la nana qui s'est agenouillée sans même savoir qui j'étais et qui m'a sucé comme si sa vie en dépendait sous-entend que moi, j'ai des mœurs légères ?

– Et les femmes qui me rencontrent ne s'en plaignent pas !

– Tant mieux pour vous, mais vous ne comprenez pas. Mon rôle n'est pas de flatter votre ego, mais plutôt de faire en sorte que votre vie privée ne porte pas préjudice à votre entreprise.

J'affronte son regard avant de reporter mon attention sur big boss.

– Je suis un employé consciencieux, qui mène à bien ses missions et qui rapporte des millions à cette entreprise.

– Je le sais, Donovan, et c'est pour cette raison que l'aide d'Erin est la bienvenue. Je ne souhaite pas me séparer de vous !

– Mais putain, ce que je fais de ma vie privée ne regarde personne, m'énervé-je en me relevant. Je pourrais même être un adepte du masochisme que ça ne vous regarderait pas !

– Et ça ne me regarde pas, me calme big boss. Je ne veux simplement pas donner à Mary O'Connel des munitions pour nous atteindre.

La vibration de sa voix résonne en moi et m'indique la sincérité qu'il essaie de me transmettre.

– Qu'est-ce que vous attendez de moi ? finis-je par demander.

– Que vous meniez une vie plus… calme. Au moins le temps de l'enquête. L'idéal serait que vous trouviez une jeune femme de bonne réputation qui permettrait de contrebalancer ce qui se dit de vous.

– Et pourrais-je savoir ce que l'on dit de moi ?

– Que vous êtes un connard et que vous avez des relations Kleenex avec les femmes que vous rencontrez.

– Je ne promets jamais rien et les femmes que je rencontre savent à quoi s'attendre.

– En temps normal, cela ne me pose aucun problème, nous coupe big boss dans cet étrange échange, mais vu la plainte qui pèse sur nous et les soi-disant mœurs sexuelles qui pollueraient notre travail, il est préférable de changer les choses.

– Je suis certaine que vous connaissez quelqu'un dans votre entourage qui se fera un plaisir de vous présenter comme l'homme idéal.

La remarque d'Erin et son sourire en coin ne me plaisent pas du tout.

– Et si je n'en connais pas, je suis certain que vous vous proposerez.

– S'il le faut.

Ça ne me plaît vraiment pas. J'ai l'impression d'être piégé et que les intentions d'Erin vont plus loin que cette satanée image publique.

– Non, merci. Je ferai sans vous. Maintenant, si vous le permettez…

Je me relève sans finir ma phrase, reboutonne ma veste et me tourne vers big boss.

– Donovan, je compte sur vous. Maintenant que le message est passé, reprend-il après que j'ai acquiescé, la mâchoire serrée, il est temps de retrouver les cours de la Bourse.

Je quitte le bureau en les saluant d'un geste de la main et me retrouve dans l'ascenseur pour rejoindre mon étage. Au moment où les portes se referment, une main manucurée de rouge interrompt le mécanisme, me faisant relever la tête. Erin entre dans l'habitacle, un sourire confiant sur ses lèvres.

Putain, mais qu'est-ce que je lui ai trouvé déjà ? On dirait une vipère prête à attaquer… Et je suis sa cible, c'est évident.

– Tu devrais réfléchir à toutes les options qui s'offrent à toi, dit-elle en rompant le silence une fois que nous sommes seuls. Vu le moment que nous avons partagé, nous savons tous les deux que l'on prendrait du bon temps… Et tu me dois un orgasme.

– Je ne te dois rien du tout.

– Tu oublies que je t'ai sucé et que tu t'es barré, me laissant excitée comme jamais.

– Nous n'avons échangé aucun mot, je ne voulais même pas savoir comment tu t'appelais… Et les choses n'ont pas changé. Tu ne m'intéresses pas. Et je ne te dois rien.

– Tu es vraiment un sacré…

– Connard. Oui, je sais. La prochaine fois, avant de t'agenouiller devant un mec, pense à lui demander ce qu'il attend de toi. Tu as juste été présente au bon moment. Toi ou une autre, c'était la même chose.

Les portes s'ouvrent sur la fin de ma phrase et la moue choquée d'Erin me laisse de glace.

– Tu ne l'emporteras pas au paradis, Donovan. Tu viendras ramper à mes pieds d'ici samedi. Je t'en fais la promesse !

Je laisse échapper un rire devant ce qui semble être des menaces.

– Ne peut pas jouer avec moi qui veut… Il faut être une reine… La reine des garces plus précisément, mais toi, tu n'es qu'une bouffonne.

Je lui tourne le dos et retrouve le confort de mon bureau. Bon, OK, j'ai joué au mec détaché, sûr de lui, mais le résultat n'est quand même pas glorieux. Je ne connais personne qui saurait jouer le rôle de la parfaite petite amie et la raison en est simple, la seule femme que je fréquente est Shirley ! Et quand on parle du loup…

– Allô, dis-je en décrochant mon téléphone quand je reconnais sa photo.

– Salut Don ! J'ai besoin de toi !

– Waouh… Ça doit être du lourd si tu ne me demandes même pas comment je vais, plaisanté-je.

– Désolée, mon petit, mais je suis en double appel. Peux-tu te rendre disponible pour moi dans deux jours, pour une heure au grand max ?

– Oui, cela devrait être faisable… Tu m'expliques ?

– J'ai gagné un concours et je dois récupérer mon gain, mais je suis bookée toute la journée. Et il semblerait qu'ils n'ont que ce jour-là de disponible.

– OK et où est-ce que je dois me rendre ? demandé-je, méfiant.

– À la pâtisserie Les Douceurs de Penny. Ce n'est pas très loin de chez toi.

– Je sais parfaitement où c'est, dis-je avec un sourire dans la voix. C'est bon, tu peux compter sur moi.

– Merci, Don, je te laisse et confirme ta présence. Je t'envoie un message pour t'informer de l'heure du rendez-vous.

Je raccroche et me rends compte que mon sourire ne m'a pas quitté… La chance semble être de mon côté.

Penny, tu ne le sais pas encore, mais tu vas me rendre un immense service !

10

Penny

Depuis deux jours, je n'ai pas une minute à moi. Entre l'organisation de la pâtisserie, les commandes à honorer et l'arrivée imminente d'Ewan, je ne sais plus où donner de la tête. Sans compter la prise de vue prévue cet après-midi. J'ai bien essayé de reporter l'enregistrement, mais Christian a refusé puisque c'est aujourd'hui que je dois remettre le lot du concours à la gagnante, une certaine Shirley. Bref, tout ça pour dire que la journée qui arrive s'annonce plus que chargée. Heureusement que je peux compter sur Lysia qui comme toujours assure quand j'ai un coup de mou. Et ce matin, elle est d'une efficacité sans pareille.

– C'est l'arrivée d'Ewan qui te met dans tous tes états ?

– Quoi ? s'écrie-t-elle en s'immobilisant alors qu'elle tient une coque en chocolat entre ses doigts.

– Aurais-tu oublié de me dire quelque chose concernant les liens que tu entretiens avec le Frenchie ?

– Tu te trompes Penny, lourdement. Si tu veux tout

savoir, j'ai en effet essayé de le séduire, mais je ne suis pas le genre de personne qui l'intéresse.

– Encore un qui ne sait pas apprécier à sa juste valeur la perle que tu es.

– Oh, mais si, il le sait. C'est juste qu'il me manque une chose que je ne saurai jamais lui offrir.

– Ah ? Et quoi ?

– Une bite ! Ewan est gay.

Je reste bouche bée devant sa réponse cash.

– Rassure-moi, tu sais ce que c'est, hein ? me chambre ma meilleure amie. Cela fait tellement longtemps que tu n'en as pas vu une que tu es peut-être redevenue vierge et ignorante.

– Non, mais où vas-tu chercher tout ça ! dis-je dans un éclat de rire.

– Ben quoi ? C'est vrai… Je suis certaine que tu ne saurais même pas en dessiner une tellement tes souvenirs sont lointains. Mais entre Ewan et moi, tu vas avoir deux professeurs talentueux. Il est aussi actif que moi.

– Tu veux dire que je laisse mon bébé entre les mains de deux obsédés ?

– Non ! À deux personnes qui savent ce qui est bon dans la vie et qui profitent de toutes les douceurs qu'elle offre.

– Alors que moi…

– Tu as besoin d'un coup de quéquette ! termine ma meilleure amie alors que le carillon de la boutique résonne.

Je me retourne et me retrouve face à un homme à la beauté saisissante. Et son sourire en coin ne laisse aucun doute : il a entendu notre conversation. Je rougis instantanément alors que Lysia pousse un petit cri et se précipite vers lui.

Je crois que je viens de faire la connaissance d'Ewan.

– Pourquoi ne suis-je pas surpris d'entendre ces mots dans ta bouche ? dit-il dans un anglais teinté d'accent français.

– Généralement tu les préfères dans ta bouche... les quéquettes, s'amuse Lysia en l'embrassant sur la joue.

Je tape mon front du plat de ma main devant l'attitude de celle à qui je vais confier les rênes de ma boutique.

– Je te présente Penny, la propriétaire de la pâtisserie.

– Enchantée, Ewan, le salué-je en lui tendant ma main. Je suis ravie de t'accueillir même si les conditions sont particulières.

– Lysia est restée évasive sur ce qui te pousse à t'absenter, mais je suis persuadé qu'elle se fera un plaisir de te faire un débriefing quotidien de ce qu'il se passe ici.

– J'y compte bien, réagit ma meilleure amie.

– Et il ne faudra en croire que la moitié, ajoute Ewan en me faisant un clin d'œil.

Je comprends mieux pourquoi Lysia m'a conseillé Ewan : ils se complètent parfaitement et il n'y aura pas de prises de tête entre eux.

– Et si pour fêter ton arrivée tu passais en cuisine et nous préparais ta spécialité ? proposé-je.

– Ça me va !

– Au cas où tu ne l'aurais pas compris, elle va te tester, renchérit Lysia, un sourire aux lèvres.

– J'avais saisi, Ly ! Mais merci de vouloir ajouter un stress supplémentaire à cette situation.

– C'est dans ces conditions que tu donnes le meilleur de toi-même ! Allez, suis-moi !

J'observe mon bras droit accompagner celui qui va l'épauler pendant mon absence et je souris quand ce dernier lui met une petite pichenette sur son crâne couvert de la charlotte réglementaire. La tension qui m'habitait depuis plusieurs jours se disperse un peu et après une profonde inspiration, je rejoins le duo dans les cuisines. J'observe Ewan travailler, il a des gestes sûrs, une technique irréprochable et malgré ce professionnalisme sans défaut, il entretient une conversation avec Lysia et rit à une réflexion que je ne comprends pas, car prononcée en français. Trente minutes plus tard, Ewan dresse son dessert et me le présente.

– Moelleux au chocolat, cœur coulant au caramel beurre salé et sa chantilly à la fève de tonka.

Je m'attarde sur le visuel et reconnais le talent du pâtissier qui me fait face. Il sait mettre en valeur les produits.

– Pourquoi un dessert si simple ? demandé-je sans laisser paraître le moindre état d'âme.

– Je dis toujours que réussir à la perfection ce qui est simple est l'exercice le plus difficile qui soit. J'aime mettre les produits en valeur, j'aime les mettre au premier plan, sans artifice. Je ne me cache pas derrière des alliances gustatives alambiquées.

– Tu as le poste, dis-je après avoir échangé un regard avec ma meilleure amie.

– Tu ne goûtes pas ? s'étonne Ewan.

– Pas la peine, je sais que c'est bon ! Et j'en connais une qui va n'en faire qu'une bouchée. Bienvenue à bord.

Au même moment, mon téléphone émet une sonnerie et je quitte le laboratoire quand Lysia plonge une cuillère dans le dessert qui me fait de l'œil, mais qui m'est interdit.

– Allô ?

– Salut Penny, je t'appelais juste pour te rappeler notre rendez-vous de cet après-midi.

– Je n'ai pas oublié, Christian, tout est prévu.

– Parfait. Je vous rejoindrai sûrement pendant l'enregistrement puisque j'ai un rendez-vous qui vient de s'ajouter à l'autre bout de la ville. Ne m'attendez pas. Stan aura le lot de la gagnante. Je compte sur vous pour faire du bon boulot.

– Comme toujours.

Je raccroche en secouant la tête. Parfois, Christian me considère comme une enfant, mais oublie qu'il n'a que quelques années de plus que moi. Je regarde ma montre, il me reste encore quatre heures avant que la séance d'enregistrement commence. Quatre heures pendant lesquelles je dois enseigner à Ewan nos routines, nos recettes, nos habitudes.

***

J'ai à peine eu le temps de m'installer à table que déjà Stan se présente.

– Penny, tu devrais prendre quelques minutes pour faire un véritable repas, me conseille ma meilleure amie quand elle remarque le contenu de mon assiette.

– Je n'ai pas le temps.

– Tu sais pourtant qu'il est essentiel que tu aies…

– Je sais, Ly. Je sais. Je me rattraperai une fois que Stan et la gagnante seront partis.

– OK, mais fais-moi plaisir, au moindre doute, au moindre symptôme, tu t'arrêtes !

– Eh ! ça va, je ne suis pas à l'article de la mort, m'agacé-je en voyant les précautions qu'elle prend avec moi. Je pensais t'avoir déjà dit que je ne voulais pas que les choses changent !

– Mais je suis bien obligée de te surveiller puisque tu ne le fais pas toi-même, s'énerve-t-elle avant de tourner les talons et de s'enfuir en boutique. Je vais dire à Stan que tu es disponible.

Je souffle d'exaspération. Je suis injuste avec elle alors qu'elle fait tout pour m'aider, mais sa prévenance me rappelle que rien ne sera plus jamais comme avant et je déteste ça. Je jette un regard sur mon assiette où une salade de pâtes m'attend, la récupère et la place dans le réfrigérateur.

– Plus tard, je m'en occuperai plus tard et cela ne créera aucun problème.

– On ne t'a jamais dit qu'il ne fallait pas reporter à plus tard ce qui pouvait être fait dans l'immédiat ?

Mes yeux s'écarquillent quand je reconnais le son de cette voix.

– Toi ! Mais qu'est-ce que tu fous ici ? grogné-je.

– Eh bien, on peut dire que tu as le sens de l'accueil ! plaisante Donovan, ce qui me fait grincer des dents.

Comme à chaque fois que je l'ai rencontré, ce mec dégage une certaine nonchalance, comme si sa présence dans mon univers était quelque chose de parfaitement normal. Alors que non ! Il n'y a pas sa place et il est temps qu'il l'entende.

– Tu ne m'en voudras pas, mais je travaille et j'ai quelque chose d'important à faire… Donc tu vas prendre ton sourire arrogant sous le coude et te casser !

– Je savais que tu ne pourrais pas résister à mon charme légendaire.

Non mais ce mec est complètement taré.

– D.É.G.A.G.E., épelé-je en haussant la voix. Est-ce que c'est assez clair pour toi ? Ou faut-il que je fasse appel à quelqu'un pour t'aider à sortir ?

Au même instant, Stan et Ewan entrent dans la partie du laboratoire réservée aux tutos que je réalise.

– Tout va bien ? me demande mon nouveau pâtissier en jetant un coup d'œil à Donovan.

– Oui, ce… monsieur allait partir, réponds-je avec un immense sourire à l'attention de l'intrus.

– En fait, intervient Stan, il va rester.

– Quoi ? dis-je en me retournant vivement vers lui.

– Il représente la gagnante et vient récupérer le lot.

Je fais de nouveau face à Donovan qui me toise d'un sourire arrogant que j'ai envie de lui faire perdre. Putain, ce mec est un véritable poison !

– Très bien, alors remets-lui ses douilles et qu'il se casse !

– Ah, non ! s'exclame le connard. J'y suis et j'y reste. Et si mes informations sont bonnes, je dois récupérer un cadeau, mais aussi participer à un enregistrement.

– Il ne m'épargnera vraiment rien, grogné-je pour moi-même. Je vais téléphoner à Christian !

– Je viens de lui parler, m'informe Stan. Je voulais voir avec lui à la suite du changement du plan initial. Il veut qu'on tourne malgré tout. La seule condition, c'est que Donovan signe une décharge.

Je pousse un grognement alors que je vois Donovan plonger la main dans la poche de sa veste et en sortir un stylo. Habillé d'un costume gris anthracite, il a une classe folle, même si je ne le lui avouerai jamais. Cela le change de sa tenue décontractée du bar et de sa tenue de sport lors de son footing. Et même si cela m'énerve, je dois admettre que le voir habillé ainsi éveille ma curiosité. Est-ce sa tenue habituelle ? Quel métier exerce-t-il ? Et quel lien entretient-il avec Shirley, la gagnante du concours ?

– Si tu as fini de me reluquer, on peut y aller ! me lance Donovan avec un sourire insolent.

– Je me demandais juste de quelle manière je pourrais te faire souffrir et faire passer cela pour un accident, réponds-je avec mauvaise foi.

– Alors laisse-moi te donner un conseil : n'énonce jamais tes plans devant des témoins. Cela te jouera des tours.

– Je n'ai rien à apprendre de toi !

– Allez, arrête de grimacer, ça va te donner des rides ! Jouons plutôt au cuistot !

Non mais le mufle ! Il n'a pas osé quand même ! Si, apparemment, vu le sourire qu'il arbore. Je serre les poings et retiens une réplique bien sentie, consciente qu'il n'attend que ça. Ewan s'approche de moi, pose une main sur mon épaule.

– Tu n'as qu'un mot à me dire et je le vire, me chuchote-t-il près de mon oreille pour que je sois la seule à l'entendre. Si tu le veux, je reste présent le temps de l'enregistrement.

– Tu es adorable, réponds-je discrètement, touchée par son attention, mais la boutique a besoin de toi et j'en ai maté des plus coriaces que lui.

– Je n'en doute pas ! conclut-il en déposant par surprise un baiser sur ma joue.

Geste qui me déstabilise une seconde avant que je me rappelle que c'est coutume courante en France et qu'il n'y a aucune ambiguïté, vu l'orientation sexuelle d'Ewan. Il quitte la pièce en me faisant un clin d'œil et j'y réponds par un sourire de remerciement.

– Il veut te baiser, déclare Donovan quand je le rejoins derrière la table de travail. Il veut te baiser, mais ce n'est pas un homme fait pour toi.

– Et qui te dit qu'il ne me baise pas déjà, comme tu le dis ?

– Je le sens. Et puis ce n'est pas lui que tu veux !

– Ah bon ? réponds-je dans un rire provocant. Et qui selon toi éveille mon désir ?

– Moi !

Il dit cela naturellement et je ne peux retenir l'éclat de rire qui se transforme en fou rire quand je remarque le sérieux qu'il affiche. Merde, il croit vraiment qu'il m'intéresse !

– Je ne sais pas quel métier tu exerces, mais tu devrais te lancer dans une carrière de comique ! Je suis certaine que tu ferais un malheur.

D'un regard perçant, il m'analyse. Je ne sais pas ce qu'il voit, mais la lueur que j'y décèle ne me dit rien qui vaille.

– Parier, prendre des risques, miser… C'est ma plus grande qualité et tu n'imagines pas comme je suis bon dans mon domaine. Alors, je relève le défi et ce sera pour ton plus grand plaisir.

– En quoi te voir devenir un clown me ferait plaisir ?

– Mon défi est de te faire admettre que tu me veux comme tu n'as jamais voulu un autre homme.

– Non, mais tu es complètement barré ! Et je serai ravie d'être ton premier échec ! J'ai même hâte de te voir tomber du piédestal sur lequel tu t'es hissé.

Il ne me répond pas, mais me sourit. De ce sourire qui m'énerve, comme s'il avait déjà plusieurs coups d'avance sur moi.

11

Donovan

Même avec cet air boudeur qu'elle porte comme une seconde peau, elle est belle ! Si je m'écoutais, je renverserais tout ce qui se trouve sur la table, j'allongerais Penny dessus et la baiserais sauvagement. Mais je suis certain qu'elle n'apprécierait pas mon initiative. Alors à la place, je me retrouve comme un con face à une caméra pour faire de la pâtisserie alors que je ne cuisine jamais ! Et tout ça pour quoi ? Passer du temps avec elle et la convaincre de m'accompagner samedi soir. Quand mon boss nous a fait part de cette foutue soirée de gala organisée en urgence, j'ai voulu me désister, mais il a été très clair. Ma présence et celle de mes collègues sont obligatoires. C'est à ce moment-là qu'Erin est apparue avec un sourire mauvais et m'a demandé si je n'avais rien à lui dire. J'ai immédiatement compris qu'elle espérait des excuses, mais c'est mal me connaître. À la place, je lui ai déconseillé de porter une certaine robe verte qui lui donnerait un air vulgaire malvenu pour le message que la société voulait faire passer. Évidemment, elle a mal pris ma réponse et cela m'a fait sourire. J'ai cependant déchanté quand big boss a précisé dans une note qu'il serait préférable que l'on vienne accompagnés. J'ai bien compris qu'en plus de l'œuvre de bienfaisance que nous allons défendre, il y a une campagne de moralité en jeu. Et je suis certain que la personne idéale pour moi est la femme qui se tient à mes côtés. Je vais devoir ruser pour qu'elle accepte. Bon, j'ai un atout dans ma manche, mais je ne m'en servirai qu'en dernier recours.

– On y va quand tu veux, annonce le cameraman.

– OK, laisse-moi deux minutes, le temps d'expliquer la recette à Donovan et ce sera bon.

– Je vais en profiter pour aller boire un coup.

– Enfin seuls, dis-je quand Stan disparaît. Je suis ravi de te revoir…

– Stop ! Je n'ai pas le temps pour tes conneries.

– On trouve toujours le temps.

– Je n'en ai surtout pas envie !

– Et moi je suis certain du contraire.

Elle lève les yeux au ciel et se mord les lèvres pour ne pas me répondre. Putain, je croquerais bien dans sa chair ferme et rose à sa place.

– Bon, alors nous allons faire une recette simple, car je suppose que tu n'es pas un cuisinier professionnel.

– Bien vu… On pourrait même dire que j'en suis son parfait opposé.

– Nous allons donc faire des cupcakes et utiliser différentes douilles pour donner un visuel différent.

– Je te fais confiance.

– Il y a un parfum que tu n'aimes pas ?

– Je ne raffole pas des agrumes.

– D'accord.

Le cameraman revient au moment où un timide sourire apparaît sur le visage de la brune.

– On est prêts ! Donovan, quoi qu'il arrive, reste sérieux. Pas de vulgarité, pas de blasphème, pas de violence.

– Oui, madame.

– *Go* ! annonce Stan.

– Bonjour et bienvenue sur les tutos de Penny ! Vous me retrouvez aujourd'hui à la suite du concours organisé par notre partenaire en compagnie du vainqueur : Donovan.

Je fais un petit signe de la main à la caméra pendant que Penny explique que les résultats du concours sont consultables auprès d'un huissier.

– Nous allons donc aujourd'hui préparer des cupcakes et c'est Donovan qui sera à l'œuvre au moment de la décoration pour que vous puissiez vous rendre compte qu'un amateur appréciera tout autant que moi la qualité du matériel.

Elle me sourit et cela fait disparaître l'angoisse que j'ai ressentie pendant quelques secondes.

– Je ne garantis pas le résultat, dis-je quand même, jouant de mon charme avec la caméra. Je vais vous avouer quelque chose, c'est la première fois que je fais de la pâtisserie, mais il paraît que je suis entre les meilleures mains du pays.

À mon tour, j'échange avec elle un sourire poli et l'étincelle de malice que je décèle dans son regard m'excite au plus haut point.

– Je suis certaine que tu feras de ton mieux et que tu te régaleras de nos créations, précise-t-elle avant de se retourner vers la caméra. Chers abonnés, aujourd'hui et à la demande de Donovan, nous allons faire un de nos best-sellers, le cupcake façon tarte au citron meringuée. Mais également une nouveauté composée d'un muffin au parfum pain d'épice et son glaçage à la mandarine.

Oh, la peste ! Ne programmer que des desserts à base d'agrumes pour se venger de ma présence est diabolique ! Mais elle ne sait pas qu'elle a face à elle un roi ! Certes le roi des connards, mais un roi quand même. Et un roi ne faiblit pas, il n'abandonne pas !

– C'est parti. Nous allons donc commencer par notre première réalisation. Un muffin au citron avec un insert yuzu, puis nous préparerons la meringue italienne au citron vert qui viendra couronner ce dessert plein de peps et de gourmandise. Donovan, si tu veux bien récupérer la cuve du robot s'il te plaît ?

– Bien sûr, dis-je sans réellement savoir de quoi elle parle. Enfin, je le ferais avec plaisir, mais je ne voudrais pas te voler la vedette en prenant toute la place devant la caméra. Je crois que je vais juste rester en arrière-plan et t'observer.

Voilà un tour de passe-passe auquel la belle brune ne pourra pas riposter.

– Ah, non ! Ça ne se passe pas comme ça ! Ici, tout le monde met la main à la pâte, me répond-elle en se déplaçant pour récupérer un grand bol sur ce que j'identifie comme le robot dont elle parlait. Peux-tu récupérer la farine et le sucre, s'il te plaît ?

Je ne réponds pas et m'exécute, déposant les pots marqués de leur contenu sur le plan de travail.

– Merci. Il suffit donc de mélanger tous les ingrédients, poursuit Penny en récupérant d'autres produits. Nous voilà donc avec une base à laquelle nous allons ajouter l'équivalent de deux jus de citron et une fois le tout assemblé, nous allons pocher la préparation dans les caissettes et enfourner.

Elle explique tout cela, m'incluant dans chaque étape, et je me retrouve avec une poche à douille à la main à verser l'appareil dans les moules en papier à l'effigie de la pâtisserie. Je tente de m'appliquer, mais ce n'est pas aussi simple qu'il n'y paraît.

– Tout est dans le poignet, précise Penny en se rapprochant de moi. Il faut terminer ton geste d'un coup sec pour éviter les coulures.

Suis-je le seul à voir un double sens dans sa phrase ? Il y a bien une allusion sexuelle ? Mais à son attitude professionnelle, je comprends que je me trompe.

– Voilà, tu y es ! J'étais certaine qu'avec quelques explications, ce geste serait naturel pour toi !

Bon, je ne suis pas l'obsédé que je pensais être. Pendant une seconde, je vois l'étincelle de malice que j'ai déjà lue dans son regard et je me surprends à vouloir la revoir.

– Maintenant, nous positionnons notre insert yuzu préalablement préparé et placé au freezer quelques heures plus tôt, avant d'enfourner pour vingt minutes. Le temps de monter notre meringue italienne. Tu te sens prêt pour cette étape, Donovan ?

– Oui, chef, réponds-je en mimant un salut militaire.

– Ah, enfin quelqu'un qui reconnaît ma supériorité, plaisante Penny, décontractée. On va voir si tes gros muscles vont te servir.

Mais qu'est-ce qu'elle raconte ?

– Tu vas monter les blancs en neige au fouet, précise-t-elle devant mon air perplexe.

– D'accord, il va peut-être falloir que je me mette à l'aise.

Je commence à enlever le tablier qu'elle m'a obligé à mettre avant le début de l'émission, retire ma veste et remonte les manches de ma chemise.

– C'était une plaisanterie, reprend Penny alors qu'elle m'observe avec gourmandise.

– Oh, vraiment ? Moi qui allais retirer le haut pour te prouver que je suis l'homme de toutes les situations !

Elle se retourne vers la caméra, mais je distingue le rouge qui envahit ses joues.

– Il semblerait que tout le monde ne soit pas sensible à l'humour, dit-elle comme si elle faisait une confidence à la caméra. Donc, on récupère les blancs d'œufs…

Elle poursuit sa recette sans prêter attention à ma présence à ses côtés et en quelques minutes, elle place sa meringue dans une poche à douille et me la tend.

– À toi de jouer. Tu vas t'entraîner sur une feuille de papier cuisson avant de passer au dressage sur les muffins. Un pochage basique, mais il faut tout de même s'appliquer.

– Je te rappelle que je suis novice et que je n'ai aucune idée de ce que tu appelles un pochage basique.

– Pardon. Tu vois les cornets de glace à l'italienne ?

– Oui, j'ai compris. Comme ça ?

Je tente de reproduire ces tourbillons qui montent en hauteur, mais la tâche est plus ardue qu'il n'y paraît.

– C'est pas mal, mais laisse-moi te donner un conseil. Ne te précipite pas. Laisse le temps à la matière de se poser. N'oublie pas, tout est dans le poignet.

J'acquiesce et mets en pratique ses conseils. Je parviens à un résultat dont je suis fier. La forme est belle et tient parfaitement sur son support.

– On peut passer aux choses sérieuses, dis-je, sûr de moi.

– Bravo ! s'exclame Penny lorsque je décore le premier cupcake. Regardez, chers abonnés, avec quelle facilité Donovan a dressé ses pâtisseries. Rappelons qu'il est un amateur débutant et qu'il n'avait jamais jusqu'à ce jour utilisé ce genre d'instrument. Maintenant, passons à la deuxième recette.

Je prends une profonde inspiration, me préparant mentalement à ce qui va suivre. Mais la seconde recette est plus simple que la première et nous la terminons rapidement.

– Reste une dernière étape, annonce la pâtissière avec un immense sourire. Il est temps pour Donovan de goûter !

Je retiens une grimace en comprenant que je vais devoir jouer la comédie.

– Allez Donovan, montre-nous à quel point tu aimes ça ! On va faire un gros plan sur toi.

La garce ! Elle ne perd rien pour attendre !

Je récupère la cuillère qu'elle me tend et m'apprête à la plonger dans le premier dessert. Je m'oblige à conserver un air neutre. J'ai l'impression de vivre la scène au ralenti tant je me concentre à ne rien laisser paraître. J'ouvre la bouche et enfourne le dessert. C'est une explosion de saveurs que je découvre, même si le citron est dominant. Je décèle également des notes de poivre qui contrebalancent le sucre de la meringue. Je ne vais pas mentir et dire que je raffole de cette pâtisserie, mais je n'ai pas l'envie irrépressible de grimacer. C'est même bon.

– Surprenant, avoué-je alors que Penny m'observe avec attention. Les notes épicées atténuent le sucre.

– Tu as un bon palais. Rares sont ceux qui arrivent à retrouver les ingrédients.

– J'ai très bon goût dans toutes les matières.

– J'en suis certaine. Allez, maintenant au second cupcake.

Je reproduis mes gestes avec une légère appréhension, mais là aussi je suis surpris, car ce sont les saveurs du pain d'épice qui l'emportent sur le reste. Le parfum de la mandarine se marie parfaitement et rafraîchit le palais.

– C'est très bon !

– Tu m'en vois ravie ! Voilà, chers abonnés, cette vidéo touche à sa fin et je remercie Donovan pour sa participation exceptionnelle. N'oubliez pas de partager et liker ce podcast si vous avez apprécié notre démonstration. Je vous embrasse et vous dis à très vite !

– C'est dans la boîte ! crie Stan. Je suis certain que Christian va adorer. Vous formez un duo du tonnerre.

Je souris, ravi de l'aide qu'il m'apporte sans même le savoir. Le cameraman range son matériel alors que je m'approche de Penny. Je la vois frémir alors que mon souffle balaie les cheveux qui s'échappent de sa queue-de-cheval.

– Je suis certain que tu espérais que je grimace face caméra, mais c'est loupé, miss cupcake. Et j'ai si bien joué le jeu que je suis convaincu que tu vas exploser le nombre de tes vues et donc, par conséquent, tu m'en dois une.

– Je ne te dois rien du tout ! réfute-t-elle sans pour autant s'éloigner.

Et ça, c'est une bonne chose ! Même si elle ne le dit pas, elle est sensible à ma présence. Et je vais en jouer !

– Si, et tu le sais. Et je te propose de te libérer de cette tâche dès ce week-end. Passe la soirée avec moi samedi.

– Non.

Sa réponse n'est qu'un souffle et je profite du trouble que je ressens chez elle pour tenter un rapprochement physique. Je laisse le bout de mon nez jouer sur les quelques centimètres de peau qui s'offrent à moi et j'inspire profondément son odeur sucrée. Et la réaction est immédiate. Je sens mon sexe se tendre et l'envie de la prendre là, dans cette position, se fait plus forte.

– Dis-moi oui.

– Jamais de la vie ! répond-elle, le souffle court.

– Je passe te chercher à vingt heures.

– J'ai dit non.

– Mais ton corps hurle oui, miss cupcake. Et je sais déjà que l'on passera une super soirée.

– C'est toujours non.

– Il te faudra une tenue de cocktail.

– Je n'en ai pas.

– Tu préfères te la procurer toute seule ou tu me laisses choisir pour toi ?

– Ni l'un ni l'autre.

– Choisis du rouge, cette couleur est faite pour toi. Rouge comme la passion, comme la folie, comme toi.

– Je ne…

– Samedi, vingt heures, et tu n'entendras plus parler de moi par la suite.

– C'est une promesse ?

– Si c'est ce que tu désires, oui.

– Je vais y réfléchir.

Je dépose un baiser dans le creux de son cou et recule avant qu'elle tente de me repousser.

– À samedi !

Je quitte la pièce avant qu'elle ne se retourne, heureux de voir mon plan se mettre en place. Et si en plus le plaisir est au rendez-vous, c'est une double victoire. Car si je suis certain d'une chose, c'est que coucher avec Penny sera exceptionnel.

12

Penny

Ai-je vraiment accepté d'accompagner cet homme qui m'horripile et dont je ne sais rien ?

Je me refais le fil de notre conversation et je comprends que je me suis fait berner. Donovan est néfaste pour moi. Il m'a envoûtée quand la proximité s'est imposée entre nous. J'ai été le marin ensorcelé par la sirène. L'image de Donovan en costume de sirène avec une longue queue remplie d'écailles et un soutien-gorge en coquillage me fait sourire. En cet instant, l'envoûtement est loin… Très loin. Et c'est le moment de lui faire remettre les pieds sur terre.

Mais comment ? Je n'ai pas son numéro ! Stan est déjà parti et…

– Tu n'as pas d'autre choix que de dire oui !

Je me retourne quand j'entends la voix de Lysia. Les poings sur les hanches, elle me dévisage avec un sourire conquérant.

– Quoi ?

– Samedi, tu iras à la soirée.

– J'ai dit non.

– Et moi, je te dis que tu vas y aller.

– Ah ? Et pour quelle raison ?

– Alors, premièrement car une soirée de cocktail, ça ne se refuse pas. Puis, poursuit-elle quand elle me voit ouvrir la bouche, tu as besoin de ce moment de détente loin de la pâtisserie, des problèmes de santé et tout le reste. Pour finir, car Will m'a invitée, que j'ai déjà dit oui et que je refuse d'y aller toute seule. J'ai besoin d'un acolyte de soirée !

– À chaque fois tes plans se retournent contre moi, râlé-je pour trouver une porte de sortie. Avoue que je n'ai pas besoin d'une tuile en plus.

– Ça tombe bien, c'est une idée de Donovan et Will. Ils pensent tous les deux que si nous venons ensemble, il n'y aura pas de risque d'ennui. On passera un bon moment à quatre dans une soirée de boulot qui peut être d'un ennui mortel en temps normal.

– C'est censé me convaincre ? demandé-je en grimaçant.

– Oui ! Et si tu n'es toujours pas décidée, je te rappellerai l'épisode de Bernie.

– Oh, la vache ! Si tu en arrives à te servir du dossier Bernie, c'est que tu tiens vraiment à ma présence !

– Tu as tout compris.

Bernie est une cliente de longue date, mais une casse-pieds sans pareille. Habituellement, m'occuper d'elle ne me pose pas de problème. Je suis plutôt une commerçante patiente et accommodante, mais un matin alors qu'elle avait déjà goûté à trois produits, me demandant des échantillons pour l'occasion, j'ai légèrement vrillé quand elle m'a dit qu'elle n'arrivait pas à se décider et qu'elle préférait dans ce cas-là mûrir son choix et revenir dans quelques jours. Je me suis permis de la remettre à sa place et Lysia a empêché un drame. Elle a retenu mon bras qui s'apprêtait à lancer une viennoiserie à la vieille dame qui répondait à mes propos par un geste désinvolte de la main alors qu'elle quittait la boutique. Un moment d'humeur que j'ai regretté immédiatement, même si Bernie ne s'est rendu compte de rien. Ce jour-là, j'ai dit à Lysia que je lui devais une fière chandelle. Elle ne m'avait jamais reparlé de cette affaire avant aujourd'hui. L'heure est donc grave.

– Je n'ai pas le choix.

– Tu as tout compris !

Savoir que Donovan a réussi son plan m'agace au plus haut point.

– Je n'ai rien à me mettre ! tenté-je tout de même.

– Moi non plus, ce sera l'occasion de faire une séance shopping.

Une phrase prononcée par Donovan me revient et je souris. Je serai présente samedi, mais pas dans les conditions décidées par celui qui pourrit ma vie depuis que je le connais.

– J'ai hâte !

***

Le samedi soir est arrivé à la vitesse de la lumière. Cette semaine a été très chargée, entre la formation d'Ewan qui s'est parfaitement intégré à la vie de la pâtisserie et les essayages dans les boutiques. Lysia n'a pas su s'arrêter à la première que nous avons visitée et après environ trois heures du remake de *Pretty Woman*, sans coupe de champagne ni Richard Gere, ma meilleure amie a enfin trouvé son Graal. Et je dois dire qu'elle était sublime dans son fourreau doré qui rappelle les teintes chaudes de sa peau et met en valeur ses grands yeux noirs. Je suis certaine que Will ne résistera pas. Quant à moi, je m'en suis tenue à mon plan et j'ai été heureuse de trouver facilement ce que je désirais.

– Tu es prête ? me demande Lysia de l'autre côté de la porte alors que j'occupe sa salle de bains depuis dix minutes.

– Et si j'y allais sans maquillage ? dis-je en ouvrant la porte.

– Impossible lorsque l'on porte une robe comme la tienne.

– Je ne sais pas faire tout ça, râlé-je en faisant un geste de la main pour désigner mon visage.

– Alors laisse-moi faire. Une mise en beauté naturelle qui mettra en valeur tes grands yeux et un chignon lâche pour un style coiffé-décoiffé.

– Fais-toi plaisir, annoncé-je, vaincue, mais ne me fais pas ressembler à Barbie pouffiasse, s'il te plaît.

– J'adore la confiance que tu as en moi, ironise Lysia alors qu'elle applique une première couche sur mon visage.

Après quinze minutes de torture, je ne compte plus les produits que ma meilleure amie a utilisés et j'avoue que je crains d'ouvrir les yeux pour découvrir le résultat.

– Allez, ne fais pas l'enfant ! Et si tu n'aimes vraiment pas, tu n'auras qu'à te démaquiller.

J'ouvre un œil, rassurée par ses mots, et ce que je vois me coupe le souffle. Les yeux écarquillés, je me découvre différente, mais étonnamment moi-même.

– Le plus important, s'amuse Lysia, c'est le teint. Si tu as le teint parfait, le reste est superflu.

– J'ai l'impression de me voir au travers d'un filtre Snapchat.

– Tu aimes, alors ?

– J'adore. Il faudra vraiment que tu m'expliques comment tu fais.

– Un jour ! Et tes yeux, ça te va ?

– Oui ! C'est très naturel. Cet effet *glossy* apporte de la lumière sans être trop chargé.

– Parfait alors ! Et tu sais quoi, ça tombe bien, les garçons ne vont pas tarder. Will m'a envoyé un message pour me prévenir.

Pour ne pas me retrouver seule en compagnie de Donovan, j'ai proposé de faire le trajet ensemble, idée qui a visiblement plu à Lysia, car ça lui assurait ma présence ce soir. Je m'observe une dernière fois dans la glace et me souris. Je suis satisfaite de l'image que je renvoie et je dois reconnaître que la robe que j'ai choisie met les courbes de mon corps en valeur. Le bustier souligne la finesse de ma taille et dévoile mes épaules. Le décolleté est sage devant, un peu plus échancré dans le dos. Quant au bas, c'est une jupe vaporeuse en mousseline qui ondule à chacun de mes mouvements. Elle s'arrête juste au-dessous de mes genoux et donne de l'élégance à l'ensemble.

Le bruit de l'Interphone résonne et me sort de ma contemplation. J'enfile mon manteau, récupère ma pochette et rejoins Lysia qui trépigne d'impatience sur le pas de la porte. En moins d'une minute, nous nous retrouvons devant Will et Donovan qui nous accueillent par des sifflements.

– Vous êtes superbes !

– Merci, Will, mais attends de nous voir sans nos manteaux, tu ne t'en remettras pas.

– J'en suis certain !

– Vous êtes très élégants, répond Lysia en les détaillant tour à tour.

– Merci, j'ai fait un effort. Les costards, ce n'est pas tellement ma tasse de thé.

Donovan ne prête pas attention au couple qui a ouvertement lancé la phase de séduction active et ne me quitte pas du regard.

– Tu aimes ? dis-je en faisant un tour sur moi-même après avoir déboutonné ma veste pour qu'il découvre ma tenue.

– C'est… bleu !

– Bravo ! Tu as cent pour cent au test des couleurs.

– C'est loin du rouge.

– Ça m'a fait penser à toi quand je l'ai vu. Froid, glacial, à l'opposé de la passion, de la folie.

Il s'avance vers moi, me tourne autour et vient chuchoter à mon oreille quand il se trouve derrière moi :

– Après miss cupcake, voilà la reine des glaces. Je vais vraiment adorer faire fondre l'iceberg que tu penses être.

Entre mes mains, tu vas te transformer, t'enflammer… Tu seras dégoulinante et je vais adorer ça.

– À ta place, je n'essaierais pas. Tu risquerais de graves blessures. Les engelures peuvent aller jusqu'à l'amputation et je suis certaine que tu ne voudrais pas prendre le risque de perdre tes extrémités.

Je me retourne et observe une zone très précise de son pantalon, lui laissant comprendre que sa virilité est en danger avec moi et que s'il est un tant soit peu intelligent, il ne tentera rien. Quand je remonte mon regard, je découvre deux fossettes qui me disent que le jeu ne fait que commencer.

Cette soirée ne sera pas si ennuyeuse, finalement.

Nous arrivons rapidement à l'hôtel Café Royal qui accueille cette soirée de gala et c'est dans le salon Pompadour que nous sommes conviés. Pendant tout le trajet, Donovan reste à mes côtés. Sa démarche est décontractée alors que je sens le malaise me gagner.

Qu'est-ce que je fais là ? Et quand je découvre le décor de la pièce, cette sensation ne fait que grandir. Il n'y a pas que le nom qui est pompeux. Tout ici respire l'opulence, le grandiose, le luxe. Un parquet à chevrons ciré, des colonnes corinthiennes striées, de grands miroirs encadrés de dorures, soulignés par un plafond richement décoré qui illustre avec art des scènes d'amour. J'ai l'impression d'avoir fait un bond dans le temps.

– Le big boss a encore fait dans la démesure, souffle Donovan.

– Mon oncle aime ce qui brille, ajoute Will en levant les yeux au ciel.

– Je suis certain qu'il appréciera ta tenue, s'amuse Donovan en lui donnant une tape dans le dos.

– Qu'il profite de la soirée alors, ce n'est pas près de se reproduire. Les filles, vous venez ?

Je jette un regard à Lysia qui m'observe à son tour.

– Ce soir, nous serons des dames de la haute ! On joue le jeu ?

Elle me connaît par cœur et sait l'hésitation qui est mienne.

– Tu te souviens de ce que je t'avais dit pour la soirée *Grease* ? On change de peau, on devient une autre, me dit-elle plus bas pour que je sois la seule à entendre.

– OK.

Elle passe son bras sous le mien et m'entraîne à sa suite, puis les garçons nous encadrent et nous pénétrons tel un bloc dans le salon Pompadour. Nous sommes accueillis par une magnifique femme rousse. Elle a une silhouette parfaite et je suis certaine que tous les hommes se transforment en loup de Tex Avery dès qu'ils la croisent. Ses longs cheveux sont ondulés et travaillés de sorte à rendre l'ensemble glamour et en parfaite harmonie avec sa robe rouge à sequins.

– Bonsoir Will, bonsoir Donovan.

Je remarque immédiatement l'intérêt qu'elle porte à mon cavalier, mais également l'absence de réaction de ce dernier.

– Erin, répond Will, laisse-moi te présenter nos invités. Lysia, qui m'accompagne, et Penny, la cavalière de Don.

– Enchantée, mesdames, nous salue-t-elle avec un sourire poli. J'espère que vous apprécierez notre soirée. Un buffet vous attend dans le fond de la salle, sur la gauche vous découvrirez un *photobooth* et un orchestre se trouve sur la terrasse couverte.

– Merci, répond Donovan en venant s'installer près de moi. Nous pouvons te laisser nos manteaux ?

– Non, s'offusque-t-elle. Je ne fais pas le vestiaire. C'est Charlotte juste derrière moi qui va s'en charger.

Erin conserve un sourire d'apparence alors que Donovan vient se placer derrière moi et pose sa main dans le bas de mon dos.

– Allez miss cupcake, allons nous réchauffer.

Le sourire qu'il m'offre est différent de ses précédents. Cette fois-ci, il ne me taquine pas, il est lui-même et je prends conscience que j'apprécie cet aspect de lui.

– En quel honneur est cette soirée ? lui demandé-je après avoir confié nos vêtements.

– Je t'avoue que je n'en sais strictement rien. Je sais juste que notre présence était obligatoire.

– OK… Et tu fais souvent ce que l'on te demande ?

– Jamais, mais là je n'ai pas eu le choix. Cependant je ne regrette rien, poursuit-il quand il me voit grimacer. Ça me permet de passer du temps avec toi et de te découvrir. Et avec un peu de chance cette fois-ci, je m'en sortirai sans blessure.

– Tu ne t'es pas blessé pendant le tournage !

– Non, c'est vrai, mais j'ai eu du mal à digérer les pâtisseries.

Je me fige et plisse les yeux pour le dévisager et déceler s'il me fait encore une blague ou non.

– Tu oses dire que ma cuisine est…

– Doucement, miss cupcake volcanique, cela n'a rien à voir avec la qualité de tes produits. Mais quand je disais que je ne suis pas fan des agrumes, c'est qu'en temps normal, ils me déclenchent des aigreurs assez désagréables.

– Oh ! Je suis désolée.

– Danse avec moi et ce sera oublié.

13

Donovan

Elle va céder, je le sens. C'est en ce moment que tout se joue. Je me pare de mon arme de destruction massive de petite culotte – mes fossettes – et je plante mon regard dans le sien. Une fois qu'elle sera dans mes bras, elle ne pourra plus m'échapper.

– Donovan ! m'apostrophe le big boss en se matérialisant à mes côtés. Quel plaisir de te voir ici et en si charmante compagnie !

Intérieurement, je hurle de frustration, mais ne laissant rien paraître, je reporte mon attention sur mon chef, accompagné de sa femme.

– Bill, Monica, les salué-je, laissez-moi vous présenter…

– Penny ! me coupe Monica avec un grand sourire. Je vous adore ! Bill, c'est Penny des Douceurs de Penny !

– La pâtisserie ? interroge big boss.

– C'est moi-même, répond-elle en les saluant.

– Ma femme ne jure que par vos créations. Chaque semaine, elle revient avec une nouveauté et m'en vante les mérites jusqu'à ce que je puisse m'en délecter aussi.

– Oh, c'est vrai ? Je suis désolée, mais je ne vous remets pas. Vous m'en voyez désolée.

– C'est normal, je ne vous avais jamais vue jusqu'à présent. J'ai toujours affaire à Lysia et hier pour la première fois à Ewan, qui a été très charmant.

– Vous serez alors heureuse d'apprendre que Lysia est ici ce soir.

Monica scrute la salle alors que j'assiste à cette discussion surréaliste.

– Elle est avec Will ? s'étonne-t-elle.

– En effet !

– Que le monde est petit. Mon neveu me surprendra toujours !

Je fais signe à mon pote pour qu'il nous rejoigne et au sourire crispé qu'il arbore, je suis certain qu'il ne sait pas ce qui l'attend !

– Oh, mais ne serait-ce pas Monica, la fan de chocolat ? résonne la voix chaleureuse de Lysia.

– Je ne peux plus me cacher, répond l'épouse de mon boss en souriant. Je suis heureuse de vous rencontrer ici et encore plus de voir que vous accompagnez mon neveu.

– C'est quand même dingue ! Et je vois que vous avez fait la connaissance de Penny !

– Oui, je disais justement à Monica que j'étais surprise de ne l'avoir jamais vue.

– C'est normal, Monica passe à la pâtisserie quand tu enregistres tes vidéos. Oh, d'ailleurs, il faut vraiment que vous regardiez la prochaine, car Penny sera accompagnée, cette fois-ci.

– Oh, et qui aura le privilège de faire de la pâtisserie avec vous ?

– Moi, interviens-je enfin.

– Je ne vous savais pas amateur de pâtisseries, intervient big boss.

– C'est assez récent, dis-je en partageant un sourire avec Penny. Je ne suis pas certain d'avoir été à la hauteur de mon professeur.

– Oh, j'ai hâte ! s'exclame Monica en frappant dans ses mains. La diffusion est prévue pour quand ?

– Dans quarante-huit heures.

– Je ne louperai ça pour rien au monde. Penny, est-ce que je peux abuser de votre gentillesse ?

– Dites-moi.

– Je n'arrive jamais à obtenir une chantilly qui tienne réellement. Elle fond en l'espace de quelques minutes.

Le rire de Penny résonne et je vois le trio de femmes s'éloigner après nous avoir annoncé qu'elles allaient échanger des secrets dont nous ne pouvons pas être témoins.

– Tu as fait fort ! Cette Penny est délicieuse. Tu la fréquentes depuis longtemps ?

– On ne peut pas dire qu'il la fréquente, se gausse Will à mes côtés.

– Donovan, je te rappelle que tu n'as pas le droit à l'erreur !

– Je le sais, big boss, et même si cela ne regarde que moi, je sais où je vais.

Il nous donne une tape dans le dos puis s'éloigne pour aller à la rencontre d'un autre groupe. J'observe au loin Penny qui rit à une remarque faite par Lysia et je la trouve belle. Oui, cette femme a un truc en plus, un naturel, un magnétisme qui m'attirent.

– On dirait que tu vas la bouffer !

– C'est un peu ce que j'ai prévu de faire.

Le rire de Will détourne mon attention et je me concentre sur lui.

– Et toi alors, tout se passe bien avec Lysia ?

– Oui, je crois que c'est la bonne.

– Mais tu la connais depuis quoi ? Trois secondes ?

– N'abuse pas ! On a passé la semaine à se parler tous les soirs et je dois dire que nous avons plein de points communs.

– Et ça te suffit pour vouloir te caser ?

– Le jour où ça t'arrivera, tu comprendras !

– Ce n'est pas près d'arriver ! dis-je en riant devant l'énormité qu'il vient de sortir. Devoir baiser la même nana toute ma vie, c'est juste impossible. Je m'ennuierais ferme !

– Charmant ! entends-je alors que je remarque en même temps les gros yeux que me fait Will. Tu as vraiment toutes les qualités que recherche une femme.

Inutile de me retourner pour savoir qui est là et même si je ne lui dois rien, ça me saoule qu'elle me prenne au dépourvu de la sorte.

– Je n'ai pas besoin de ton avis.

– Car tu crois que ta miss parfaite trompe quelqu'un ? demande Erin d'une voix mauvaise.

– La différence avec toi, c'est qu'elle ne joue pas un jeu. Elle est naturelle. Et ça, tu ne serais pas capable de le faire, car ce que tu verrais face au miroir te dégoûterait.

Elle tourne les talons, furieuse.

– Tu as été dur, tu ne crois pas ?

– Ce n'est pas parce qu'elle m'a sucé qu'elle a des droits sur moi et elle a tendance à l'oublier.

– OK… Bon, et si pour te changer les idées, on allait retrouver nos cavalières et que l'on allait poser sur le *photobooth* pour être débarrassés de cette épreuve ?

– Tu as raison, avoué-je en retrouvant un peu de mon calme. Elle ne gâchera pas ma soirée et j'ai une danse à honorer.

Nous traversons le salon Pompadour et retrouvons Penny et Lysia qui se retournent lorsque l'on s'approche d'elles.

– Ah, vous voilà ! J'ai cru qu'il allait falloir lancer un avis de recherche !

– Et tu aurais mis quoi dans l'annonce ? s'amuse Will.

– Cherche beau gosse, genre surfeur, pour soirée démente et plus si affinités.

Je les observe, ne pouvant réprimer un sourire, puis je m'avance vers Penny.

– Et toi alors, tu me cherchais ?

– Pas vraiment, mais on va faire avec.

Sa désinvolture me fait lâcher un rire qu'elle partage avec moi.

– Bon, si ma présence ne t'incommode pas trop, que dirais-tu d'aller sur la terrasse ?

– Et qu'est-ce qui nous attend là-bas ?

– Une photo et une danse. Avoue qu'il y a pire comme programme.

– Je sais pas. Je suis obligée de les faire avec toi ?

Je laisse de nouveau éclater un rire et je me surprends à réellement apprécier mes échanges avec miss cupcake.

– Je crois qu'en acceptant d'être ma cavalière, tu t'es toi-même tiré une balle dans le pied, mais je te promets que tu passeras un bon moment.

– Remballe ton jeu de séduction, don Juan, je suis immunisée.

– Alors tu ne risques rien à danser avec moi.

Je le sais, une fois qu'elle sera dans mes bras, elle ne résistera pas… Comme toutes les autres. Elle lève les yeux au ciel, mais prend la direction de la terrasse tout de même.

Nous arrivons au *photobooth* en même temps que nos amis et après un accord avec le photographe, nous posons en groupe. Une fois cette tâche effectuée, j'entraîne la jolie pâtissière sur la piste de danse et enfin je laisse mon corps parler. La musique est douce et la voix du chanteur langoureuse. Je prends la main de Penny et la place d'autorité sur mon torse alors que je plaque mon autre main dans le creux de ses reins. La réaction est immédiate ; quand son corps se plaque contre le mien, je bande. C'est fou ce que j'aime ça, ce moment où nos peaux se découvrent et où l'alchimie se fait. Je suis certain qu'entre elle et moi, ce sera fantastique. Une partie de jambes en l'air qui sera phénoménale tant l'odeur de sa peau me plaît et nos mouvements s'accordent à la perfection.

– Tu n'imagines pas l'enfer que je vis, chuchoté-je à son oreille.

– On ne m'a jamais fait ce genre de compliment, répond-elle en se raidissant dans mes bras.

– Te tenir, te toucher, te sentir et ne pas t'embrasser, c'est une torture.

Elle recule sa tête pour me dévisager, l'incline légèrement et se mord la lèvre.

– J'hésite entre te mettre au défi de le faire et te marcher sur les pieds avec mes talons pour que tu me lâches.

– Je choisis la première option.

14

Penny

C'est bien moi qui ai prononcé ces paroles ? Mais qu'est-ce qui me prend !

C'est peut-être parce que tu te sens bien dans ses bras et que tu aimes échanger avec lui, qu'il ne se formalise pas quand tu l'envoies balader et qu'accessoirement tu as besoin de décompresser. Y a pire comme option. Et puis, n'oublie pas le conseil de la soirée Grease, *on change de peau, on devient une autre.*

Bon, j'avoue que physiquement, Donovan est juste l'homme idéal. On dirait qu'il a été modelé pour satisfaire toutes les femmes de la planète.

– Le problème, c'est que si je t'embrasse, j'en voudrai plus.

– Et ?

– Et je ne suis pas certain que tu apprécies que je te saute dessus devant tout le monde.

– Tu as raison… Et pourtant j'ai envie de ce baiser.

– Ne me dis pas ça, se plaint-il en posant son front contre le mien.

– Et si c'est moi qui t'embrasse ?

Je ne me reconnais pas. Je n'ai jamais été si provocatrice, si rentre-dedans.

– Tu veux ma mort, c'est ça ?

– Peut-être.

Je passe ma langue sur mes lèvres, me voulant désespérément sensuelle, et je sens le poids de son regard sur moi. Son souffle se fait plus lourd et la pression de ses mains sur mon corps s'accentue.

– Suis-moi !

Il me tire par la main et me fait traverser la terrasse d'un pas rapide.

– Tu m'emmènes où ?

– Dans une chambre !

Je laisse éclater un rire insouciant et me demande quand j'ai agi de la sorte pour la dernière fois. Sûrement des années plus tôt, et encore. Nous croisons Will et Lysia qui sont en train de s'embrasser et quand je passe à côté de mon amie, je l'entends me conseiller de faire tout ce qu'elle ferait.

C'est un moment de folie. Un pur moment de folie et en temps normal je freinerais des quatre fers, mais je ne sais pas pourquoi, en cet instant, je me laisse porter par quelque chose de plus fort que ma conscience.

– Une chambre s'il vous plaît, demande Donovan en se pressant devant la réceptionniste.

– Oui, tout de suite. Vous désirez une suite ?

– Une chambre, un lit, une douche, ajoute-t-il après m'avoir regardée. Peu importe le reste.

– Il ne nous reste qu'une suite.

– Donc suite ce sera.

– Donovan, ce n'est pas nécessaire, tenté-je de le raisonner.

– Je m'en fous de tout ça, me répond-il en faisant un geste de la main alors qu'il remet sa carte bancaire à l'hôtesse.

– Chambre 435.

– Merci !

Nous reprenons notre chemin jusqu'à l'ascenseur et quand nous sommes à l'intérieur, je prends conscience de ce qui se joue réellement.

– On aurait très bien pu aller ailleurs.

– Impossible, je te veux, Penny. Je te veux depuis le jour où j'ai croisé ton regard dans les toilettes d'un bar. Alors devoir attendre encore plus longtemps, c'est impensable.

Je suis touchée par la profondeur que j'entends dans sa voix, l'urgence qui l'habite et que je ressens aussi.

– N'attends plus ! dis-je avant de faire un pas vers lui et de me mettre sur la pointe des pieds pour l'embrasser.

Il me rejoint, pose ses mains en coupe autour de mon visage et enfin il m'embrasse. Ses lèvres douces et sucrées viennent titiller les miennes et je laisse échapper un soupir. Donovan se rapproche de moi, plaque mon corps contre le sien, me laissant découvrir une érection conséquente. Je hoquette de surprise et il profite de la situation pour faire glisser sa langue contre la mienne. Je ne savais pas qu'embrasser pouvait être aussi magique. Son goût est enivrant, sûrement dû au champagne qu'il a bu. Il m'impose un rythme effréné et doux à la fois, jouant de mes réactions, de mes soupirs. Mes mains s'accrochent à ses épaules tellement j'ai l'impression que je peux chuter à tout moment puisque mes jambes ne me portent plus. D'un geste vif, il m'agrippe par la taille et me soude à son bassin contre lequel je m'appuie, pour mon plus grand plaisir. J'ai l'impression de n'avoir jamais été réellement embrassée avant lui. Il est simplement intense. Et j'en veux encore, tellement plus encore.

Ding !

Il me faut un certain temps avant de comprendre pourquoi Donovan se recule même s'il maintient sa prise sur ma taille. Les portes de l'ascenseur s'ouvrent et c'est le regard ardent de Don qui me ramène à la réalité. Et cette réalité me bouleverse. Le désir que je ressens pour lui est juste animal, incontrôlable, fou et je n'ai pas envie de lutter. Alors quand il me fait un signe de la tête pour savoir si tout va bien, je lui souris et le suis dans le couloir. Nous entrons dans la chambre et je reste bouche bée devant ce que je découvre. La suite Deluxe porte merveilleusement bien son nom, elle associe un design moderne à de nombreux détails pensés pour le confort, créant un havre de paix à l'écart du tumulte de Londres. Ornée de pierre de Portland rustiquée, la suite comprend un salon indépendant, une penderie et une chambre. La salle de bains en marbre de Carrare est équipée d'un téléviseur miroir, d'une douche pluie, d'une baignoire indépendante et d'un sol chauffant.

– C'est magnifique, dis-je d'une voix où perce l'admiration.

– Rien n'est plus beau que ce que je vois.

Je me détourne pour regarder ce qu'observe Donovan et je suis surprise de découvrir que je suis l'objet de son attention. Je sens mes joues rosir et le vois s'approcher de moi comme un fauve de sa proie. Je devrais avoir peur, mais au contraire, le découvrir ainsi me plaît plus que de raison.

– Je n'en peux plus de t'attendre, dit-il alors que sa main droite se pose sur ma joue.

Je lève les yeux au ciel face à cette phrase qu'il a dû répéter cent fois à d'autres femmes et je m'agace quand j'imagine toutes ses conquêtes.

Arrête de réfléchir, me souffle une voix. *Agis, enfin.*

– Ne parle plus et embrasse-moi.

Il sourit et ses fossettes entrent en action. Comment résister à ça ?

– C'est si gentiment demandé.

– Chut !

Il laisse éclater un rire avant de retrouver son sérieux et d'enfin poser ses lèvres sur les miennes. J'oublie le malaise qui m'a envahie quelques secondes plus tôt et je laisse ma langue le découvrir de nouveau. Il n'y a plus d'urgence, juste le désir assumé de deux corps qui se reconnaissent. Ses mains deviennent audacieuses et m'explorent, et je vibre à chaque centimètre qu'elles parcourent. Je ne suis pas en reste, car les miennes se faufilent sous sa veste et je le déshabille. Il me laisse faire et quand le tissu tombe sur le sol, ce sont mes chaussures qui le rejoignent. Mes doigts crochètent sa chemise pour en ouvrir les boutons alors qu'il s'attelle à défaire les épingles dans mes cheveux qui en quelques secondes cascadent sur mes épaules. Il pousse un grognement appréciateur et je lui réponds quand enfin sa peau apparaît sous mes yeux. Il a un torse dessiné qui appelle les caresses et je rêve d'y laisser courir ma langue pour voir si sa peau est aussi douce qu'il y paraît. Je laisse mon index, du bout de l'ongle, descendre jusqu'à la ceinture de son pantalon et je me surprends à vouloir la dégrafer à la vitesse de la lumière. Mais mon manque de pratique ces derniers mois ralentit mon ardeur et je préfère miser sur la sécurité en agissant avec minutie.

– Tu me tortures, ma belle !

– Et j'aime ça !

Quand les boutons se libèrent enfin, je le découvre entièrement nu sous son pantalon.

– J'en connais un qui a oublié son sous-vêtement !

– Je n'en porte jamais.

– Qu… quoi ?

– À quoi ça sert, alors que ça me ferait perdre un temps fou !

Il termine sa phrase alors qu'il attrape ma jambe et la remonte sur sa hanche. De son autre main, il écarte le tissu de mon string et vient frotter son sexe contre le mien. Un geste lascif qui m'enflamme immédiatement.

– Tu comprends maintenant ?

– Oui, soufflé-je, terrassée par le plaisir que je ressens.

– Pourquoi se compliquer la vie ? me questionne-t-il alors qu'il augmente la friction. C'est aussi simple que ça, je te veux, tu me veux.

– C'est trop bon, gémis-je alors qu'il s'attarde sur mon clitoris.

– Et ce n'est que le début.

Je crois tomber lorsque les mains de Donovan me quittent, mais il s'agenouille devant moi et passe ma jambe par-dessus son épaule, se retrouvant face à mon intimité.

– La vue est merveilleuse, l'entends-je dire, admiratif, alors que la gêne de la position se fraie un chemin en moi. Mais elle disparaît au moment où la langue de mon amant entre en action et caresse dans un ballet hypnotique mon intimité. Mes mains se perdent dans sa chevelure et je m'y accroche de manière désespérée alors que les vagues du plaisir me chahutent. J'ai l'impression d'être perdue dans un océan charnel déchaîné qui me malmène et c'est le rythme soutenu des caresses que je reçois qui me coupe la respiration. C'est une lame de fond, un typhon, un tsunami qui se prépare alors que mes jambes commencent à trembler et que je ne maîtrise plus rien, et je me noie totalement quand les dents de Donovan emprisonnent mon clitoris dans de légers mordillements. Le plaisir est si intense que je n'arrive même pas à émettre un seul son et je m'effondre littéralement.

– On n'en a pas fini. Maintenant que tu as goûté à l'entrée, passons au plat principal, et je te promets l'apothéose pour le dessert. Tu ne pourras plus t'en passer.

Ses mots me semblent lointains et je prends à peine conscience qu'il me soulève et m'allonge sur le matelas tellement l'orgasme que je viens de vivre m'a emportée loin. Je reprends pied dans la réalité quand je frissonne de froid.

– Je t'ai déshabillée, tu ne m'en veux pas ?

– Non, réponds-je en le découvrant entièrement nu lui aussi et recouvert d'un préservatif, alors qu'il est agenouillé devant moi.

– Parfait, car j'ai envie de sentir ta peau contre la mienne, de découvrir toutes les senteurs que tu dégages et de me délecter de ton goût.

Pour seule réponse, je me redresse, l'embrasse avant de basculer en arrière et de croiser mes jambes derrière son dos pour le maintenir contre moi. La position est sans équivoque sur mes attentes, mais Donovan prend tout son temps pour me découvrir. C'est d'abord un baiser tendre qu'il m'offre puis des caresses ciblées sur ma poitrine qui me font vibrer et l'implorer.

– J'en veux plus.

– Tout ce que tu voudras, miss cupcake.

– Je ne plaisante pas. Je te veux maintenant. J'en ai besoin.

Il pose son front contre le mien et nous échangeons un regard d'une intensité troublante alors que d'une poussée il entre en moi. J'ai le souffle coupé tant il s'impose dans mon corps, réveillant des sensations oubliées. Je pose ma main sur sa joue alors que le trouble grandit en moi. Je cligne des yeux, appréciant pleinement ce que je ressens et les rouvre pour découvrir mon amant… perdu.

– Ça va ? demandé-je d'une voix à peine audible.

– Oui, tout va bien, me répond-il juste après avoir secoué sa tête dans un mouvement lent. Tout va parfaitement bien.

Et il ponctue sa phrase d'un coup de bassin puissant qui me fait gémir. Puis un autre et encore un autre… Jusqu'à ce que je crie de plaisir quand un second orgasme me cueille par surprise. Deux va-et-vient plus tard, Donovan s'immobilise après un râle grave qui vibre en moi. Il s'effondre sur moi, à la recherche de sa respiration, et après quelques secondes, il s'écarte et roule sur le côté.

– Parfaitement bien.

Je n'ajoute rien alors que je l'observe discrètement, en sueur, mais plus beau que jamais. Je le découvre autrement. Presque vulnérable, mais distant.

– Laisse-moi cinq minutes, puis nous passerons au dessert, me dit-il en me regardant, un sourire arrogant sur le visage. Sous la douche.

15

Penny

Je me réveille avec le sourire aux lèvres et des courbatures bienheureuses. Cette nuit a été extraordinaire. Je ne pensais pas être aussi endurante et surtout je ne savais pas qu'un homme pouvait se donner autant. Mes ex étaient plutôt du genre à s'endormir dès le travail accompli. Et le résultat n'était pas toujours concluant. Alors qu'avec Donovan, le plaisir a été assuré à chaque fois. Quelques rayons de soleil percent à travers la fenêtre, et je regarde par habitude le réveil. Il est encore tôt et je me rends compte que je n'ai pas dormi plus de trois heures, mais étrangement je ne suis pas fatiguée. Je me sens… bien.

Je me tourne pour observer mon super amant, mais c'est le vide que je rencontre. Le vide et le froid. Il n'est plus dans le lit depuis un moment. Je me lève d'un bond, refusant d'accepter le pressentiment qui pourtant s'impose quand je fais le tour de la chambre, de la salle de bains et du petit salon. C'est comme si Donovan n'avait jamais été ici, comme si j'avais rêvé cette nuit. Mais son odeur que je porte sur moi m'empêche de me poser des questions sur mon état mental. Je ne suis pas folle, je suis juste conne. Stupide d'avoir pu imaginer qu'il resterait.

– Non mais je m'attendais à quoi ? me demandé-je à moi-même quand je croise mon reflet dans le miroir. Sérieusement, je suis pathétique.

En colère contre moi-même, je me résigne à me préparer pour quitter au plus vite cette chambre et les souvenirs qui y sont associés. C'était juste une parenthèse, un moment à oublier.

– En disparaissant tel un ninja, il m'a évité le fameux *walk of shame* que j'ai jusqu'à présent tenu à distance, marmonné-je alors que je me rhabille.

Je m'observe rapidement dans le reflet de la fenêtre de la chambre et je dois avouer que je suis loin de la femme glamour que j'étais hier. Ma coiffure ne ressemble à rien et je n'arrive pas à la dompter malgré les accessoires mis à ma disposition dans la suite. Mon maquillage n'est plus, me laissant naturelle et quelconque. Et ma gêne augmente quand je remarque la trace violette que j'arbore à la base de la clavicule.

– Connard ! crié-je quand je me découvre devant le miroir de la salle de bains après une traversée éclair de la chambre. Non mais je n'y crois pas, il m'a fait un suçon ! Mais qui fait encore ça de nos jours ?

J'ai l'impression de faire un saut dans le temps et de revivre mon adolescence. Finalement, j'aurais préféré le *walk of shame*. Au moins, ça ne dure que quelques minutes, alors que je vais devoir porter cette marque plusieurs jours !

Un instant plus tard, je quitte la suite, heureuse de ne croiser personne dans le couloir, et emprunte l'ascenseur. Les souvenirs tentent de s'imposer, mais je les refoule derrière la colère. Je rejoins l'accueil et découvre l'hôtesse de la veille qui blêmit lorsqu'elle m'aperçoit.

Oui, je sais, je ressemble plus à Cruella qu'à Cendrillon ce matin. Pas la peine de me dévisager de la sorte.

– Bonjour, madame. Votre séjour s'est bien passé ?

– Oui, merci. Voici le badge, expliqué-je en lui rendant le passe de la suite. Auriez-vous un service de voiturier ?

– Pas à ces horaires, vous m'en voyez désolée. J'ai cependant plusieurs cartes de visite de taxis avec lesquels nous travaillons.

– Merci.

– Installez-vous au bar, me propose-t-elle, l'hôtel vous offre un café et des viennoiseries et je vous amène les différents contacts.

– C'est gentil, mais je suis pressée, décliné-je alors que je sens l'hôtesse paniquer et jeter régulièrement des regards au-dessus de mon épaule.

J'entends un gloussement et alors que je m'apprête à me retourner pour découvrir qui émet un son aussi ridicule, la main de l'hôtesse se pose sur la mienne. Je relève le visage vers elle et la découvre, m'implorant.

– Je ne ferais pas ça si j'étais vous.

Je fronce les sourcils, ne comprenant pas sa remarque, récupère la carte de visite qu'elle a en main, et me retourne. Le son se fait entendre plus fort et je fais quelques pas, quittant la réception pour me rapprocher de la porte. Un râle cette fois-ci me fait tourner la tête sur la gauche et ce que je découvre me donne la gerbe. Je me demande d'ailleurs comment je fais pour ne pas me répandre sur la moquette. Dans un recoin, à l'abri des regards, Donovan est appuyé contre le mur, le visage levé vers le plafond, une jeune femme agenouillée devant lui. Même si je ne vois rien de plus, je sais exactement ce qu'il se passe, car j'ai déjà assisté à une scène similaire il y a quelques semaines. J'entends des pas derrière moi mais je n'arrive pas à détourner mon regard.

– Je suis désolée, chuchote l'hôtesse. Suivez-moi, je vous ai appelé un taxi. Vous méritez mieux que ça, ce n'est qu'un…

– Connard ! finis-je à sa place, ce qui fait sursauter Donovan.

La surprise dans son regard ne dure que quelques secondes alors qu'une autre émotion s'impose. De la gêne ? De la colère ? Du dégoût ?

C'est la main de l'hôtesse sur mon épaule qui me donne l'impulsion nécessaire. Je n'ai plus rien à faire ici. Je quitte cet hôtel qui a été le témoin de moments merveilleux, mais également d'une déception sans pareille.

– Il ne mérite pas que vous perdiez votre temps avec lui, me surprend l'hôtesse que j'avais oubliée.

– Vous avez raison, il n'existe simplement plus. Merci pour votre gentillesse.

– Je vous en prie. Prenez soin de vous.

Je monte dans la voiture, me laisse tomber sur le siège et repense à tout ce que j'ai vécu en quelques heures.

La colère et la déception sont les seules émotions qui dominent et je m'astreins à une nouvelle règle : ne pas pleurer pour le roi des connards !

16

Donovan

Je repousse la fille sans ménagement. De toute façon, ça ne sert à rien, je n'arrive pas à bander !

Je n'ai même pas besoin de refermer mon pantalon puisque la blonde n'a pas eu l'occasion de le déboutonner. Rien que la sentir contre moi, à me caresser, m'agace.

– Allez !

– Putain, lâche-moi !

– Je ne comprends pas, tu voulais pourtant que l'on passe un moment ensemble.

Je ne comprends pas non plus ma réaction et ça m'agace encore plus.

– Eh bien j'ai changé d'avis. Et oui, je sais, je suis un…

– Connard.

– Voilà, tu as tout compris.

Et sans un regard en arrière, je la plante là. Je l'entends m'insulter, mais je m'en fous royalement. J'arrive sur le trottoir avec l'envie de retrouver une certaine brune, mais je ne vois personne.

– Fait chier !

Je n'arrive pas à me calmer et je sais que dans ces conditions il ne me reste pas beaucoup d'options. Soit je cours, soit je vais voir Shirley. Elle arrive toujours à me remettre sur les rails en quelques phrases. Je lui envoie un message en espérant qu'elle soit libre pour me recevoir. Et en attendant sa réponse, je repense à la réaction de Penny. Je ne pensais pas la voir dans l'entrée de l'hôtel et une fois la surprise passée, j'ai détesté la réaction de mon corps. Car si la blonde essayait de m'allumer depuis plusieurs minutes sans succès, il a suffi que je croise le regard de Penny pour avoir envie d'elle. Mais elle s'est enfuie et mon début d'érection a suivi son chemin. À croire que mon sexe avait décidé à ma place et pourtant, j'avais envie d'avoir envie de cette blonde.

[Je t'attends !]

La réponse de Shirley me permet de sortir de mon apitoiement. Je réserve un Uber et prends la direction des quartiers chics.

– À la tête que tu tires, quelque chose ne va pas !

Avec Shirley, pas de faux-semblant, et la manière dont elle m'accueille m'arrache un sourire. Le premier depuis de longues heures.

– Toi aussi tu es en beauté, réponds-je, sarcastique.

– Je te l'ai déjà dit, je suis insensible à ton charme. À la place, raconte-moi ce qui provoque la grimace que tu fais.

Nous nous installons dans son salon et je remarque immédiatement le plateau de mignardises qu'elle a installé avant mon arrivée.

– Merci encore d'avoir récupéré mon lot. C'est vraiment du matériel de qualité et j'aurais détesté ne pas l'avoir.

– De rien. Ce n'était pas si désagréable, précisé-je en pensant au moment partagé avec Penny.

– OK… Et donc ? Comment s'appelle-t-elle ?

– Tu sais très bien qu'aucune femme n'a d'influence sur moi.

– Si c'était le cas, tu ne t'énerverais pas. Donc maintenant, parle-moi d'elle.

– Penny n'est rien pour moi, rétorqué-je, véhément.

– Je n'ai jamais demandé son nom, me répond Shirley en souriant, visiblement fière d'elle, mais maintenant je veux tout savoir.

Je pousse un soupir de désespoir, mais après quelques secondes de silence, je me lance et lui raconte notre rencontre, nos échanges, nos prises de bec, notre rapprochement hier.

– Où est le problème ? Car je te connais et je sais qu'il y a une couille dans le potage.

– J'ai quitté la chambre, car je n'arrivais pas à dormir avec elle dans le même lit. Je n'ai plus l'habitude de ce genre de proximité. J'avais besoin de prendre l'air, de prendre de la distance. Alors je suis descendu au bar de l'hôtel aux alentours de six heures.

– Et tu ne t'es pas contenté de prendre un café.

– Bourbon, grogné-je en me rendant compte que mon amie me connaît vraiment bien.

– Et à quel moment ça a merdé ?

– La serveuse n'a pas arrêté de me faire du gringue.

– Jusque-là, ça ne m'étonne pas.

– J'ai fini par l'entraîner dans un coin.

– OK, évite-moi les détails sordides, s'il te plaît.

– Shirley, je te rappelle le métier que tu pratiques ? répliqué-je en riant alors qu'elle fait la femme choquée.

– Pas la peine, mon chou, je le sais. Mais ce n'est pas pour autant que je décris mes compétences à celui que je considère comme mon petit frère.

– De toute façon, je n'aurais rien pu te dire car il ne s'est rien passé.

– Quoi ?

– Rien, *nada*, *walou*, que tchi, *nothing* !

– Ah, je comprends ! Tu as eu ta première panne. Tu sais, de nombreux hommes connaissent ça un jour. Ça ne fait pas de toi un impuissant pour autant.

– Tu te trompes, la coupé-je, n'appréciant pas qu'elle remette en cause ma virilité. Car quand Penny est arrivée et nous a surpris alors que la blonde voulait me sucer, ma queue s'est réveillée.

– Ah, oui, le problème est tout autre, lance Shirley en riant pendant de longues secondes alors que je reste stoïque. Dis-moi que tu as compris ?

– Tu me prends pour un idiot ou quoi ? Je sais très bien ce qu'il s'est passé. La fatigue, le manque de sommeil, la pression.

– Non, mon grand, ce n'est pas ça. C'est autre chose. C'est elle.

– Arrête tes conneries. Je te l'ai déjà dit, ce dont tu parles n'est pas fait pour moi. N'est plus fait pour moi.

– Donc tout va bien, n'est-ce pas ? me questionne Shirley avec un sourire moqueur sur le visage. Tu viens juste ici pour me dire à quel point tu t'inquiètes pour ton petit oiseau.

– Alors pour commencer, mon oiseau, comme tu l'appelles, n'a rien de petit ! Et puis c'est quoi cette expression de merde ? Tu es une pute, Shirley, tu peux pas parler comme toutes les autres !

Je sais que je vais trop loin, je sais que je viens de la blesser, car jamais je ne lui ai renvoyé son métier à la figure. Mais j'ai envie de la blesser comme elle est en train de le faire.

– Tu ne m'apprends rien sur qui je suis et ce que je fais, me répond-elle en se mettant debout, prête à m'affronter. Moi, j'ai au moins l'intelligence et l'honnêteté de me voir telle que je suis. Toi par contre, à vouloir jouer au connard pour ne plus être blessé, tu l'es réellement devenu. Je n'ai jamais été un punching-ball pour les autres et même mes clients me respectent. Mais toi…

– Je suis désolé, Shirley. Vraiment. Je ne le pensais pas, la contré-je en me relevant à mon tour.

– Tu sais ce que l'on dit ? Sous la colère se cache une infime vérité, donc mens-toi à toi-même si tu veux, mais moi, je connais la vérité maintenant.

– Mais merde, comment on en est arrivés là ? Tu sais ce que tu représentes pour moi ! hurlé-je. Tu es la seule pour qui je déplacerais des montagnes. Si je ne suis pas mort aujourd'hui, c'est grâce à toi. Tu es mon amie, la seule.

– Je crois que tu as raison sur une chose, me répond-elle en conservant une expression neutre, tu as besoin de sommeil. Rentre chez toi, Don.

– Non, je ne veux pas partir comme ça.

– Tu n'as pas le choix, un client ne va pas tarder.

Je pousse un soupir de frustration. Depuis des années, je n'ai pas ressenti cette douleur en moi et je ne veux pas perdre Shirley. Elle est mon équilibre, celle qui sait comment je fonctionne, celle qui m'a tout appris.

– Shirley...

– Va te reposer et nous reparlerons de tout ça une autre fois.

Elle me surprend en venant déposer une bise sur ma joue et en m'offrant un sourire.

– Je ne te mérite pas, chuchoté-je, mal à l'aise.

– Ça, on le sait depuis le début, mais il n'y a que toi qui puisses changer les choses. Et il va falloir que tu fasses de gros efforts, car je te rappelle que je suis une femme exceptionnelle.

– C'est certain.

– Allez, file, Philippe ne va pas tarder.

Je quitte celle qui représente à la fois une mère et une sœur pour moi et décide de marcher un peu pour rejoindre mon appartement. Au bout de cinq minutes, mon téléphone vibre et je consulte le message.

[Tu as marqué des points hier
soir avec ta miss parfaite.
Maintenant, le plus dur pour toi

est de conserver la même nana
pour qu'aux yeux de tous
tu n'apparaisses pas comme
le connard que tu es.
Et je vais adorer te voir chuter,
car moi je sais ce dont
tu es capable !
Tu as déjà dû la remplacer. E]

Le SMS d'Erin est accompagné d'une photo prise lors du gala sur laquelle je pose avec Penny à mon bras. Elle est sublime dessus et le sourire qu'elle offre au photographe la fait rayonner. Mais au lieu de m'apaiser, ce cliché accompagné du message de la peste Erin me gonfle.

Car elle a compris qui tu étais ? Car elle a raison ?

Je range rageusement mon téléphone et me mets à courir.

Bilan de ma matinée alors que j'arrive dans mon quartier après quarante minutes de course :

1) Courir en chaussures de ville est loin d'être agréable.

2) J'ai blessé la seule femme qui me soutient depuis des années.

3) Il faut absolument que j'arrange les choses.

Fort de cette conclusion, j'entre dans mon appartement, me déshabille, prends une douche et m'allonge enfin dans mon lit. Je prends le luxe de m'offrir quelques heures de sommeil avant d'aller faire ce qu'il se doit.

***

Je me retrouve devant la pâtisserie de Penny et j'hésite à entrer.

Est-ce que venir sur son lieu de travail est une bonne option ? Non, mais c'est la seule puisque je n'ai pas son adresse.

Est-ce que je risque ma vie en venant ici ? Oui, je suis certain qu'elle n'hésitera pas à me lancer tout un tas d'ustensiles au visage et je la comprendrais.

Bon ! On va pas rester là pendant des heures !

Un jour, je buterai ma conscience. Mais pas tout de suite, je dois d'abord rattraper mes conneries.

Je pousse la porte et me retrouve seul dans la boutique. Personne derrière le comptoir et pas de clients. J'observe ce qui m'entoure et prête l'oreille à la chanson qui passe dans les haut-parleurs.

« *And I told my friends a thousand lies*
So I could be with you tonight
They don't believe a word I say no more
Ooh, yeah
I'm talkin' 'bout, talkin' 'bout, talkin' 'bout, talkin' 'bout you, yeah
I told myself I wouldn't fall but I broke my own rule, yeah
I can't come back
Oh, I hate how much I love you
And I hate how much I care
I spend all of my money and all my time
'Cause I hate our love, I do

I hate how much I love you, ooh
Yeah, I hate how much I love you, ooh
I hate how much I love you, yeah »[1]

(« J'ai raconté un millier de mensonges à mes amis
Pour être avec toi ce soir
Ils ne me croient plus désormais
Ooh, ouais
Je parle de, parle de, parle de, parle de toi, oui
Je me suis dit que je ne craquerais pas, mais j'ai brisé ma propre règle, ouais
Je ne peux pas revenir.
Oh, je déteste combien je t'aime
Et je déteste la façon dont j'm'en soucie
Je dépense tout mon argent et de mon temps
Parce que je déteste notre amour,
Je déteste combien je t'aime, ooh
Ouais, je déteste combien je t'aime, ooh
Je déteste combien je t'aime, ouais »)

Voilà une preuve de plus que l'amour est une vraie connerie et je sais que je ne tomberai plus dans son piège. La dernière fois, l'atterrissage a été bien trop douloureux.

– Qu'est-ce que tu veux ? grogne une voix dans mon dos.

Je me retourne et découvre Lysia, les poings sur les hanches, prête au combat.

– Bonjour, est-ce que je pourrais parler à Penny ?

1. « Hate How Much I Love You ». Paroliers : Conor Maynard, Jake Torrey, Andrew James Bullimore, Noah Conrad, Joshua Peter Record. Interprète : Conor Maynard.

– Non. Maintenant, dégage.

– Ça ne sera pas long. Juste quelques minutes, insisté-je.

– Qu'est-ce que tu ne comprends pas dans le mot « non » ?

– Écoute, c'est une histoire entre elle et moi et j'ai besoin d'éclaircir un malentendu.

– Qu'est-ce que tu lui as fait ? grogne-t-elle.

– Rien, ou presque rien, ajouté-je sous son regard mauvais.

– C'est toujours non !

Oh, putain, elle commence à me les briser sévère, la copine pitbull. Je la contourne alors qu'elle tente de s'imposer, mais c'est peine perdue, elle le sait, elle ne fait pas le poids face à moi.

– De toute façon, tu ne la trouveras pas, dit-elle en s'écartant pour me céder le passage.

– Quoi ?

– Penny n'est pas venue. C'est la première fois depuis qu'elle a ouvert sa pâtisserie.

– Merde.

– Je me répète : qu'est-ce que tu lui as fait ?

– Et pourquoi ce serait moi ?

– Tu étais avec elle cette nuit et la boutique est sa priorité, donc si elle n'est pas là, c'est forcément lié à ce qu'il s'est passé.

– Il faut que je lui parle.

Elle me jauge pour voir si elle peut me faire confiance et je vois le combat intérieur qui est le sien. C'est le moment idéal pour faire ressortir mes fossettes, je le sais, et pourtant je reste le plus sérieux possible, car je suis certain que Lysia ne se laissera pas avoir par un tour de passe-passe.

– Si tu lui fais du mal, je te coupe les couilles. Et je t'assure que j'ai plusieurs techniques en ma possession pour parvenir à un résultat long et douloureux. Je commencerai par les clipser avec une pince, puis je les ébouillanterai avant de…

– C'est bon, j'ai compris, la coupé-je en mettant une main sur mon entrejambe. Je ne la blesserai pas.

– Il vaut mieux pour toi. Elle n'a pas besoin de ça en ce moment, ronchonne-t-elle en inscrivant quelque chose sur un morceau de papier.

Quand je découvre l'adresse qu'elle me tend, j'ai l'impression d'avoir remporté une bataille. Je la remercie d'un signe de la tête et m'apprête à quitter la pâtisserie.

– Donovan, m'appelle Lysia.

Je me retourne et la vois, une immense pince à la main qu'elle fait claquer dans un bruit fort et sinistre. Je déglutis avec difficulté. Message reçu.

17

Penny

Je lis une nouvelle fois le message de Lysia sans comprendre.

[N'oublie jamais que je t'aime
et que je fais ça pour toi.]

Cela fait dix minutes que j'essaie de la contacter, mais je ne tombe que sur son répondeur.

– Si on m'avait dit un jour que j'aurais une relation privilégiée avec ton répondeur, je ne l'aurais jamais cru. Bon, rappelle-moi, car ton message m'inquiète ! Qu'est-ce que tu as encore fait ? Je t'avertis, si c'est au sujet de la pâtisserie, tu as intérêt à ne pas avoir tout changé de place… Oh, attends, on sonne à la porte.

Je me précipite sur le visiophone et reste stupéfaite. Donovan attend nonchalamment que je lui ouvre. Tout à coup, je comprends le message de mon amie.

– Lysia, tu es une femme morte. Je vais te faire vivre un enfer et je vais commencer dès demain en te privant de chocolat ! Je te laisse maintenant, j'ai un connard à virer.

Non mais je n'y crois pas ! Quel culot ils ont ! Comment Ly a osé donner mon adresse à ce… connard ? Sérieusement, il n'y a pas d'autres mots pour le qualifier. Et lui…

Dring !

– Tu n'es pas le bienvenu.

– Penny, s'il te plaît.

– Non, va-t'en. Nous n'avons rien à nous dire.

– Au contraire, je crois que nous devons nous expliquer.

– Va jouer au *lover* avec ta blonde et oublie-moi.

Il regarde le visiophone et j'ai l'impression qu'il me voit à travers.

– Penny, ne complique pas les choses, s'il te plaît. Laisse-moi t'expliquer et après si tu le souhaites, je ne t'importunerai plus.

– Tu as déjà dit ça… Et regarde où nous en sommes.

– Cinq minutes…

Je suis persuadée que si je ne lui ouvre pas, il va monopoliser tout mon temps en faisant le pied de grue devant mon entrée. Je pousse un long soupir de résignation avant d'appuyer sur le bouton du visiophone.

– Cinq minutes ! Et pas une de plus.

– Merci, me répond-il quand je lui ouvre l'accès.

Si ça avait été quelqu'un d'autre, j'aurais profité de ce laps de temps pour me recoiffer ou retoucher mon maquillage. Pas cette fois. À la place, je prends une position défensive. Les bras croisés, je m'apprête au combat. Un coup léger sur la porte m'annonce l'arrivée de Donovan.

Je lui ouvre avant de reprendre ma position.

Il s'est changé et porte une tenue plus décontractée. Un jean brut qui lui va à merveille et un tee-shirt noir sous son blouson de cuir.

Stop ! Interdiction de le trouver beau, c'est un connard !

C'en est peut-être un, mais il est sublime ! intervient une petite voix que je déteste immédiatement.

– Salut.

Je ne lui réponds pas et regarde mon poignet sur lequel ma montre n'est plus. Eh merde, comment paraître ridicule ! Même si Donovan s'en aperçoit, il ne dit rien. Bon point pour lui.

– Je ne serai pas long. Je tenais à te présenter mes excuses pour mon comportement, comment dire… indélicat.

Indélicat ? Il se fout de moi, là. Je lui en ferais bouffer de l'indélicat.

– Je ne sais pas ce qu'il m'a pris d'agir de la sorte.

– Oh, arrête ton char ! Tu agis toujours comme ça. Est-ce que je dois te rappeler la manière dont nous avons fait connaissance ? Tu es un *serial* baiseur ! Je n'étais même pas surprise de ne pas te trouver dans le lit au réveil. Je savais que tu allais prendre la fuite, mais de là à…

– On ne s'était rien promis, tente-t-il de s'expliquer.

– Évidemment ! Je ne suis pas folle à ce point ! crié-je de toutes mes forces. Mais le respect de l'autre n'est pas une promesse que l'on doit énoncer. Cela fait partie de la normalité, de la base. On respecte les gens que l'on côtoie, un point c'est tout. Mais même ça, c'est trop te demander !

– Je te respecte !

– En te faisant sucer par une blonde alors que tu venais de quitter mon lit ?

– Ça ne s'est pas passé tout de suite, plaide-t-il. J'ai d'abord passé un moment au bar.

– Alors ça change tout, si monsieur était au bar ! Écoute, je crois qu'il vaut mieux que tu partes. Parler ne sert à rien. Tu vas sortir de chez moi et de ma vie, et tout ira bien pour chacun de nous.

Je lui passe devant et rouvre la porte pour l'inciter à partir. Je le fusille du regard alors qu'il passe une main dans ses cheveux, trahissant ainsi sa nervosité.

– Il ne s'est rien passé.

– Quoi ?

– Avec la blonde, il ne s'est rien passé.

– Ce n'est pas ce que j'ai vu, grincé-je.

– Pourtant je te le dis, il ne s'est rien passé.

– Et comme tu es une personne honnête, je devrais te croire.

– Oui, car je ne t'ai jamais menti. J'ai déconné oui, mais j'ai toujours été clair sur mes intentions. Je ne t'ai rien promis.

– Et qu'est-ce que cela change ?

– Tout.

– Pour moi, ça ne change rien ! Bien au contraire.

– Tu ne veux pas savoir pourquoi je n'ai rien fait avec la blonde ?

– Non, je m'en fous, mens-je en le défiant du regard.

– Eh bien je vais te le dire quand même ! rétorque-t-il en s'énervant à son tour. Je n'ai pas réussi à bander et c'est à cause de toi.

– De moi ?

– Oui, tu as foutu le bordel !

– Oh, j'ai fait capoter ton plan cul, tu m'en vois désolée ! Non, en fait, je ne le suis pas.

– Putain, t'es chiante, miss cupcake. Je te dis que je n'arrivais pas à bander, car la nana qui était dans mes bras, ce n'était pas toi.

Oh !

– Oui, moi aussi, ça me surprend, reprend-il. Ça ne m'est jamais arrivé. Quand j'ai quitté la chambre, je pensais que j'avais besoin de m'éloigner de toi, mais quand je suis arrivé au bar, ton odeur me poursuivait et ça m'a gonflé. Alors j'ai bu quelques verres et c'est là que la blonde est apparue. Elle voulait passer du temps avec moi et je me suis dit que c'était un bon moyen de m'empêcher de remonter pour te baiser de nouveau. Mais il ne s'est rien passé, mon corps n'a pas réagi. Elle n'avait même pas dégrafé mon pantalon quand tu nous as surpris dans le hall. Et le seul fait de te voir a réveillé ma libido.

Je lui décoche une gifle qui le surprend autant que moi.

– Te rends-tu compte que ce que tu me dis est blessant, au moins ? Je ne suis pas une putain de poupée gonflable disponible à ton bon vouloir ! Tu voulais me fuir, eh bien je t'en donne l'occasion. Dégage !

Je me suis rapprochée de lui pendant que je criais. Je suis certaine que je ressemble à une furie, mais je m'en fous. Je veux juste qu'il parte, mais il ne bouge pas et la lueur qui flamboie dans son regard m'annonce qu'il est prêt à lutter.

– Tu ne comprends pas ce que je te dis ?

– Je ne veux pas t'entendre ! Dégage !

– Non !

– Pars de chez moi, tout de suite ! m'énervé-je en tapant son torse de mon index.

– Non. Je veux que tu comprennes.

– Que je comprenne quoi ?

– Que c'est la première fois que ça m'arrive. Qu'avant toi, je n'ai jamais ressenti le besoin de baiser de nouveau avec la même personne.

Je m'apprête à le repousser, mais il suspend mon geste en attrapant mes poignets.

– Et même là, alors que je risque mes couilles, je n'ai qu'une envie : retrouver ton corps nu contre le mien. Je ne sais pas comment tu as fait ça et surtout combien de temps ça durera, mais j'ai envie de ça.

Il se penche vers moi et m'embrasse, me rapprochant de lui. C'est une revendication, un duel, une lutte que nous jouons. Il tente de se prouver qu'il n'a pas besoin de moi et je fais pareil. Je déteste les réactions de mon corps qui se liquéfie contre celui de Donovan, je déteste les papillons qui tentent de s'envoler dans mon estomac, je déteste mon cœur qui s'emballe pour cet homme qui ne me respecte pas. Un baiser qui dure un temps infini et qui me laisse le souffle coupé quand enfin nos lèvres se séparent.

– Ne me dis pas que tu ne le ressens pas. Ne me dis pas que tu n'en as pas envie, je ne te croirais pas. Ton corps hurle de désir pour moi, je suis un spécialiste dans le domaine et je sais que tu as envie de moi. Baisons encore une fois pour voir si ce désir disparaît. Juste une fois et je partirai.

Je déteste être tentée par cette proposition, mais je suis plus forte que mes hormones, plus forte que cette envie dévorante.

– Tu es vraiment le roi des connards. Je te l'ai déjà dit, je ne suis pas une poupée gonflable dans laquelle tu peux te déverser quand tu le désires !

18

Donovan

J'ai toujours assumé d'être un connard avec les femmes, je l'ai même revendiqué fièrement alors je ne comprends pas pourquoi entendre ce qualificatif dans la bouche de Penny me dérange. Plus que ça, j'ai envie de lui prouver le contraire. Comment ? Je ne sais pas encore, mais je ne m'avoue pas vaincu. Il y a un truc chez elle qui m'attire. Bon, je ne suis pas le genre fleur bleue et je pense juste que je dois me rassasier d'elle. Une fois ne m'a pas suffi et peut-être qu'une seconde ne sera pas assez, mais je n'imagine rien de plus. Il faut qu'elle comprenne que c'est éphémère, ponctuel, qu'aucun avenir amoureux entre nous n'est possible, car je ne suis pas ce genre d'homme. Je l'ai été et j'ai vu où cela m'a mené.

– Je ne te considère pas comme telle. Je te dis juste ce qu'il en est. Ça me dépasse, pour être honnête, mais j'ai encore envie de toi. Je ne te promets pas le mariage, la maison avec la clôture blanche et le chien qui court dans le jardin, mais on pourrait partager quelques moments agréables.

– Laisse-moi rire, j'aurais peur de choper un chapelet de MST avec toi.

Bon, déjà elle ne dit pas non…

C'est pas gagné non plus, tempère ma conscience.

– Je suis clean et je me fais dépister tous les trois mois. Je n'ai jamais eu de rapports non protégés.

– Tu vas me faire croire que la première fois où je t'ai vu, la rouquine astiquait une capote ?

Je grimace au souvenir d'Erin la garce.

– Tu vois. Et tu voudrais que je te fasse confiance, sachant que tu trempes ton biscuit n'importe où ?

Elle n'a toujours pas dit non !

Mais c'est mal barré !

– Et si je te promets que pendant la période où nous nous verrons, il n'y aura que toi ?

– Je devrais te croire sur parole ? Tu n'apparais pas comme l'homme le plus fiable de Londres.

– Je ne mens pas. Je suis particulier, mais foncièrement honnête.

– Et tu me proposes quoi ? Que je sois ta poupée gonflable dans laquelle tu te déverses quand tu en ressens le besoin ?

– Je n'ai jamais aimé le plastique, répliqué-je en souriant. Mais je dirais que c'est plutôt un échange de bons procédés entre adultes consentants. On s'offre du plaisir physique, charnel, tout en étant respectueux. Une seule règle : pas de sentiments. Ce n'est pas contre toi, mais j'en suis incapable et je ne suis pas un foutu prince charmant.

– Ça, je l'avais deviné.

– Ce que je veux dire, c'est que l'on pourrait être des sex friends. Du plaisir, des découvertes, sans prise de tête ni drame.

– Danny Zuko, en quelque sorte, chuchote-t-elle, pensive.

– Quoi ?

– Non, rien.

– Alors, qu'est-ce que tu en dis ?

19

Penny

Ce que j'en pense ? Il est mignon lui. Là tout de suite, j'aimerais lui claquer la porte au nez, lui dire qu'il peut aller se faire foutre. Mais une petite voix dans ma tête qui ressemble étrangement à celle de Lysia me susurre d'accepter.

Pense Grease, *on change de peau, on devient une autre. Dans trois semaines, tout sera différent, c'est l'occasion parfaite pour être une autre version de toi-même.*

Le conseil est une révélation. C'est l'occasion idéale et je suis certaine d'une chose : avec Donovan, je prendrai du plaisir. Il faut juste que je lui fasse comprendre que j'ai certaines limites.

– J'accepte… Mais, ajouté-je quand je vois son sourire conquérant, il y a des règles à respecter.

– Évidemment, ça ne pouvait pas être juste un OK, avec toi. Alors vas-y, je t'écoute.

– Le respect est une clause obligatoire ! Je te respecte en tant que personne et partenaire, j'attends la même chose de ton côté.

– Je crois te l'avoir déjà proposé. Seulement toi pendant notre « contrat ».

– Très bien. Deuxièmement, si l'un ou l'autre est tenté d'aller voir ailleurs, il devra l'annoncer à l'autre de visu et pas par SMS ou appel.

– Ça ressemble beaucoup à ton premier point.

– C'est un complément. Alors ?

– J'accepte.

– Troisièmement…

– Tu as beaucoup de points à soulever ?

– Ça te pose un problème ?

– Non, c'est juste pour savoir si je dois prendre des notes pour me souvenir de tout.

– C'est une bonne idée, m'écrié-je avec enthousiasme. Un contrat a besoin d'être posé sur le papier.

– Euh… c'était une plaisanterie. Je suis capable de retenir quelques informations, tu sais.

– Non, non, c'est une brillante idée. Au moins les choses seront claires et l'on agira en notre âme et conscience.

– Si tu y tiens, me répond-il en haussant les épaules.

– J'y tiens.

Je pars à la recherche d'une feuille de papier ainsi que d'un stylo et m'installe à une table pour rédiger les premières clauses.

– Donc, je disais, troisièmement, reprends-je alors que Donovan vient s'installer à côté de moi, aucune ingérence dans la vie de l'autre. On ne pourra pas s'imposer dans la vie personnelle ou professionnelle de l'autre.

– Ça me va.

– Quatrièmement, aucune pratique sexuelle non protégée ou non consentie.

– C’est évident.

– Cinquièmement, il s’agit d’une relation éphémère.

– Parfait.

– Sixièmement, dès que l’un de nous deux commencera à avoir des sentiments pour l’autre, il devra mettre fin à cette relation.

– Il n’y a pas de risque de mon côté. Je ne m’attacherai pas.

– Alors, nous sommes d’accord. Tu vois un autre point à ajouter ?

– Non, j’ai juste une question.

– Laquelle ? demandé-je alors que j’appose ma signature sur le document et que je le lui présente.

– Comment on fête notre accord ?

Il griffe à son tour la feuille avant de rcboucher le stylo.

– Au sourire que tu as, je suppose que tu as une option à me suggérer.

– La meilleure qui soit : mettre en pratique chacune des clauses.

La tension sexuelle entre nous s’enflamme, comme si elle n’attendait qu’une étincelle depuis nos retrouvailles pour enfin exploser.

Je suis une autre et j’ai le droit d’en profiter.

– C’est sûrement la chose la plus sensée que tu aies dite aujourd’hui.

Il ne lui en faut pas plus pour se pencher vers moi et m’embrasser. Quand son corps se rapproche du mien, qu’il m’enlace et me goûte, je suis certaine d’avoir pris la bonne décision. Trois semaines pour explorer cette part sensuelle qui a toujours été mise de côté en compagnie d'un expert du sexe. Le résultat ne peut être qu'exceptionnel.

***

– Tu quoi ?

L'air ahuri de Lysia me fait sourire.

– J'ai signé un contrat de sex friend*s* avec Donovan.

– Tu es vraiment sérieuse ?

– Très.

– Je ne pensais pas que ce jour arriverait. Ma jeune Padawan est devenue Jedi !

– Tu sais que je ne comprends rien à ce que tu racontes, je n'ai toujours pas regardé un seul volet de *Star Wars*.

– Toute ton éducation est à refaire, s'offusque-t-elle exagérément. Mais tu as fait un pas de géant avec ton plan cul. Tu le revois quand alors ?

– On n'a pas encore décidé.

– Ça nous laisse donc le temps de passer chez Aubade ou Victoria's Secret pour renouveler ta panoplie de sous-vêtements.

– Ce n'est pas comme si je n'en avais pas.

– Penny, on ne parle pas de sous-vêtements confortables que tu achètes pour travailler ou faire du sport. Mais d'armes de séduction massive qui vont faire de toi une bombe anatomique à laquelle ton Donovan ne pourra résister. Tu vas le faire tomber à genoux et il ne pourra plus se passer de toi !

– Déjà, ce n'est pas mon Donovan. Et puis c'est clair entre nous, c'est une histoire éphémère, sans sentiments.

– C'est ce qu'on dit et ça finit toujours par un mariage, des enfants et…

– Ça n'arrivera pas. C'est clair entre nous, la coupé-je pour éviter qu'elle ne s'enflamme trop.

– OK… Mais rien ne t'empêche d'aller faire quelques achats affriolants !

J'ai conscience que Lysia ne me lâchera pas comme ça et je la soupçonne même de se servir de moi pour agrémenter sa collection à elle.

– Allez, dis oui !

– Mais pour la pâtisserie ?

– Partez, intervient Ewan. Vous me fatiguez à jacasser de la sorte et vous entendre parler de lingerie me fait frissonner d'effroi.

– N'abuse pas, le chambre Lysia. Si on parlait de boxers, tu serais le premier à argumenter !

– Tout à fait, mais à la place, je vais vous entendre parler de strings, porte-jarretelles et autres balconnets, répond-il en grimaçant. Je préfère encore rester seul ici. Puis vous pouvez partir tranquilles, le rush est passé.

– Je t'avais dit que cet homme était une perle, se pâme Lysia en lui sautant au cou. Tu mériterais que je te rapporte un petit cadeau.

– Ah non, surtout pas ça. Je me souviens parfaitement du dernier que tu m'as fait et j'en tremble encore.

– Je veux savoir, dis-je alors que Lysia éclate de rire.

– Un string à paillettes !

– Et je me rappelle également ta réaction : « Ce n'est pas parce que j'aime les queues que j'apprécie une ficelle dans le cul ! »

– Non mais c'est vrai, je ne sais pas comment vous supportez ça, vous les femmes, c'est une torture ! Ça gratte, ça brûle, ça gêne.

– Il faut souffrir pour être belle, lui répond ma meilleure amie en lui faisant un clin d'œil. Puis, tu sais, nous, les femmes, nous n'avons pas une pilosité développée à cet endroit, contrairement aux hommes.

– Eh, oh ! Je ne te permets pas, mon cul est parfait. Aucun poil disgracieux, fermeté parfaite, et jusqu'à présent je n'ai eu aucune plainte !

– C'est bon, j'en ai assez entendu ! Ly, on y va sinon Ewan risque de baisser son pantalon pour que l'on observe sa lune.

Mes amis éclatent de rire et c'est dans cette ambiance de franche camaraderie que nous déambulons dans les rues de Londres jusqu'à ce que nous atteignions la boutique tant convoitée par ma meilleure amie. Avec sa devanture noire et ses vitrines dignes des plus grands joailliers, Victoria's Secret affiche clairement le luxe et la qualité.

– Depuis le temps que je rêve d'y venir avec toi ! Allons jouer aux mannequins !

– Je suis loin d'avoir leur corps.

– Moi aussi, et alors ! On s'en fout ! De toute façon, soyons lucides, aucune femme normale ne leur ressemble.

– Donc le rendu sur nous ne sera pas aussi dingue, dis-je en contemplant une photo de Gigi Hadid, égérie de la marque.

– Il sera encore meilleur, j'en suis certaine.

Elle me prend par la main et me fait entrer dans la boutique. C'est dingue, j'ai l'impression d'entrer dans un boudoir. L'ambiance feutrée, les coloris noirs et fuchsia qui contrastent, l'éclairage qui met en valeur les tenues, c'est vraiment un lieu unique.

– Waouh ! C'est magnifique !

– Ça m'a fait la même chose quand je suis rentrée la première fois.

– Non mais tu as vu ce lustre en cristal ?

– Et tu n'as pas encore vu l'escalier en verre qui nous permet d'accéder à l'étage et aux salons VIP. Tu vas en prendre plein les yeux.

– Je te fais confiance.

– Suis-moi, allons d'abord voir la nouvelle collection.

Je découvre des pièces de grande qualité allant de la lingerie classique à celle plus osée. Je m'attarde sur un body en dentelle noire très échancré au niveau de la poitrine.

– C'est sexy ! Je te verrais bien dedans.

– Je ne suis pas certaine. Et puis niveau maintien, on a vu mieux.

– Ma belle, ce n'est pas ce genre de sous-vêtements. C'est la case séduction que tu vises, pas confort.

– Tu as raison, je dois me mettre dans la peau d'Olivia Newton-John.

– *Yes, you rock, baby !* Laisse-moi te montrer ce qui va rendre fou ton *boy toy*.

Elle me désigne plusieurs tenues que je m'empresse de prendre dans mes bras avant d'aller les essayer. Dans les cabines, alors que nous sommes l'une à côté de l'autre, Lysia me parle de sa relation avec Will. Elle le trouve vraiment sympa, et espère que cette fois-ci ce sera le bon. Il semble fou d'elle vu les messages et appels réguliers.

– Tu imagines comme ce serait génial si tu te mettais réellement avec Donovan ? Deux potes avec deux amies. On se ferait des soirées de folie !

– Ly, je te le répète, ça n'arrivera pas. Nous n'avons pas ce genre de relation.

– Oui, oui, je sais ! Mais imagine…

– Non, je n'aime pas m'arrêter à des scénarios improbables, pesté-je en ouvrant le rideau pour lui montrer mon essayage.

– Waouh ! Tu es… Putain, ce que t'es bonne là-dedans ! Ça te fait un cul d'enfer, ajoute-t-elle alors qu'elle me fait tourner sur moi-même.

– C'est vrai que je me sens bien avec.

– Donovan va être raide comme la justice !

– Je le prends.

– Ah, tu vois que tu aimes faire des achats pour lui !

– Non, je l'achète pour moi car je me sens belle dedans. Belle et pleine d'assurance.

– Que j'aime te voir comme ça ! Allez, seconde tenue !

Je retourne en cabine et essaie cette fois-ci une nuisette en satin rouge avec des découpes sur la taille. Et quand je rejoins Lysia, je la découvre dans la même.

– Tu devrais la prendre.

– Toi aussi, Penny, tu es torride dedans.

– Je crois que je vais suivre ton conseil.

– C'est quoi ce que tu as, là ?

– Oh, ce n'est rien. Juste un bleu suite à une injection d'insuline. Par moments, ma peau est plus réactive, fais-je en haussant les épaules.

– Ce n'est pas douloureux ?

– Non, vraiment pas.

– Comment tu vas faire avec Donovan ? Tu vas lui parler de ta maladie ?

– Non, surtout pas ! Il n'a pas besoin de le savoir.

– Pourquoi ?

– Ça ne le concerne pas. C'est juste un sex friend !

– Justement ma puce, dans sex friend, il y a *friend*. Et c'est le genre de confidence que l'on fait à ses amis.

– Non, nous n'avons pas ce genre de relation. C'est sexuel. Aucune ingérence dans nos vies privées ou professionnelles, précisé-je en répétant les termes de notre contrat.

– Ça commence mal alors, puisque tu as déjà intégré Don à la pâtisserie et tu as participé à un gala pour sa boîte.

– Oui, mais c'était avant notre contrat.

– Ouais, arrange les choses comme tu le veux, mais ton contrat, il ne tient pas la route.

Elle retourne en cabine, me laissant seule, et j'ai l'impression de ne plus savoir où j'en suis. Je rentre à mon tour dans la cabine quand mon téléphone émet un bip.

[Disponible ?]

Le message froid et distant de Donovan me dérange. Et soudain, toute cette situation me semble folle. Alors dans un geste rageur, avant de me déshabiller, je lui réponds.

[Non.]

Je replace mon téléphone en me faisant la promesse de ne pas le regarder de nouveau avant un long moment et suis Lysia qui me fait découvrir la gamme maquillage et parfums de la marque.

20

Donovan

Je viens d'envoyer un message à Penny et j'imagine déjà nos retrouvailles. J'envisage les différentes positions que l'on va pouvoir explorer ensemble. L'imaginer à quatre pattes alors que je suis derrière elle me fait un effet dingue. Oui, ce soir, je crois que l'on va bien s'amuser.

– Je connais ce sourire. Tu as ferré une nouvelle proie ! Mais rassure-moi, tu ne t'es pas mis aux sites de rencontre ?

Je relève la tête et découvre Will, un nouveau tee-shirt à message sur le dos qui prône cette fois-ci une citation de Victor Sperandeo.

– Ton oncle va apprécier, dis-je en lui montrant son torse sur lequel s'étend : « La clé du succès en trading est la discipline émotionnelle. Si c'était l'intelligence, il y aurait bien plus de gagnants. »

– Je sais, mais ne change pas de sujet, raconte-moi.

– Pas d'application ni de site. Je préfère les vraies rencontres.

– Alors qu'est-ce qui te fait sourire de la sorte ?

– J'échangeais un message avec Penny.

– Ah ? Je ne savais pas que tu avais gardé contact, ça ne te ressemble pas.

– Je n'ai pas trop le choix avec Erin sur mon dos qui s'accroche à moi comme une moule à son rocher. Puis ton oncle nous a demandé de rester discrets.

– Je ne suis pas certain qu'apparaître dans la presse soit la meilleure manière de l'être.

– La presse ?

– Tu n'es pas au courant ? Penny et toi apparaissez dans un magazine people.

– Merde. Et pourquoi ça ?

– Penny commence à avoir une petite notoriété et comme elle se fait rare dans les événements mondains, ils ont sauté sur l'occasion.

– Elle ne m'a rien dit, avoué-je, pensif.

– Je ne la connais pas vraiment, mais ce que j'ai compris, c'est que ce n'est pas le genre de nana à te dire : « Hé, devine combien j'ai eu de likes sur ma dernière vidéo ? » J'ai regardé par curiosité et elle a des millions de vues, mec !

– Je ne faisais pas référence à cela. Mais vraiment des millions ? demandé-je, épaté.

– Je te jure, c'est la star de la pâtisserie londonienne.

– C'est dingue ! Et dire que j'ai participé à l'une de ces vidéos. Je vais passer pour un vrai blaireau !

– Pas vraiment, mec ! Votre duo cartonne.

– La vidéo est en ligne ?

– Depuis hier. D'ailleurs, ma tante pense que vous formez un super duo, que ce soit à la ville comme à l'écran.

– Il a raison, vous jouez bien la comédie, résonne la voix d'Erin que je n'avais pas remarquée.

Appuyée contre le chambranle de la porte de mon bureau vitré, elle tient dans ses bras un dossier qui porte mon nom.

– Qu'est-ce que tu veux ? grogné-je.

– Oh, monsieur semble être tendu… Tout va bien pour toi ou as-tu besoin d'être soulagé ?

Je saisis immédiatement ce à quoi elle fait référence et cela me dégoûte. Putain, et dire que je l'ai laissée me sucer. J'ai parfois des idées à la con… Et passer du bon temps avec Erin commence à entrer dans mon top dix.

– Tu m'excuseras, mais je n'ai pas de temps à perdre. Tu voulais ?

– Te prévenir que les officiers Backers et Rendall vont passer te voir dans la journée.

– Très bien. Au revoir, ajouté-je quand je vois qu'elle ne bouge pas.

– Tu ne veux pas savoir ce que contient ton dossier ? me demande-t-elle.

– Non.

– Je te le laisse quand même. Tu verras que ton couple avec miss parfaite t'apporte des bons points.

Elle dépose le dossier en le faisant claquer sur le bureau puis s'éloigne en chaloupant exagérément des hanches.

– Waouh, sacré numéro ! s'exclame Will en haussant les sourcils.

– C'est une source d'emmerdes, oui !

– Je vois ça, dit-il après m'avoir demandé l'autorisation d'un mouvement de la tête pour découvrir le dossier. Elle a tout répertorié. On ne pourra pas lui reprocher de ne pas faire un boulot approfondi. Ah ben y a même des clichés de votre vidéo à la pâtisserie et les commentaires des internautes.

– Le pire, c'est qu'elle voulait me servir de couverture et n'a pas apprécié mon refus.

– Putain, la vie d'un tombeur est loin d'être extra, finalement.

– C'est ce que je me dis depuis quelques jours, répliqué-je en riant, car je me rends compte qu'il y a un fond de vérité dans mes mots.

– Courage, mec. Bon, je vais retourner bosser. On va boire un verre ensemble si tu peux après le boulot ?

– Ouais, après l'interrogatoire de Tic et Tac, ça me fera du bien de prendre l'air.

Il rit et quitte mon bureau rapidement avec sa nonchalance légendaire.

Je regarde rapidement mon téléphone et découvre la réponse de miss cupcake.

Fait chier !

Je ne peux pas me permettre de perdre encore plus de temps et me remets à bosser. Au moins, pendant ce temps-là, je ne cherche pas à savoir pour quelle raison elle refuse de me voir.

Trois heures plus tard, Tic et Tac se présentent à mon bureau. Je les ai surnommés ainsi la première fois où je les ai vus, car même s'ils n'ont aucun lien de parenté, ils sont identiques. Bon, du moins dans le look, allant jusqu'à la coupe de cheveux ou leurs accessoires. Et même s'ils ont quelques différences physiques – la couleur des yeux et un grain de beauté sur la joue –, on a l'impression d'avoir des photocopies en face de nous comme les célèbres écureuils de Disney que je regardais gamin.

– Messieurs, les salué-je.

– Bonjour. Auriez-vous quelques minutes à nous accorder ? demande Tic.

– Vous êtes là pour ça, il me semble.

– Très bien, poursuit-il en prenant place sur l'un des fauteuils qui font face à mon bureau. Vous savez sûrement pour quelle raison nous sommes ici ?

– Cela concerne la plainte de Mary O'Connel, je suppose.

– En effet. Et que pouvez-vous nous dire à ce sujet ?

– Que c'est une ineptie. Je n'ai jamais touché cette fille.

– Il semble pourtant que vous ayez déjà eu des aventures avec d'autres membres du personnel.

– Je ne m'en suis jamais caché et ce ne sont toujours que des relations consenties et ponctuelles. Je n'ai jamais eu besoin de forcer qui que ce soit.

– C'est également ce que vos conquêtes nous ont affirmé.

– Mais il suffit parfois d'une pulsion, intervient pour la première fois Tac. Une seule pour que l'on passe du mauvais côté.

– Eh bien ce jour n'est pas encore arrivé ! réponds-je, sur la défensive.

Ils échangent un regard prolongé avant que Tic sorte un calepin qu'il ouvre avec lenteur.

– Que faisiez-vous le soir du 23 août ?

– Comme ça, de tête, je ne sais pas. Puis-je consulter mon planning ? demandé-je alors que je récupère déjà ma souris pour examiner mon agenda.

– Faites.

La voix tranchante de Tac me répond et me donne l'information que je cherchais depuis leur arrivée. Le méchant flic, c'est lui. Je souris quand je découvre l'information recherchée. Cette fois-ci, Tac n'aura rien à dire.

– Pour vous répondre, j'étais sûrement en bonne compagnie, mais à des milliers de kilomètres d'ici puisque j'étais en vacances dans le sud de la France.

– Des personnes peuvent en attester ?

– Un billet d'avion, une location de maison, cela vous sera suffisant ?

J'aimerais éviter de faire appel à Shirley qui était avec moi pendant ce séjour au cours duquel elle m'a fait découvrir Saint-Tropez et ses soirées mémorables.

– Cela fera l'affaire.

Il ne me faut que quelques minutes pour récupérer les informations relatives à ce voyage. Heureusement que je suis assez carré et que j'archive toujours mes documents. Je peux ainsi leur remettre les différentes réservations ainsi que les factures correspondantes.

– Merci, nous vous recontacterons ultérieurement après vérification, m'informe Tic.

– Je serai là.

Ils me saluent et sortent de mon bureau sans attendre. Une fois seul, je laisse tomber ma tête en arrière, soulagé d'avoir un alibi solide. Pour la première fois, je prends conscience que, même si je refusais de le dire, je n'étais pas totalement à l'aise avec cette plainte. Pas que j'aie quelque chose à cacher, mais mon train de vie fait de moi un homme dont on se méfie.

Être un connard n'est peut-être pas si idéal ? me tance le petit ange sur mon épaule.

Tu plaisantes, c'est la meilleure chose au monde, riposte le diablotin situé de l'autre côté.

– Alors, prêt pour aller boire un verre ? me surprend Will quelques minutes plus tard.

– Ouais, j'en ai besoin.

***

Après un moment entre hommes à descendre quelques bières, deux jeunes femmes s'approchent de notre table.

– Bonsoir, commence l'une d'elles. On se demandait si un peu de compagnie vous ferait plaisir.

– Faites, dis-je, la voix pâteuse.

J'ai peut-être bu un peu plus que quelques bières finalement. Je les observe alors qu'elles s'installent, la première à côté de moi, alors que la seconde prend place contre Will qui se décale légèrement pour éviter le contact. Ma voisine est une grande blonde, maquillée d'une manière très sophistiquée et qui doit à peine avoir la vingtaine. La seconde a les cheveux platine. Elle est plus petite et a une bouche rouge qui me semble disproportionnée.

– On se demandait comment deux mecs aussi sexy que vous pouvaient se retrouver seuls.

– On n'est pas vraiment seuls puisqu'on est ensemble, lui répond Will d'un ton froid.

– Oui, enfin tu as bien compris ce que je voulais dire, répond sa voisine en riant et en lui touchant le bras.

– C'est que vous être drôles, ajoute la mienne.

– Ce n'est pas notre plus grande qualité, fais-je, charmeur.

– Je ne demande qu'à voir, dit-elle en se rapprochant de moi.

Mes instincts de chasseur se réveillent et je fais apparaître mes fossettes, celles qui me garantissent que je ne finirai pas seul ce soir.

– Je peux déjà t'offrir un aperçu dans les toilettes, indiqué-je en me penchant vers elle pour lui chuchoter à l'oreille.

La blonde rougit et se tortille sur place. Je relève la tête et découvre Will qui secoue la tête face à mon attitude.

– Et toi, que me ferais-tu découvrir ? lui demande sa voisine.

– Rien, ma copine n'apprécierait pas.

J'entends bien la manière dont il prononce le « ma » et la réaction de la petite blonde est immédiate. Elle se renfrogne et boude. Cela me fait sourire, mais mon amusement s'arrête au moment où elle sort son téléphone.

– Alors, tu viens ? me demande ma voisine.

– Non, ça ne va pas être possible, dis-je, tout à coup dégrisé.

– Quoi ?

– Partez, je crois que c'est mieux.

Elles échangent un regard d'incompréhension et finissent par se lever quand elles se rendent compte de mon sérieux. Elles s'éloignent, laissant échapper tout un tas d'insultes à notre encontre, et je ne peux qu'être d'accord avec elles.

– Tu m'expliques ce qui t'a fait changer d'avis ?

– Elle avait une putain de coque cupcake, grogné-je.

– OK, et ?

– Et j'ai fait une promesse ! Je me dois de la tenir.

Je vois bien que Will ne comprend rien à ce que je raconte, mais je ne dis rien de plus. À la place, je nous commande deux cafés.

21

Penny

Il est près de minuit et je tourne et me retourne dans mon lit depuis bientôt deux heures. Habituellement, je n'ai pas de problème pour trouver le sommeil. Ma profession veut que je me lève à l'aube. Même si avec mon équipe nous anticipons beaucoup de nos préparations la veille, nous devons lancer les cuissons et faire la mise en place. Depuis l'arrivée d'Ewan, nous avons établi un roulement, histoire d'alléger nos horaires avant mon absence, et je suis évidemment celle qui ouvre Les Douceurs de Penny.

Je me retourne une nouvelle fois et tape vigoureusement mon oreiller.

– Allez, dors maintenant ! dis-je à haute voix pour me motiver.

Je m'allonge, ferme les yeux et instantanément, je repense au message de Donovan et à ma réponse. Plus froid, plus impersonnel, ça n'existe pas. Bon, OK, nous sommes des sex friends, mais rien ne nous empêche d'être cordiaux l'un envers l'autre. Alors que cette fois-ci, ce sont mes jambes qui martèlent le matelas, un bruit sourd se fait entendre. Je m'immobilise et distingue de nouveau ce son étrange. Je me lève, quitte ma chambre et me laisse guider par ce que j'entends. J'arrive près de la porte et comprends que ce bruit sourd et régulier provient de l'extérieur. Je regarde à travers le judas et découvre un spectacle qui me laisse de marbre. Je prends une profonde inspiration et déverrouille.

– Je ne voulais pas te réveiller, s'excuse Donovan, visiblement surpris.

– Alors laisse-moi te donner une astuce : ne viens pas taper de manière régulière sur une porte en bois.

Il hoche la tête mais n'ajoute rien.

– Qu'est-ce que tu veux, Donovan ? demandé-je après de longues secondes de silence.

– Pourquoi tu as dit non ?

À la manière dont il me répond et à l'odeur de houblon qui émane de lui, je sais qu'il n'est pas dans son état normal.

– Tu as bu ?

– Ouais. Bières et café.

– Entre. Sinon mes voisins vont finir par appeler la police.

Une fois dans le salon, il reste debout et regarde tout ce qui l'entoure.

– Donovan ?

– Toi et tes cupcakes, vous êtes partout !

Je ne comprends rien à ce qu'il raconte et je ne suis pas d'humeur à tout analyser.

– Écoute…

– Pourquoi tu ne voulais pas me voir ? demande-t-il de nouveau.

– Je n'étais pas disponible et je commence tôt demain.

– Pas disponible…

– Oui, Donovan, au cas où tu ne t'en souviens pas, j'ai une pâtisserie à faire tourner.

– Je le sais, grogne-t-il. Et dedans, il y a plein de cupcakes, comme partout ailleurs. Depuis que je te connais, j'en vois à tous les coins de rue.

– OK. Et donc…

– J'ai envie de cupcake.

– Je n'en ai pas ici mais…

– Non, tu n'as pas compris, j'ai envie de toi, miss cupcake.

L'intensité avec laquelle il me dit ça me surprend. Sa voix se veut plus claire, plus profonde, plus sincère.

– Pourquoi as-tu bu comme ça ?

– C'était une véritable journée de merde et j'avais espéré me détendre avec toi.

– Tu sais ce que l'on va faire ?

– Baiser ?

– Non, Don, m'amusé-je. Tu vas d'abord prendre une douche et après tu boiras un café et un grand verre d'eau.

– Et si on la prenait ensemble ? tente-t-il de nouveau en s'approchant de moi.

– Tu m'excuseras, mais je ne suis pas la plus grande fan du parfum à la bière. Va te doucher maintenant, le temps que je te prépare de quoi te remettre en état.

Il grogne mais me laisse le guider jusque dans ma salle de bains et je l'entends s'activer une fois que je referme la porte. Dans la cuisine, je m'occupe, refusant d'essayer de comprendre ce moment irréel. Même si Donovan dit qu'il veut « baiser », il n'a pas agi comme à son habitude. Pas de fossettes, pas de regard brûlant. Alors certes, il a bu, mais il n'est pas bourré au point de ne pas arriver à marcher. Alors pourquoi est-il là ?

Pour une fille qui ne veut pas se prendre la tête, tu te poses là !

Je récupère un médicament antidouleur et le place près d'un grand verre d'eau, puis je fais la seule chose qui me calme : de la pâtisserie. En moins de trois minutes, la pâte à pancakes est prête et je commence à les faire cuire.

– Ça t'arrive souvent de cuisiner en pleine nuit ?

– Pas vraiment.

– Un traitement de faveur alors ?

– Comme toujours avec toi !

Je ne me suis pas encore retournée et pourtant je sens son regard sur moi.

– Tu te sens mieux ?

– Oui.

– Alors, installe-toi, j'ai bientôt terminé.

Ça me fait drôle d'avoir Donovan ici, sans que je comprenne pourquoi. Ce n'est pas la première fois qu'il vient pourtant, mais il y a quelque chose de particulier dans cette situation, qui me déstabilise. Deux bras viennent m'encercler alors que je fais toujours face à ma table de cuisson, et je reçois tout puissance mille. Son odeur à lui mélangée à celle de mon gel douche au monoï, sa chaleur qui se diffuse en moi, sa peau nue que je devine contre la mienne, sa bouche qui se pose sur ma nuque qui m'embrasse et m'embrase. À son contact, je deviens hypersensible, réactive, différente.

– Merci, ce que tu fais pour moi, c'est tellement…

Il ne termine pas sa phrase et je reste dans l'attente. Je ne sais pas s'il pense que j'en fais trop ou s'il aime ça.

– C'est normal, finis-je par dire, alors que je retire le dernier pancake de la poêle et que je me retourne.

Le spectacle qui m'accueille est encore plus incroyable que ce que j'avais imaginé car face à moi se trouve Donovan, simplement vêtu d'une serviette nouée autour de la taille. Le souffle coupé, je l'observe, les cheveux humides coiffés en arrière mais dont une mèche revient sur son front, une mâchoire carrée très masculine, un cou qui appelle des baisers, des épaules larges, un torse dessiné à la perfection, une fine ligne de poils qui nous invite à découvrir ce qui se cache plus bas.

– Ce que tu vois te plaît ?

J'avale difficilement mais fais de mon mieux pour ne rien laisser paraître.

– Pas mal. Allez, prends place, tu as tout ce qu'il te faut pour te remettre sur pied.

– Tu m'accompagnes ?

Il s'assoit et je fais de même face à lui, quand un détail me revient. Donovan ne porte jamais de sous-vêtement, ce qui veut dire qu'il est nu sous ma serviette. Cette information me fait légèrement rougir quand la vision du tissu tombant à ses pieds s'invite dans mon esprit.

– À quoi tu penses ? me demande-t-il avec son sourire à fossettes.

– À toi, réponds-je honnêtement, avant de changer de stratégie. Peux-tu m'expliquer pourquoi tu as bu comme ça ?

– Je te l'ai dit, une véritable journée de merde. Mais pour faire court, une plainte au boulot, un interrogatoire, une nana hystérique et toi qui refuses de me voir.

– Je crois que je vais opter pour la version longue, réponds-je après quelques secondes.

Il boit son verre d'une traite après avoir englouti un pancake et pousse un long soupir.

– Quelques jours avant la soirée de gala, notre boss nous a convoqués pour nous annoncer qu'une plainte pour agression et viol en réunion avait été déposée contre nous. Contre moi, entre autres. Big boss a fait cette soirée de gala pour redorer notre image et l'on avait comme consigne de se comporter comme le gendre idéal.

Une certaine amertume me saisit et je me redresse quand une idée germe en moi.

– J'ai une question, dis-je d'une voix froide.

– Je t'arrête tout de suite, je ne suis pas coupable de ce que l'on m'accuse !

Je me rends compte qu'il se défend alors que je ne l'ai pas imaginé coupable une seule seconde.

– Ce n'est pas ça, non.

– Alors, je t'écoute.

– Tu m'as invitée à cette soirée pour que je te serve de couverture ?

– Non. Mais j'avoue que ça a été l'occasion parfaite pour me rapprocher de toi.

Je le sonde du regard et décide de lui faire confiance.

– OK.

– Je te l'ai déjà dit, je ne mens pas.

– Je m'en souviens. Et donc, l'interrogatoire ?

– Aujourd'hui, j'ai rencontré les enquêteurs en charge du dossier...

– Et ?

– J'ai pu prouver que je n'étais pas présent aux dates de la supposée agression.

– Parfait ! Et tu as donc fêté ça en buvant un coup ?

– Pas du tout. J'ai été soulagé, évidemment, mais je ne pensais pas que cette histoire m'atteindrait autant. Je sais que mon train de vie n'a pas joué en ma faveur, alors quand j'ai pu prouver mon innocence, c'est comme si on m'avait enlevé un poids.

– Je comprends tout à fait... Même si tu te sais innocent, avec des soupçons pareils, tu ne peux qu'être inquiet.

– Pourtant je ne devrais pas, s'énerve-t-il. Je fais ce que je veux et je baise qui je veux ! Je n'ai de compte à rendre à personne !

Même à moi, surtout à moi !

– C'est derrière toi, maintenant. Il n'y a plus de menace.

Il hoche la tête comme s'il se rendait compte seulement maintenant qu'il n'y a plus de danger. Il croque dans un pancake et ferme les yeux.

– C'est vraiment délicieux.

Et moi, j'ai le tournis. Entre le manque de sommeil, ses changements d'humeur et de conversations, j'ai l'impression de ne rien maîtriser.

– Tu es fatiguée ?

– Je me lève dans quatre heures, réponds-je en grimaçant après avoir consulté la pendule du four.

– Je vais y aller alors.

– Tu peux rester dormir ici si tu veux. Je ne serai pas rassurée en t'imaginant te balader dans les rues de Londres dans ton état.

– Tu es sûre ?

– Oui, dis-je alors que je bâille à m'en décrocher la mâchoire.

Il se lève et quand je constate qu'il porte toujours sa serviette autour de la taille, je me demande si j'ai vraiment pris la bonne décision.

– Je vais dormir sur le canapé, car si je te suis dans ton lit, ça va être compliqué ! Tu as besoin de te reposer et tout ce qui me passe dans la tête demande une certaine énergie.

– Ça marche, dis-je, reconnaissante de son geste, mais déçue quand même.

Je lui fais un signe de la main et rejoins ma chambre avant de me laisser tomber sur le matelas. La nuit s'annonce difficile car ma fatigue le dispute à mon envie et je suis certaine de ne pas résister à Donovan s'il passe le pas de ma porte.

***

Je me réveille après une seule petite heure de sommeil. Savoir un super beau gosse sexy à quelques mètres de mon lit m'a tenue éveillée malgré moi. J'ai tenté de le rejoindre, mais avant même que j'ouvre ma porte, je l'ai entendu ronfler. Frustrée, je suis retournée dans mon lit et c'est finalement grâce à ce bruit loin d'être harmonieux que je me suis endormie. Un peu comme une berceuse d'un nouveau genre.

Le manque de sommeil te fait dire pas mal de conneries !

Je me lève, récupère ma tenue et sors sur la pointe des pieds pour ne pas réveiller Donovan, puis je prends la direction de ma salle de bains. Je fais le strict minimum dans le silence le plus total, et j'étudie les options qui s'offrent à moi. Secouer Don pour qu'il parte en même temps que moi ou lui laisser mon trousseau de clés qu'il déposera dans ma boîte aux lettres en partant ? J'arrive dans le salon mais mes questionnements s'arrêtent à l'instant où je découvre le canapé vide. La couverture que je lui ai remise est vaguement pliée dans un coin.

– Bon, OK, il a choisi pour moi.

Je regarde rapidement l'heure et remarque que je suis en retard. Je vais devoir faire vite. Un café et une banane feront l'affaire pour ce matin. Je récupère le fruit, ma tasse dans le placard du haut et m'installe devant ma cafetière.

– Non ! râlé-je. Pas ça ! Il n'a pas osé !

Je récupère le Post-it collé sur l'appareil et découvre une écriture fine et nerveuse.

Désolé, c'était une question de vie ou de mort. Je t'en rachèterai.
Merci pour cette nuit.

J'ouvre mon placard à dosettes et remarque en effet qu'il ne reste plus rien.

– Comment est-ce possible ? Je suis certaine qu'il en restait au moins trois.

Je contrôle la poubelle et m'aperçois qu'il y a bien les trois dosettes dedans.

– Non mais le connard ! Il aurait pu au moins m'en laisser une !

22

Donovan

Depuis quatre jours que je suis parti de chez Penny, je m'oblige à ne pas la contacter. La raison en est simple, je suis parti en emportant la télécommande de sa télévision. Pourquoi ? Pour avoir la certitude de la revoir. Avec le recul, je me rends compte que mon geste peut paraître désespéré, mais je l'étais vraiment. Penny n'a sûrement pas saisi à quel point cette fin de soirée m'a déstabilisé. Ce besoin presque vital de la voir, de savoir, d'être près d'elle. L'alcool aidant, j'ai foncé tête baissée et je me suis ouvert à elle avec une simplicité déconcertante.

Un homme bourré est surprenant !

Pas si imbibé que ça, souffle ma conscience, *sinon tu ne te souviendrais pas de tout.*

Quoi qu'il en soit, en me réveillant, j'ai d'abord eu envie de préparer un petit déj à Penny, mais une fois devant la machine à café, je me suis rendu compte de l'image que cela renvoyait et j'ai frissonné d'effroi.

Je ne veux plus être en couple ! Je ne veux plus revivre ce que j'ai vécu !

Alors, j'ai endossé mon costume de connard et j'ai fait la seule chose qui me semblait correcte. J'ai bu deux cafés après un essai infructueux qui a valu à la troisième capsule de finir à la poubelle sans être consommée. Et en rassemblant mes affaires, j'ai vu la télécommande et une idée saugrenue a surgi. Elle ne pourra plus refuser de me voir si j'ai quelque chose qui lui appartient.

Je n'avais simplement pas envisagé qu'il lui faudrait autant de temps pour s'en rendre compte. Alors je ronge mon frein et me jette sur mon téléphone quand il émet une sonnerie comme en ce moment même.

– Salut Penny, dis-je avec un grand sourire.

– Bonjour, Donovan. Dis-moi, j'ai une question étrange à te poser, mais tu es vraiment ma dernière option. Je ne te dérange pas au moins ?

– Jamais.

– Très bien. Donc, est-ce que tu saurais à tout hasard où se trouve ma télécommande ? Je sais que ça peut te paraître étrange, mais je ne la retrouve pas et la dernière fois que je l'ai vue…

– C'est moi qui l'ai.

– Ouf ! J'ai eu peur de l'avoir jetée involontairement. Mais attends, comment ça se fait que tu l'aies ?

– Je ne sais pas, mens-je, je l'ai retrouvée dans mes affaires.

– Tu as dû l'emporter sans t'en rendre compte alors. Quand est-ce que je peux la récupérer ?

– Tu es disponible ce midi ? On pourrait manger un bout ensemble ?

– Tu l'as sur toi ?

– Oui.

– Et tu t'en es rendu compte il y a combien de temps ?

– Je ne sais pas, quelques jours.

– Et tu ne t'es pas dit que je pouvais en avoir besoin ?

– Comme tu ne me l'as pas demandée avant, j'ai supposé que ce n'était pas important.

– Donovan, souffle-t-elle, visiblement agacée, je ne sais pas à quoi tu joues, mais je ne trouve pas ça drôle.

– Tu veux la récupérer ?

– Oui, évidemment !

– Alors, rendez-vous au pied de mon immeuble dans quarante-cinq minutes.

Je raccroche sans lui laisser l'occasion de me répondre et anticipe la suite des événements. Je dois la jouer fine car Penny n'est pas comme toutes mes conquêtes. Je lui envoie les coordonnées de la société et réserve une table dans un hôtel du quartier dont le restaurant est reconnu de tout Londres. Un hasard ? Pas du tout, au contraire ! J'espère bien nous offrir une sieste crapuleuse !

Je descends cinq minutes avant l'heure en espérant découvrir Penny, mais elle n'est pas encore arrivée.

– Alors, quoi de prévu ce soir ? me surprend Erin en arrivant derrière moi.

– Rien qui t'intéresse.

– C'est là où tu te trompes. Tout ce qui te concerne attire mon attention.

– Change de cible, sérieux, Erin. Il ne se passera rien entre nous. Je te l'ai déjà dit.

– Et moi je sais que tu viendras vers moi. Ce n'est qu'une question d'heures.

– Il va falloir vous mettre sur une liste d'attente, résonne une voix que je reconnaîtrais entre mille. Il est à moi et je ne suis pas prête à le laisser partir.

Elle termine sa phrase en me faisant un clin d'œil. Je lui souris, l'attrape et l'embrasse de manière possessive.

– Très bien, j'ai compris le message, ajoute Erin après une minute à nous observer. Soyez heureux, les amoureux.

Elle tourne les talons et s'éloigne de nous de sa démarche chaloupée.

– Je crois que j'ai réussi ma mission, chuchote Penny alors qu'elle est encore dans mes bras.

– Quoi ? dis-je alors que j'embrasse son cou et lui mordille l'oreille.

– J'ai entendu quand tu lui as demandé qu'elle te laisse tranquille, alors j'ai joué l'amoureuse transie. Tu devrais avoir la paix pour un petit moment.

Merde, j'ai vraiment cru ce qu'elle disait et pire que tout, ça ne m'a pas dérangé. Ça ne va pas du tout.

– Merci. Elle a tendance à être collante.

– Je t'en prie. Maintenant que je t'ai rendu un service, tu m'en dois un ! Ma télécommande ?

– Allons déjeuner, je te la rendrai là-bas.

– OK, mais je n'ai pas beaucoup de temps. J'ai un rendez-vous dans une heure et demie à l'autre bout de la ville.

– Si tu veux, on peut passer directement au dessert ? proposé-je avec un clin d'œil.

– Ça va être compliqué. Je n'ai presque pas déjeuné ce matin et j'ai une faim de loup.

J'aurais envie de hurler de frustration mais je ne fais rien. À la place, je lui fais signe de me suivre.

Le repas se déroule en toute simplicité. Elle me parle de sa pâtisserie, de son nouvel employé qui fait fureur auprès du club du troisième âge, de Lysia qui est accro à Will. Plus le temps passe et plus j'apprécie sa compagnie.

– Et l'enquête alors ? Y a du nouveau ?

– Non, ou du moins je n'en ai pas été informé.

Au moment où je prononce le dernier mot, je sens une pression contre mon entrejambe. Je plonge mon regard dans celui de Penny et découvre une petite lueur qui m'excite.

– Qu'est-ce que tu fais ?

– Rien, répond-elle avec un sourire coquin. Rien du tout.

– Penny, grogné-je alors qu'elle appuie plus franchement son pied dénudé sur mon sexe en érection. Arrête car je suis déjà prêt à exploser.

– Ça tombe bien. Je te trouve… tendu ! C'est mon rôle de remédier à ce problème.

Elle va me tuer ! Ce n'est pas possible ! J'attrape sa cheville sous la table et la tiens fermement.

– Si tu n'arrêtes pas tout de suite, il faudra aller au bout.

– Il me reste quelques minutes avant mon départ. J'ai une idée bien précise pour les occuper.

– Fais-moi rêver !

– Règle l'addition et rejoins-moi aux toilettes.

Cette version-là de Penny est ultra-bandante et je l'observe traverser la salle du restaurant en la dévorant des yeux. Cette femme m'excite comme aucune autre avant. Je m'empresse de la rejoindre et quand j'entre dans les commodités, elle est seule.

– J'ai cru devoir attendre.

– Oh, toi ! Mais qu'est-ce que je vais bien pouvoir te faire ?

– Rien du tout, c'est moi qui mène le jeu. Viens !

Elle entre dans une cabine et tire sur ma cravate pour que je la suive. Je ne me fais pas prier et avant que le battant ne se referme sur nous, elle m'embrasse avec passion. C'est torride et je rêve de la déshabiller pour retrouver la douceur de sa peau.

– Non, nous n'avons pas le temps pour ça, m'informe-t-elle entre deux baisers quand je tente de dégrafer son chemisier.

Elle empoigne mon sexe et commence à le caresser langoureusement.

– Ce sera juste toi, ajoute-t-elle alors qu'elle ouvre ma braguette. Et il va falloir te montrer discret étant donné que nous ne sommes plus seuls.

Je n'avais même pas fait attention aux bruits alentour, mais maintenant qu'elle en a fait mention, j'entends clairement l'eau qui s'écoule. Je laisse basculer ma tête en arrière quand miss cupcake presse plus fermement mon sexe entre ses doigts et qu'elle étale la perle humide qui s'en échappe. Ses mouvements se font de plus en plus rapides et je savoure chaque seconde de cette caresse classée X. Elle vient déposer une pluie de baisers juste sous mon oreille et de son autre main elle essaie de me libérer de ma cravate, mais sans grand succès. Je l'aide et m'accroche au tissu quand le rythme s'accélère encore. J'attrape sa nuque et écrase ma bouche sur la sienne quand la jouissance m'emporte. Il me faut un instant pour revenir au moment présent et quand je reprends pied dans la réalité, Penny finit de nettoyer sa main sur laquelle je me suis répandu.

– Tu as été parfait, me souffle-t-elle. Je savais déjà que tu pouvais t'enfuir sans faire de bruit, mais je peux ajouter que tu assures niveau discrétion en toutes circonstances.

– Je ne sais pas si je dois dire désolé ou merci.

– Les deux, peut-être. Je dois vraiment y aller, je vais être en retard.

– On se voit ce soir ?

– Je ne sais pas à quelle heure je sortirai de ce rendez-vous, dit-elle en détournant le regard et en se réajustant.

– Tiens-moi au courant dans ce cas.

– Très bien. On fait ça.

Elle ouvre la porte, jette un coup d'œil, se retourne et me sourit. Elle fait deux pas, quand soudain je me souviens d'un détail.

– Au fait, Penny ?

– Oui ?

– Ta télécommande, dis-je en lui tendant l'accessoire.

– Merci.

Elle quitte les toilettes alors que son parfum sucré s'infiltre encore en moi et que mon désir d'elle revient à la charge.

***

Je quitte mon bureau sans avoir eu de nouvelles de Penny. Il ne me faut que cinq minutes d'une marche rapide pour retrouver mon appartement. Je délaisse mes chaussures dans l'entrée, retire ma cravate et ouvre les premiers boutons de ma chemise après avoir quitté ma veste. Je m'installe sur le canapé en me demandant ce que je vais bien pouvoir faire de ma soirée quand je repense à miss cupcake. J'ai l'impression d'être redevenu un adolescent. La seule différence, c'est que je n'ai pas besoin de me retrouver devant un porno pour arriver à mes fins puisque c'est le corps de Penny qui alimente toutes mes pensées.

Putain, cette nana est addictive ! Mais je ne me fais pas de fausses idées. Une fois que j'aurai recouché avec elle, tout cela cessera. Il ne peut en être autrement. En attendant, il est temps que j'aille prendre une douche… froide.

Penser à Penny dans toutes les positions dans lesquelles j'aimerais la prendre affole une partie de mon anatomie. J'empoigne mon sexe et commence à faire quelques mouvements de va-et-vient en repensant à la scène qui s'est déroulée plus tôt aujourd'hui. Je laisse mon front reposer contre le carrelage de la douche et je ferme les yeux. L'image qui s'impose dans mon esprit est toujours celle de Penny, mais je la revois fiévreuse lors de la soirée de gala de mon entreprise alors qu'elle s'apprêtait à jouir. J'accélère le mouvement quand le souvenir de ses gémissements me percute, et alors que la délivrance est proche, je suis coupé dans mon élan par la sonnerie de ma porte.

– Putain, fait chier, on peut même plus se branler tranquille, râlé-je quand la sonnerie se fait de nouveau entendre.

De toute façon, la magie a disparu, ajoute une petite voix dans ma tête. *Là, ça fait pathétique !*

Je vais me faire la personne qui ose perturber ce moment. Je ne vois pas qui cela peut être vu que je ne reçois jamais personne ici, mais il va être content du voyage. Je sors de la douche, récupère une serviette et l'accroche alors que je traverse l'appartement. La sonnerie retentit une nouvelle fois alors que je pose la main sur la poignée et que j'ouvre brusquement.

– Qui que tu sois, je te déteste ! On n'a pas idée de venir déranger les gens sans les prévenir de sa visite.

Je ne sais pas à quoi je m'attendais, mais clairement pas au spectacle qui s'offre à moi, car la personne sur qui je viens de grogner n'est autre que celle à qui je pensais quelques instants plus tôt. Penny, les yeux grands ouverts, me dévisage des pieds à la tête. Son regard s'arrête sur ma serviette et je vois sa mâchoire se contracter.

– Désolée, je ne voulais pas te déranger… Je te laisse à ta soirée.

Elle fait demi-tour et s'apprête à s'en aller, mais je la rattrape par le poignet et la force à me faire face.

– Où comptes-tu aller comme ça ?

– Je vois que tu es… occupé, ajoute-t-elle en affrontant mon regard de nouveau.

– Oui, j'étais sous la douche.

– Je m'en serais doutée, me répond-elle, cinglante. Tu devrais y retourner d'ailleurs.

– Tu peux m'expliquer pourquoi tu es si en colère, car là je ne comprends pas. Tu devrais plutôt être rassurée sur mon hygiène impeccable.

– C'est ça, oui. Celle qui te frotte le dos doit t'attendre.

Mais qu'est-ce qu'elle raconte ?!

– Tu crois qu'une femme m'attend dans ma salle de bains ?

– C'est évident, vu ton état.

Son regard coule de nouveau vers ma serviette et je fais de même.

OK, je comprends mieux. Mon érection n'a pas totalement disparu et tend le tissu, ne laissant que peu de doute sur l'activité que j'exerçais avant d'être interrompu, sauf que Penny ne se doute pas que c'était une traversée en solitaire.

– Tu as raison, je ne vais pas me cacher. Et quelle femme.

Je la vois serrer les dents et un muscle de sa joue tressaute. Si elle pouvait tuer en un seul regard, je serais déjà six pieds sous terre. La voir si bouleversée me fait sourire. J'aime la voir et la savoir sensible à ce point quand il s'agit de moi, mais il va falloir que je rétablisse les choses.

– Je te jure, elle est d'une beauté étonnante et a un caractère de feu et son odeur, putain, son odeur est sûrement le parfum le plus addictif que j'aie jamais senti…

– Ouais, c'est bon, j'ai compris ! Alors va la retrouver et laisse-moi partir, crie-t-elle en se dégageant d'un geste brusque.

Elle se retourne et se retrouve dans le couloir en une seconde. Ses pas sont rageurs, son corps entier hurle sa colère et c'est le moment que je choisis pour donner le coup final.

– Je ne t'ai pas parlé de son prénom, ajouté-je sur le seuil de ma porte. Quand je le prononce, j'ai l'impression que c'est une caresse. Qu'en penses-tu ? Que ressens-tu quand je dis Penny ?

Elle s'immobilise, mais reste toujours de dos.

– Alors ?

– Tu étais seul ? demande-t-elle après quelques secondes d'un silence lourd.

– Physiquement, oui, mais j'avais l'impression que tu étais avec moi et c'est toi qui m'as mis dans cet état.

– Pourquoi m'avoir fait croire que tu étais en bonne compagnie ?

– Je n'ai rien fait, c'est toi qui as décidé que je n'étais pas seul et qui m'as tout de suite condamné.

– Mais tu ne m'as pas détrompée.

– C'est vrai.

– Pourquoi ?

– Parce que je suis un connard, dis-je en haussant les épaules.

Elle se retourne et l'expression sur son visage est totalement différente.

– Non, tu n'en es pas un. Et je m'excuse, ajoute-t-elle alors qu'elle remonte le couloir. Je n'aurais pas dû en arriver à une conclusion si hâtive.

– En effet. Si ça ne te fait rien, on va continuer cette conversation à l'intérieur, je n'ai pas tellement envie que mes voisins me voient comme ça.

– Oui, oui, bien sûr, dit-elle en me suivant.

– Et tu vas peut-être m'expliquer ce que tu fais là alors que je ne t'ai jamais donné mon adresse ? demandé-je alors que je referme la porte derrière elle.

23

Penny

– Alors, tu m'expliques ?

Je me retourne sur Donovan, le découvre toujours dans cette tenue indécente et je me mets à rougir, ce qui le fait sourire.

– J'ai mes sources.

– Dis-m'en plus, ajoute-t-il alors qu'il s'approche de moi avec un regard de prédateur.

– Je ne peux pas sinon je serai dans l'obligation de te tuer.

– Et si c'était moi qui te soumettais à la torture ? J'ai des idées plein la tête sur la manière de te faire avouer.

Il se rapproche encore plus et je commence à ressentir cette électricité qu'il y a entre nous à chaque fois que nous sommes à proximité. Je me mords la lèvre inférieure alors que je m'imagine ligotée nue sur un lit, Donovan au-dessus de moi à m'embrasser pour que je lui donne l'information qu'il désire.

– Et c'est censé me faire peur et parler ? Au contraire, j'ai envie de tester tes techniques.

– Tu dis ça maintenant, mais quand je t'aurai refusé trois orgasmes, ce sera différent, je te l'assure.

Mon sourire disparaît alors que je comprends ce qui m'attend. Je suis déjà frustrée depuis ce midi, je ne me vois pas prolonger cet état.

– C'est bon, tu m'as convaincue. C'est Will. Lysia l'a travaillé au corps pour me donner l'information.

– Quel faible homme, dit-il gravement avant d'éclater de rire. En même temps, contre Lysia, il n'avait pas beaucoup d'espoir pour s'en sortir.

– Elle sait être convaincante quand elle le veut.

– J'en suis certain. Donc te voici ici… Pourquoi ne pas m'avoir simplement demandé ?

– Je voulais te faire une surprise !

– Et qu'as-tu prévu ?

– J'avais pensé passer la soirée avec toi. Si tu es d'accord, évidemment.

– Non, ça ne me va pas.

– Pardon, demandé-je, les yeux ronds. Désolée, je…

– J'en veux plus.

Je reste bouche bée devant sa réponse et le sérieux qu'il dégage.

– Tu as dit quoi ?

– Je veux plus que quelques heures, je crois que tu me dois bien ça.

– Pardon ?

– Oui, tu as présumé que j'étais un enfoiré alors que je suis sage comme une image.

– Tu ne crois pas que tu en rajoutes un peu ?

– À peine ! Mais tous les moyens sont bons pour que tu acceptes.

Il me sourit et sa fossette me coupe le souffle comme à chaque fois.

– Passons déjà la soirée ensemble et voyons si nous ne nous entre-tuons pas.

– Tu as conscience que je ne te laisserai pas partir.

– Et toi, tu as conscience que tu fais légèrement pervers psychopathe ?

– Pas grave, dit-il en haussant les épaules.

Je ris devant son ton désinvolte et même si je ne le montre pas, j'apprécie vraiment qu'il veuille que je reste avec lui, car c'est aussi ce que je ressens.

– Je vais aller chercher mes affaires dans la voiture le temps que tu termines ta douche.

– Sinon, tu peux m'accompagner.

– Bien essayé, dis-je avec un sourire en levant les yeux au ciel.

Je passe près de lui et dépose un baiser sur sa joue, geste qui semble le surprendre puisqu'il reste stoïque alors que je passe la porte. Je me dépêche de rejoindre mon véhicule et une fois sur place, je récupère le sac que j'ai préparé en passant par mon appartement et la sacoche remise par le Dr Durand.

– C'est bien, Penny. Pour le moment, grâce à votre lecteur de glycémie qui a un ordinateur de bord intégré, je vois que votre diabète est stabilisé. Il faut continuer comme ça. Soyez régulière dans vos tests, injections et gardez une alimentation équilibrée. Comme je vous l'ai dit la dernière

fois, suite à l'examen que nous venons d'effectuer, nous allons déterminer de quel type de diabète vous souffrez et adopter le meilleur traitement, mais vous ne devez pas relâcher votre vigilance pour autant.

– J'ai compris, docteur. Prudence est mère de sûreté !

– C'est tout à fait ça. Et même avec toutes les mesures que vous prenez, la défaillance n'est jamais loin. Tellement de paramètres entrent en compte : la fatigue, l'activité sportive, la maladie et la prise de traitement. Dans ces moments-là, n'hésitez pas à vous tester plus régulièrement pour anticiper l'hypoglycémie ou l'hyperglycémie.

Le souvenir et les recommandations du docteur me ramènent à la réalité. Il va falloir que je la joue fine pour que Donovan ne se doute de rien. Forte de cette résolution, je rebrousse chemin en direction de l'appartement et prends une longue inspiration avant de sonner de nouveau. La porte s'ouvre et Donovan m'accueille habillé d'un bas de survêt et d'un tee-shirt. Une tenue banale, mais qui lui va à merveille.

– Oh, Penny, quel plaisir de te voir ! Entre, je t'en prie.

– Qu'est-ce que tu fais ? demandé-je une fois le seuil franchi.

– Je rejoue notre rencontre du soir pour que ne reste que le positif.

– Tu es complètement fou, réponds-je en riant, tout en déposant mon sac dans l'entrée.

– Mais tu aimes ça !

– Oui, j'aime ça, avoué-je en souriant alors qu'il bombe le torse.

– Enfin, tu reconnais que je suis fabuleux !

– Mais je n'ai jamais dit ça !

– Ce n'est qu'une question de minutes. Mais en attendant que tu me voues un culte, que dirais-tu de commander quelque chose à manger ?

– C'est une bonne idée.

– Allez, suis-moi, miss cupcake, je vais te faire visiter.

J'observe réellement ce qui m'entoure et en quelques secondes, je prends conscience d'une chose.

– Laisse-moi deviner, tu ne passes pas beaucoup de temps ici.

– C'est vrai, admet-il après avoir englobé la pièce du regard.

– Et tu ne reçois pas beaucoup de visites.

– Jamais, même. Tu es la seule à être venue jusqu'ici.

– La seule femme, tu veux dire ?

– Non, la seule personne.

Cet homme est une énigme. Une véritable énigme et j'ai de plus en plus envie de la déchiffrer.

– Pourquoi ?

– Car je n'en ai jamais ressenti le besoin. Je n'ai pas d'amis à proprement parler.

– Et Will ?

– Will est un collègue de boulot que j'apprécie et avec lequel je sors quelquefois.

– C'est triste quand même.

– C'est une question de point de vue. Sans amis, il n'y a aucun risque de déception ou de trahison.

Je reste muette devant son analyse et je me demande ce que cela cache.

– Pourquoi moi alors ?

– Tu t'es un peu imposée, répond-il en souriant.

– Tu préférerais que je parte ?

– Non, j'aime bien te savoir ici.

– On en revient encore et toujours à la même question : pourquoi ?

– Je n'en sais rien. C'est juste différent. Bon, on a assez parlé, je te fais visiter puis on passe commande.

Je découvre ce que l'on pourrait considérer comme un appartement témoin. Un lieu impersonnel, froid, sans caractère, avec le strict minimum. Seule la télé gigantesque me prouve que ce lieu est véritablement habité.

– Tu habites ici depuis longtemps ?

– Trois ans.

– Ah, quand même.

– Je sais, la déco est sommaire.

– C'est le moins qu'on puisse dire. Mais cet appartement a un bon potentiel. Tu pourrais en faire un véritable foyer.

– Je n'y passe que quelques heures, je n'ai pas besoin d'en faire un foyer, comme tu dis.

Pas d'amis, pas de foyer… Mais qui es-tu, Donovan ?

– C'est juste une question de confort, tu sais ; comme quand tu reviens d'une journée épuisante et que tu as besoin de te reposer dans un endroit dans lequel tu te sens bien.

Il m'observe comme si j'étais une alien.

– Ça ne t'arrive jamais ? demandé-je prudemment.

– Généralement, quand j'ai besoin de décompresser, je sors et je me défoule avec une nana.

– OK, je t'ai déjà vu à l'œuvre, pas besoin de rentrer dans les détails. Mais tu vois, en mettant par exemple un tapis épais et moelleux, quelques coussins sur ton canapé, une table basse avec une bougie et une plante verte, tu rendrais ton salon vivant, chaleureux. Comme toi, en fait.

Il m'observe de nouveau et après plusieurs secondes, un sourire vient fleurir sur ses lèvres.

– Si tu restes tout le week-end, je t'autorise à apporter la déco que tu veux.

– Ah, mais ce n'est pas à moi de choisir, c'est toi qui vis ici, c'est à faire selon tes goûts.

– Je te l'ai dit, je n'ai pas besoin de beaucoup. Mon chez-moi me convient comme cela, mais je peux concevoir que tu ne comprennes pas. Donc comme tu vas rester deux jours ici, autant que tu t'y sentes à l'aise.

– Tu es fou !

– Tu radotes, miss cupcake. Viens voir la cuisine.

– Elle est magnifique et très fonctionnelle.

– Je crois ne jamais m'être servi du four, annonce Donovan, l'air pensif.

– Non, je ne te crois pas.

– Je suis plus adepte des plats à emporter ou des livraisons.

– Oui, mais pour le petit déjeuner, par exemple ?

– Ouvre le réfrigérateur et tu auras ta réponse.

Je m'exécute et reste muette devant les étagères chargées de boissons riches en protéines, de bouteilles d'eau et de yaourts nature.

– Bon, là, j'avoue que tu me fais flipper, finis-je par dire.

Il éclate de rire et je souris à mon tour quand je le découvre si détendu.

– Je sais que c'est à l'opposé de chez toi.

– Totalement, avoué-je. J'ai un garde-manger varié et surtout j'adore passer du temps dans ma cuisine. Créer, inventer, goûter, découvrir.

Il acquiesce comme s'il comprenait ce que je disais, mais je doute que ce soit le cas vu l'état de ses placards que j'ouvre par curiosité.

– Tu as seulement deux assiettes et deux verres ? Mais...

– Je te l'ai dit, me coupe-t-il, je ne reçois jamais personne ici. Je n'ai pas besoin de plus.

– Je vois ça... Par contre, dis-je en grimaçant, pensant à mon régime alimentaire, je ne pourrai pas me nourrir uniquement de plats de restaurant. Je n'ai pas le même métabolisme que toi et à ce train-là, je n'arriverai plus à passer ta porte dimanche midi.

– Donc tu restes ?

– Si on peut aller faire quelques courses demain, oui.

– Vendu ! Mais pour ce soir, je peux commander dans un restaurant qui fait des repas délicieux et peu caloriques.

– Merci.

– Tu vois, me dit-il avec son sourire charmeur qui fait ressortir sa fossette, ton cul je l'aime comme il est, je n'ai pas envie qu'il change.

Il laisse glisser son regard sur mon corps et j'ai l'impression que la température grimpe de plusieurs degrés. Mais comment fait-il cela ? Comment arrive-t-il en une simple phrase à me rendre si fébrile ?

– Alors, miss cupcake, tu viens ?

Je le rejoins, les joues rosies, alors qu'il est simplement installé sur le canapé, un prospectus entre les mains.

– Pour ce soir, si on reste ici et qu'on regarde un film, ça te va ?

– Oui ! dis-je, ravie de ne pas avoir à sortir.

– Alors puisque j'ai proposé le resto, je te laisse choisir le programme.

– Tu es sûr de toi, là ? Car je pourrais te proposer de regarder le film le plus cucul que je connaisse.

– Je suis même certain que tu vas me forcer à regarder une comédie romantique qui me donnera envie de gerber.

J'éclate de rire devant la grimace qu'il fait et décide de le charrier un peu plus. Je prends l'air le plus sérieux possible et commence à énumérer une liste qui, j'en suis certaine, le terrifiera.

– *Pretty Woman*, *Dirty Dancing*, *Twilight*, mais attention, la saga complète, tout comme *Fifty Shades of Grey*…

– Mais tu es un monstre, en fait !

Mon hilarité reprend de plus belle quand je l'observe, alors qu'il semble sincèrement effrayé.

– Tu m'en veux vraiment, c'est ça ?

– J'aime bien t'asticoter, j'avoue. Mais je ne suis pas cruelle pour autant. Je te propose un film qui devrait te plaire.

– Je tremble.

– Alors ce sera… Tadam… *Armageddon* !

– T'es sérieuse ?

– Tu n'aimes pas ? demandé-je, anxieuse de m'être plantée.

– Tu veux rire ! C'est mon film préféré !

– C'est vrai ?

– Oui, et je ne l'ai pas regardé depuis un petit moment. Donc c'est vraiment avec plaisir.

– Alors j'en suis ravie, car c'est aussi un film culte pour moi.

Il m'observe intensément et je me sens devenir fébrile sous son regard. Puis il pousse un soupir et me tend le prospectus.

– Je te laisse choisir.

Euh… on peut m'expliquer ce qu'il vient de se passer, là ? J'étais prête à lui sauter dessus, moi !

24

Donovan

Je devrais être canonisé ! Que dis-je ? On devrait ériger une statue à mon effigie pour avoir su garder mes distances de la sorte avec Penny.

Un véritable supplice pendant tout le repas alors que je ne pensais qu'à l'allonger sur le canapé et à savourer son corps. Mais j'ai tenu ! Je ne sais pas si c'est une réelle victoire par contre, car vu mon état de frustration, j'ai l'impression que je vais exploser. Le film a commencé depuis dix minutes et mes doigts me chatouillent. Putain, c'est fou le pouvoir d'attraction qu'elle a sur moi sans même le vouloir. Là où d'autres mettraient tout en œuvre pour me séduire, Penny est naturelle et j'aime vraiment ça.

– J'adore ce moment, me surprend-elle. C'est un de mes passages préférés.

Je l'observe alors qu'elle double silencieusement le dialogue entre Ben Affleck et Liv Tyler. Elle est belle, vraiment belle et j'en ai marre de me retenir. Marre de ne pas lui dire ce que je veux lui faire, marre d'être obsédé de la sorte par sa bouche et son corps, marre de mon érection qui devient de plus en plus douloureuse.

– Je ne te l'ai pas encore dit, mais tu es superbe.

– Quoi ? s'étonne-t-elle en quittant l'écran des yeux pour planter son regard dans le mien.

– Tu es belle.

– Tu plaisantes, c'est ça ? Je sais que je ne suis pas à mon avantage comme ça et que…

Je ne la laisse pas terminer et attrape sa main que je pose sur ma queue, qui râle que le contact ne soit pas peau contre peau, mais qui apprécie d'être enfin l'objet de l'attention de la pâtissière.

– Oh ! s'exclame-t-elle, les joues rougissantes.

– Tu n'as pas besoin d'artifices pour me plaire.

– Et quel est le reste du programme ? me demande Penny en se mordant la lèvre.

Adieu statue, je te renie, car l'appel de sa bouche est bien plus fort. Je ne suis pas un super-héros après tout, je suis fait de chair et de sang et ce dernier semble être concentré dans une partie très ciblée de mon anatomie.

– Si tu savais tout ce que j'aimerais te faire, avoué-je, la voix grave.

– Je suis d'accord pour tout ce que tu imagines. Et j'ai même une petite surprise pour toi !

– Ne dis pas ça, Penny, car tu n'as pas idée de ce qui se trame là-dedans, dis-je en pointant ma tête.

– Au contraire, je crois que ça correspond exactement à ce qui se trouve dans la mienne.

Sa main presse mon entrejambe et je gémis d'anticipation alors que son regard se voile de plaisir. Il ne m'en faut pas plus pour passer à l'étape suivante. Je me penche vers elle et encadre son visage de mes mains avant de laisser ma bouche capturer la sienne. Comme la première fois où je l'ai embrassée, son goût m'excite. Je retrouve les mêmes sensations, les mêmes picotements qui m'indiquent que je vais passer un moment plus qu'agréable. J'abandonne son visage pour rapprocher Penny de moi et elle me surprend en venant se mettre à cheval sur mes genoux. Nos baisers s'intensifient, nos langues s'entremêlent et je suis déjà prêt à exploser. Quand Penny commence à onduler sur moi, je me rends compte que je ne suis pas le seul à être dans un état proche de la combustion.

– Tu me rends fou, avoué-je en tirant légèrement ses cheveux en arrière.

– Alors prends-moi, j'attends ça depuis trop longtemps, gémit-elle quand je l'embrasse dans le cou.

– Putain ! grogné-je. Ne me dis pas ça sinon je vais te prendre si sauvagement que tu vas…

– C'est ce que je veux, me coupe-t-elle en mordillant le lobe de mon oreille après s'être redressée.

Une seconde plus tard, je lui retire son haut en un mouvement brusque qui la fait rire. Je l'aide à se lever et commence à déboutonner son pantalon. J'embrasse chaque parcelle de peau qui se découvre, j'inspire à pleins poumons l'odeur qui se dégage de son entrejambe puis j'aide Penny à se libérer du tissu. Elle est face à moi, en sous-vêtement, offerte à ma vue et à ma langue. Uniquement vêtue d'un body noir en dentelle, elle est plus sexy que jamais. Le tissu est tellement fin qu'il donne l'impression de ne faire qu'un avec sa peau, tel un tatouage.

– C'est nouveau ça ? C'est juste…

– Tu aimes ?

– Plus que ça même. Je crois que cette vision de toi va rester gravée en moi pour mes nuits en solitaire.

Je me redresse, abaisse les bretelles de son body pour voir apparaître sa poitrine. Une vision érotique qui me rend fou de désir. Je m'occupe comme il se doit de ses seins, l'un après l'autre. Je les embrasse, les cajole, les caresse, les mordille, les sens se tendre entre mes dents. D'une main, je descends le reste de son sous-vêtement et découvre enfin l'objet de toutes mes convoitises. J'en rêve depuis des jours maintenant.

– Salut toi, dis-je avec un sourire. Tu m'as manqué, tu sais.

– Qu'est-ce que tu dis ? halète Penny.

– Je parle à ma copine, soufflé-je sur ses chairs brûlantes. Il va falloir que je lui trouve un petit nom d'ailleurs. Et il est temps que nous fassions plus ample connaissance.

Je ne laisse pas le temps à la jolie brunette de réagir, je soulève sa jambe et pose sa cuisse sur mon épaule, me donnant ainsi un accès total à mes désirs. D'un coup de langue, je caresse sur toute la longueur son sexe chaud et humide. J'analyse tout, du goût sucré qui émane de sa féminité aux frissons qui recouvrent son corps et à son souffle court qui se bloque quand je titille son clitoris.

Ça n'a jamais été aussi bon qu'à cet instant. Jamais !

– Tu as le goût du sucre, du miel. C'est divin.

– Donovan…

Entendre mon prénom dans sa bouche quand elle est dans cet état est juste ultra-bandant. J'accélère mes mouvements, joue de mes doigts en elle, excite son point le plus sensible et le corps de Penny réagit immédiatement. Ses jambes vacillent à l'instant même où l'orgasme la saisit. Elle crie mon prénom alors que je savoure le plus doux des nectars.

Je la sens s'effondrer alors je me relève tout en la gardant contre moi et l'allonge sur le canapé. Les yeux fermés, elle est simplement divine. Plus belle que jamais, elle s'abandonne dans un plaisir dont je suis le maître. Je me sens puissant. Puissant et assoiffé. Mon sexe est au supplice et il est temps que je lui accorde ce qu'il désire plus que tout. Je me déshabille en quelques secondes, récupère une capote dans la poche de mon pantalon et l'installe sur ma queue qui vibre sous mes doigts. Puis d'un geste souple, je viens prendre place entre les cuisses de ma pâtissière qui les écarte pour me faciliter l'accès. Elle crochète même ses pieds autour de ma taille, ne laissant aucun doute sur ce qu'elle attend de la suite. Ce qui me convient parfaitement, car je ne désire rien d'autre de plus que de me perdre dans sa chaleur. Je place mes bras autour de son visage et la pénètre d'un coup de bassin alors que mes yeux sont plongés dans les siens. Un frisson me parcourt et il me faut quelques secondes avant de reprendre pied avec la réalité, avant que les battements de mon cœur reprennent un rythme normal. Les bras de Penny s'enroulent autour de ma nuque et elle m'embrasse, me rendant ainsi l'air qui me manquait. Je commence à me mouvoir dans des gestes amples et réguliers et au fur et à mesure que le plaisir augmente, mon rythme s'accélère au point de devenir frénétique. Penny me rend chaque coup que je lui donne et un nouvel orgasme la terrasse. Son corps qui se contracte déclenche mon orgasme et je m'abandonne dans un cri rauque. Je m'écroule sur elle et après quelques secondes je me déplace sur le côté pour éviter de l'écraser.

– Ça valait le coup d'attendre, souffle Penny dans un sourire.

– Tu l'as dit ! Par contre, prépare-toi, le second round est pour bientôt.

Elle se blottit contre moi et pour la première fois depuis longtemps, je n'ai pas envie de repousser une femme qui fait preuve de tendresse envers moi. Bien au contraire, je resserre mon emprise sur son corps et pose mon menton sur le haut de sa tête avant de fermer les yeux.

25

Penny

Je me demande encore pourquoi j'ai hésité à accepter ce contrat entre nous. Les vingt-quatre heures que nous venons de passer ensemble ont été magiques ! Après une soirée et une nuit pendant laquelle je n'ai pas beaucoup dormi, nous avons passé l'après-midi à faire les boutiques de décoration et à effectuer quelques courses pour les repas à venir. Donovan m'a surprise. J'étais certaine qu'il botterait en touche ou qu'il me ferait tourner en bourrique, à la place c'est un homme curieux et intéressé qui m'a accompagnée.

– Répartition des tâches, clame-t-il en bombant le torse. Femme à la cuisine et homme au montage de meubles !

– Tu es vraiment prêt à tout pour ne pas te retrouver derrière les fourneaux.

– J'avoue. Et si tu cuisines aussi bien que tu fais de la pâtisserie, j'ai raison.

Il se penche vers moi et m'embrasse le plus naturellement du monde.

– Je reste dans ton champ de vision pour que tu puisses

mater mes muscles, ajoute-t-il en retirant son tee-shirt.

Bon, OK, Donovan reste Donovan. Arrogant, joueur, séducteur et connard. Il me donne une claque sur les fesses et rigole.

– Sache qu'après l'effort, je meurs de faim. Alors au lieu de me mater, cuisine !

– Pff, tu n'as qu'à remettre ton haut, aussi ! Quelle idée !

– Tu me vois ravi d'apprendre que je te déstabilise.

– Tu crois que tu serais dans quel état si je faisais la même chose et que je me trimballais seins nus face à toi ?

– Oh, c'est simple, ma belle. Si tu fais ça, je te saute dessus et je te baise de toutes les façons possibles dans chacune des pièces de mon appart.

La façon dont il m'explique son plan me donne chaud, et cela n'a rien à voir avec le wok que je viens de poser sur la plaque chauffante. J'ai de la sueur qui coule dans mon dos et j'ai l'impression que la température a monté de plusieurs degrés.

– Programme intéressant, réponds-je avec un calme que je suis loin de posséder. Mais tu ne m'en voudras pas, j'ai d'autres besoins vitaux auxquels je ne peux me soustraire.

– Méfie-toi, miss cupcake, ma queue a des pouvoirs magiques et tu vas devenir accro.

Je ris alors que je le vois réajuster son entrejambe, puis d'un mouvement du menton, je lui fais signe de retrouver les cartons qui se trouvent derrière lui. Il souffle avant de se concentrer sur sa tâche. Je prends appui sur le plan de travail, me sentant toujours étrange. J'ouvre le robinet, m'humidifie la main et me la passe sur la nuque.

L'eau fraîche me fait un bien fou et je me remets à ma recette. J'ai prévu de faire un sauté de poulet et ses petits légumes. Une recette délicieuse et qui rentre dans mon régime alimentaire. Je commence par tailler les légumes puis m'occupe de la viande quand la sensation de malaise revient. Des petits points noirs viennent danser devant mes yeux et mes jambes sont comme du coton.

Merde, quelque chose ne va pas ! Je m'appuie de nouveau sur le plan de travail, jette un regard vers Donovan qui est occupé avec la notice de montage et prends une profonde respiration. Je ne veux pas que cela arrive maintenant, que mon secret soit révélé de la sorte. Car je suis certaine que c'est de mon diabète dont il est question. Je sais reconnaître les signes, les mêmes que ma mère me décrivait et ceux dont le Dr Durand m'a parlé hier. Je dois faire vite sans éveiller de soupçons.

– Tout va bien ?

Je relève la tête et tombe sur le regard doux de Donovan.

– Oui, je vais juste faire un passage à la salle de bains, et je mets tout ça sur le feu. Et toi ?

– Nickel ! Si la bourse s'effondre, je sais dans quoi je peux me recycler.

– Le montage de meubles ?

– Non, le déchiffrage de notices. Sérieusement, c'est censé nous aider ces trucs-là, non ?

– Normalement, oui.

– Eh bien c'est tout l'inverse. J'ai déjà relevé deux erreurs. Je crois que je vais monter le meuble au feeling.

– Tu es sûr ?

– Oui, après tout, qu'est-ce que je risque ?

– De devoir tout démonter et recommencer.

– Et au mieux, je réussis du premier coup et deviens un héros des temps modernes.

Je lève les yeux au ciel alors qu'il retourne à son montage. Je me dirige vers la salle de bains avant de me rappeler que mon testeur est dans mon sac à main. Je fais demi-tour, récupère le plus discrètement possible mon matériel et m'enferme dans la pièce d'eau. Un léger vertige m'oblige à m'asseoir à même le sol, mes mains tremblent et je mets un temps fou à réaliser de simples gestes. Le résultat est sans appel, je suis en pleine hypoglycémie et mon corps réagit tel un drogué en manque. Il a besoin de sucre ; j'ai besoin de sucre sinon je risque de tomber dans le coma. Par précaution, l'infirmière m'a préparé des solutions de resucrage qu'elle a ajoutées dans le kit de contrôle. J'attrape un des sachets, l'ouvre avec difficulté alors que mes tremblements redoublent, et bois à même la dose la préparation sucrée et écœurante. Je ferme les yeux et laisse retomber ma tête en arrière. Je n'ai plus qu'à attendre que le produit agisse et que mon corps retrouve ses forces. J'essaie de contrôler mon souffle, de pratiquer quelques exercices de respiration appris pendant les cours de yoga, mais seuls les battements de mon cœur résonnent dans ma tête. J'ai l'impression d'avoir couru un marathon alors que je suis assise sur le sol de la salle de bains depuis de longues minutes maintenant.

– Penny ?

Eh merde !

– Oui, dis-je en espérant que mes tremblements ne se font pas entendre.

– J'ai eu peur que tu prennes la fuite par la fenêtre.

Je souris en regardant la pièce dans laquelle je suis.

– Il n'y a pas de fenêtre.

– D'où mon inquiétude. Imagine que tu veuilles sauter d'une fenêtre qui n'existe pas, tu pourrais te blesser en passant par la VMC.

Cette fois-ci, c'est un rire libérateur que je laisse s'échapper.

– Promis, je ne ferai pas de folie. J'arrive dans quelques minutes.

– Tu as besoin de quelque chose ? me demande-t-il cette fois-ci d'une voix plus sérieuse.

– Non, ça va, j'ai tout ce qu'il me faut ici. Et puis je te rappelle que tu as une mission à accomplir.

– Oui, chef ! J'y retourne.

Je l'imagine se redresser, adopter une posture militaire alors qu'il sourit et que sa fossette me nargue. Ses pas s'éloignent et je l'entends pester au loin. Je l'écoute grogner, souffler, râler quelques instants encore avant que je sente les premiers effets de mon sucrage. Mon énergie revient peu à peu, les taches devant mes yeux disparaissent, mon rythme cardiaque se tranquillise. J'effectue un nouveau contrôle et mon taux de glycémie est en hausse.

Ouf ! Le pire est derrière moi. Cet épisode m'a fait comprendre une chose : je suis malade et ma vie change. Je ne peux plus faire semblant et mener l'existence que je menais avant. Je m'accorde cependant la soirée avant de repenser entièrement mon quotidien. Mon retour à l'hôpital sera le début d'une nouvelle ère, et il me reste encore quelques jours pour profiter de la version 2.0 de la Olivia Newton-John qui est en moi.

Je me relève, constate que mes jambes sont lourdes, me passe de l'eau sur le visage et m'observe dans le miroir.

– OK, dis-je en constatant les dégâts. On dirait vraiment que je reviens d'une séance de sport.

J'ai le teint pâle, avec quelques rougeurs éparses, une coupe de cheveux qui ne ressemble à rien et mon haut tout simplement trempé. Je me déshabille, prends une douche rapide qui me fait me sentir mieux et m'enroule dans une serviette avant de rejoindre la chambre. J'enfile une tenue décontractée et prends une profonde inspiration avant de rejoindre la cuisine.

– Alors, tu en es où ? demandé-je à Donovan qui regarde le meuble qu'il a monté avec une certaine fierté.

– Table basse, OK ! me répond-il en me souriant.

– OK, le repas sera prêt dans une vingtaine de minutes.

– Ça me laisse le temps de m'attaquer à la console pour l'entrée. Tu vas bien ?

Il s'approche de moi et pose ses mains sur le plan de travail. Il m'observe avec attention et je me rends compte que je ne pourrai pas lui mentir, ou du moins pas entièrement.

– Oui, j'ai juste eu un petit coup de mou, mais une bonne douche m'a remise sur pied. Je suis prête pour te préparer le meilleur repas de ta vie.

– Rien que ça ?

– Rien que ça !

Il repart à ses occupations et je me mets enfin à cuisiner.

***

Le lendemain matin, après une nuit torride et câline, j'aide Donovan dans le montage de deux nouveaux meubles. Nous disposons aussi les quelques articles de décoration qu'il a achetés.

– Avoue que comme cela, ton salon est nettement plus agréable.

– C'est vrai que ce tapis est doux sous mes pieds.

Le regard lubrique qu'il me lance ne me laisse aucun doute sur ce qu'il imagine.

– On n'a pas le temps, dis-je en reculant de quelques pas. Je dois partir, je suis attendue !

– On peut faire ça en quelques minutes, tu sais.

– Je ne te crois pas. À chaque fois, on n'arrive pas à se décoller l'un de l'autre avant que le sommeil ne l'emporte. Et je ne peux pas me permettre d'être en retard.

– Alors tu sais ce qu'il te reste comme option ?

– Non.

– Tu devras revenir ici et nous baptiserons dignement ce tapis qui m'a coûté une fortune ! Longtemps… Très longtemps.

– Deal ! réponds-je en lui présentant ma main pour marquer notre accord.

– Tu rêves, miss cupcake. Avec toi, une poignée de main ne me convient pas, annonce-t-il en passant ses bras autour de ma taille. Je préfère sceller notre accord par un baiser.

Il n'attend pas de réponse et m'embrasse à me faire tourner la tête. Je tremble dans ses bras, mais cette fois-ci, ce n'est pas les conséquences de ma maladie, c'est le désir que je ressens pour lui qui me rend fébrile. Je suis prête à céder, à me mettre en retard volontairement juste pour rester dans la chaleur de son corps, mais après des minutes délicieuses, Donovan se recule et pose son front sur le mien.

– File avant que je te garde sous clé.

– Lysia et Ewan enverraient les forces de l'ordre pour me délivrer. On s'appelle ?

– Si j'ai un conseil à te donner, prends des forces !

– Je n'y manquerai pas. Et toi, gardes-en !

26

Donovan
Quelques jours plus tard

Je me retrouve de nouveau dans la salle de réunion de ma boîte avec mes collègues. Nous avons été convoqués par big boss et les messes basses vont bon train.

– Eh ! m'apostrophe Will en s'installant à côté de moi. Ça commence à devenir une habitude de se retrouver ici.

– Je t'avoue que je m'en serais bien passé vu ce qu'il s'est dit ici la dernière fois.

– Ce sera peut-être de bonnes nouvelles.

– Tu sais quelque chose ?

– Je ne suis pas dans les confidences de mon oncle, répond-il en riant. Il est plutôt du genre à vouloir me faire rentrer dans le moule et moi je déteste ça.

– En même temps, vu l'inscription sur ton tee-shirt, ça se comprend.

– Tu n'aimes pas ?

– « Le succès consiste à aller d'échec en échec sans jamais perdre son enthousiasme », lis-je en grimaçant.

– Oui, c'est bon, j'avoue que celui-ci est particulier.

Du bruit se fait entendre à l'entrée de la salle et nous découvrons big boss qui est accompagné d'Erin. Cette dernière traverse la pièce en ondulant des hanches avant de trouver sa place.

– Bonjour et merci à tous de vous être rendus disponibles aussi rapidement. Je ne vais pas faire durer le suspense. Je tenais à vous dire que l'enquête concernant notre entreprise est close.

Un brouhaha s'élève et big boss tente de ramener le calme en demandant le silence.

– Laissez-moi au moins vous expliquer. Nous avons fourni toutes les vidéos de surveillance de l'entreprise aux inspecteurs en charge de l'enquête. Ils ont fini de les visionner il y a quarante-huit heures et ont confronté Mlle O'Connel à ses déclarations. Certaines des informations qu'elle avait données ne correspondaient pas à la réalité, comme la présence de certains d'entre vous alors que vous étiez absents de l'entreprise à cette période. Face à tous ces faits, elle a reconnu qu'elle n'avait jamais été agressée et qu'elle avait été contactée par l'un de nos principaux concurrents qui lui a proposé une somme considérable afin de nous nuire.

– Je l'ai jamais sentie, cette nana, râle une secrétaire.

– C'est vrai que son procédé est discutable, intervient Erin, mais elle s'est retrouvée dans une situation délicate et la somme indécente qui lui a été proposée l'a simplement corrompue.

J'aperçois la grimace de big boss et je suppose que les propos d'Erin ne lui conviennent pas.

– Quoi qu'il en soit, nous n'en resterons pas là, lance-t-il avec force. Je vous l'ai déjà dit, on ne s'attaque pas à nous sans en payer les conséquences. J'ai pris la décision de laisser la justice rendre sa décision et de porter plainte contre Trade Inc.

– Et pour O'Connel ? demande l'un de ceux qui ont été sur le banc des accusés.

– Il y a débat sur la question. J'aimerais qu'elle soit impliquée à sa juste valeur alors que notre conseiller juridique estime qu'il serait plus judicieux qu'elle soit de notre côté pour charger plus lourdement notre adversaire.

Des cris d'indignation se font entendre et si j'en avais quelque chose à foutre, je ferais comme eux.

– Vous plaisantez, s'emporte l'employé. Mon mariage a été mis en danger à cause de ces accusations. Ma femme a douté de moi pendant un temps et moi, je lui en veux de ne pas m'avoir cru. Je ne suis même pas certain que nous survivions à cette crise et vous me dites que l'autre va s'en sortir comme si de rien n'était ?

– Non, ce n'est pas ce que l'on dit, réagit Erin d'une voix doucereuse. On étudie toutes les options possibles pour voir ce qui est le mieux pour l'entreprise.

– Pour l'entreprise, hoquette l'employé, outré. Et nous, nous sommes quoi ? Des pions que vous déplacez à votre guise pour remporter la partie ? Je…

– Non, tonne la voix de big boss. Vous êtes ce qui est de plus important, et je suis d'accord avec vous, Charles, c'est à vous de décider. Vous avez été impliqué directement dans cette affaire avec quelques-uns de vos camarades et c'est donc à vous de prendre la décision. Je vous recevrai individuellement et la majorité l'emportera.

– Mais… intervient Erin.

– Il n'y a pas de mais. Je suis le boss et je prends les décisions, qu'elles plaisent ou pas.

Elle pince les lèvres et reste silencieuse jusqu'à ce que big boss nous annonce la fin de la réunion et une nouvelle soirée de gala pour fêter notre cohésion d'entreprise qui aura lieu dans quarante-huit heures. Tout le monde se disperse et au moment où je me lève à mon tour, mon patron se poste devant moi.

– Donovan, je tenais à ce que tu saches que c'est grâce à ton entretien que l'enquête a été si rapidement bouclée.

– Ah ?

– Oui, tu as réussi à semer le doute dans les propos tenus par O'Connel.

– Oh, ben tant mieux, alors.

– Qu'est-ce que tu envisages pour elle ?

– Rien, je me rangerai à l'avis de la majorité.

– Je ne sais pas pourquoi tout ça ne me surprend pas. Bon, tu m'excuseras, ajoute-t-il avec un sourire, mais je dois retrouver mon neveu pour lui parler de ses goûts vestimentaires.

– Je comprends, dis-je, compatissant.

– Je ne sais pas ce que je vais faire de ce gamin. Il m'épuise.

– Mais c'est un bon.

– Mais c'est un bon, me confirme big boss.

Il quitte la pièce, me laissant seul. Je récupère mon téléphone et appelle Penny.

– Seulement trois petits jours et je te manque déjà ? s'exclame-t-elle dès qu'elle décroche.

Si elle savait. Depuis qu'elle est partie, je la revois sans cesse me chevaucher et j'ai besoin d'elle.

– Je t'avais dit que ma queue était magique, mais je crois qu'elle a trouvé une chatte à son niveau. Je n'ai jamais autant…

– Je vois, me coupe-t-elle en baissant la voix. Je suis à la pâtisserie, donc les sextos ou appels torrides, ça ne va pas être possible.

– Je ne t'appelais pas pour ça, mais je garde l'option pour plus tard. Ça peut être très excitant de t'entendre gémir au téléphone.

– Donovan !

– C'est bon, j'ai compris. Donc, je disais : je te contactais pour une tout autre raison.

– Je t'écoute.

– L'enquête est bouclée et nous avons été lavés de tout soupçon !

– C'est génial ! Tu dois te sentir plus serein maintenant.

– Clairement. Le fait que ce soit officiel, ça se fête.

– Soirée beuverie ?

– Je pensais plutôt à une célébration à l'horizontale !

– Intéressant ! Ce soir ? Je peux négocier avec Lysia ou Ewan pour qu'ils ouvrent à ma place demain matin.

– Mise sur Ewan dans ce cas-là, car je suppose que Will voudra également arroser ça.

– Je te tiens au courant dès que j'ai plus d'infos. Je dois y aller, une cliente m'attend.

– À tout à l'heure.

– Donovan ?

– Oui ?

– J'aurai sûrement une autre surprise du même genre que l'autre jour pour l'occasion.

– Tu me tues, miss cupcake. Tu me tues !

– J'ai interrompu quelque chose ?

Je me retourne et découvre Will, un immense sourire aux lèvres.

– Ton oncle te cherche.

– Je sais. Je suis à ses yeux « la mauvaise graine de la famille ». Ce à quoi j'ai répondu que c'était en général la plus tenace.

– Tu es complètement barré, mon pote.

– Je crois qu'il en a conscience également. Puis soyons honnêtes, il s'ennuierait si je n'étais pas là. Mais ne change pas de sujet, tu as parlé à Penny.

– Oui, nous allons fêter la reconnaissance de notre innocence ce soir.

Son sourire s'agrandit et son air ne me dit rien qui vaille.

– Donc, si je résume, la première personne que tu appelles quand un événement important se passe dans ta vie, c'est Penny, ton plan cul. Intéressant, non ?

– Je t'arrête tout de suite. On va passer la soirée sous la couette, à baiser. Il n'y a rien de plus.

– Hum, hum, si tu le dis.

– Will, sérieusement, n'imagine rien d'autre !

– Très bien, dit-il en levant les mains devant lui en signe d'apaisement quand il remarque que je m'énerve.

De toute façon, j'ai mieux à faire, je vais retrouver ma copine !

Il quitte la pièce comme il est arrivé, en véritable courant d'air, me laissant avec mes états d'âme. Et si finalement il avait raison ? Pourquoi est-ce que c'est elle que j'ai voulu à tout prix contacter en premier lieu ? Et pourquoi j'ai ressenti ce besoin de lui prouver mon innocence officielle ?

L'heure est grave et une seule personne peut m'aider à ce stade.

– Allô, répond la voix de Shirley dès la première sonnerie.

– J'ai besoin de toi.

– OK. Code rouge ? Je peux t'avoir de faux papiers d'identité en moins d'une heure et j'ai des liquidités pour prendre le premier avion pour l'autre bout du monde.

Je laisse échapper un rire en entendant sa tirade. Voilà ce dont j'avais besoin. Sa folie, ses plans machiavéliques, son caractère bien trempé.

– On va rester sur de l'orange.

– Alors explique-moi tout, beau gosse.

Et c'est ce que je fais. Je lui parle de Penny sans révéler son identité, de notre contrat et de ma réaction d'aujourd'hui, en ne lui disant pas pour autant le besoin que j'ai d'être près d'elle et l'addiction que je développe pour le goût sucré de sa peau.

– OK, ce n'est pas si grave que ce que tu dis. Pour moi, on est dans un code vert orangé. Et si nous en parlions de vive voix demain ?

– Très bien, je te contacte dans la matinée.

– En attendant, ne te prends pas la tête, savoure chaque instant !

– Merci, je n'y manquerai pas.

– Et protège-toi !

– Oui maman, dis-je dans un éclat de rire.

– La sécurité avant tout, tu le sais ! Allez file, mauvaise graine.

[Ewan me remplace.
Je serai chez toi vers dix-neuf heures,
j'apporte le repas.
Salade Caesar, ça te va ?]

[Un jour, il faudra m'expliquer
ce que les femmes trouvent
aux salades… Mais oui, ça me va.
De toute façon, je ne compte
pas me nourrir que de ça !]

27

Penny

La soirée et la nuit que je viens de partager avec Donovan ont encore été fantastiques. Je ne sais pas si c'est le fait de savoir que notre relation est basée sur un principe simple, qu'il n'y a pas d'attente particulière, ou que le temps nous est compté, mais nos rencontres sont à chaque fois meilleures. Sexuellement, je n'ai jamais pris autant de plaisir, comme si Donovan était celui qui m'initiait à la vie. C'est explosif, jouissif, fantastique. Mais bon, je ne le lui dirai pas ouvertement au risque de le voir se pavaner et s'autoproclamer « meilleur amant du monde » !

Cet homme est une énigme ! Arrogant, connard, mais également attentionné et câlin. Ces aspects sont de plus en plus réguliers, d'ailleurs. Et je ne comprends réellement pas comment il peut être aussi solitaire. Dire que personne avant moi n'avait mis les pieds dans son appart ! Je me sens flattée qu'il m'accepte dans son univers.

Quand il m'a appelée hier pour que l'on passe la soirée ensemble pour fêter son innocence, j'ai eu envie de marquer le coup. Je me suis renseignée sur le Net pour savoir si ma surprise était réalisable et j'ai presque sauté de joie quand j'ai découvert qu'une petite boutique avait l'accessoire que je recherchais. Et la réaction de Donovan valait le coup ! Sa mâchoire s'est détachée quand il a aperçu les dizaines de cupcakes qui ornaient mes sous-vêtements. Puis il a éclaté de rire avant de me prendre dans ses bras pour m'embrasser. Un baiser différent des autres, qui a scellé notre complicité.

C'est donc pleine de courbatures mais heureuse que je prends la direction de la pâtisserie. Ewan a accepté de me remplacer à la condition que j'accepte de réaliser mon célèbre brownie aux noix de pécan. J'ai été surprise qu'il connaisse son existence car je ne le prépare plus depuis le décès de ma mère. C'était son dessert préféré et toutes les occasions étaient bonnes pour qu'elle me le demande. La seule entorse qu'elle s'accordait dans son régime alimentaire. Ewan m'a expliqué que c'est une cliente qui lui a dit qu'elle regrettait que cette pâtisserie ne soit plus à la carte. J'ai fini par céder à son petit chantage amical que je considère plus comme un défi qu'autre chose. Une façon de faire mon deuil et d'accepter un peu plus ma maladie.

Je cherche mon téléphone dans mon sac pour vérifier que tous les ingrédients sont disponibles à la pâtisserie mais ne trouve rien. Je m'arrête en pleine rue et commence à vider ma besace quand un flash me revient. Je me revois déposer mon appareil près de la douche alors que je lançais une playlist quand Donovan est venu me rejoindre.

– Eh merde !

Je rebrousse chemin, allongeant le pas pour éviter de me mettre trop en retard. Après dix minutes de marche rapide, j'arrive devant l'immeuble où loge Donovan. J'accède rapidement à son appartement et alors que je m'apprête à frapper à la porte, je découvre cette dernière entrouverte. Deux voix s'en échappent. Je reconnais immédiatement celle de mon amant mais n'arrive pas à identifier celle de la femme qui l'accompagne.

Une femme. Chez lui.

Je prête l'oreille et surprends leur conversation.

– Merde, j'ai oublié notre repas ! s'exclame Donovan.

– Ça ne te ressemble pas. Tu es sûr que tu vas bien ?

– Oui, vraiment. Une femme est venue à la maison pour passer le week-end.

– Une amie ? Chez toi ?

– Oui. Je sais ce que tu penses, mais je t'arrête tout de suite. Il n'y a rien de sérieux entre nous.

– Je n'ai encore rien dit !

– Et tu fais bien.

– Mais je suis curieuse, parle-moi d'elle.

– Tu la connais.

– Ne me dis pas que tu vois une de mes consœurs !

– Non, je te l'ai déjà dit, je n'ai pas besoin de payer pour baiser. Il s'agit de Penny, la pâtissière.

– Oh ! J'avais remarqué qu'il y avait quelque chose de spécial quand j'ai visionné ton passage dans son émission sur YouTube. Donc tu la fréquentes ?

– Non, je te l'ai dit ! Et tu sais que j'en suis incapable de toute façon. Pas avec le passé que je trimballe.

– Don, je te l'ai déjà dit, ton passé ne te définit pas, lui répond la femme tendrement. Tu as trouvé un temps une solution aux relations humaines et sentimentales, mais ce n'est pas une vie. Tu mérites mieux que cette solitude que tu t'imposes.

– Ma vie me plaît comme elle est.

– Et où tu places Penny, alors ?

– On est d'accord. On s'entend bien, on s'amuse et on passe du temps ensemble quand on en a envie.

– Un plan cul alors ?

– C'est le contrat que l'on a signé.

– Et tu l'as fait venir chez toi.

– Elle s'est imposée, en fait.

– Mais tu lui as ouvert ta porte et elle est restée. Vous avez passé un week-end à partager plus que tu ne l'as fait depuis Julia.

– Ça n'a rien à voir ! Je ne me ferai plus avoir avec ces histoires à la con. Penny est juste là pour assouvir mes besoins.

– Tu as raison sur certains points, Don. Mais tu en oublies un essentiel, mon beau.

– Lequel ?

– Penny n'est pas *elle*. En lui refusant une place dans ta vie, tu la juges coupable de faits qui ne sont pas les siens. Je peux comprendre ta peur, mais il ne faut pas qu'elle te contrôle.

– Putain, Shirley, pas toi ! Ce discours, c'est bon pour les contes de fées, mais tu le sais autant que moi, tout ceci n'existe pas. Plus jamais une femme ne me contrôlera, et ce, même si je m'éclate au lit avec Penny. Le sexe pour le sexe, oui, mais le reste je le laisse aux autres…

C'en est trop ! Je m'éloigne de l'appartement pour prendre refuge dans l'entrée de l'immeuble. Une boule grossit dans ma gorge et une larme roule sur ma joue. Même si ce que Donovan a dit sur notre relation est ce que je clame haut et fort, l'entendre de lui me blesse. Me réduire à une simple coucherie, balayant tout ce que nous partageons en dehors d'un lit est insultant. Je pensais au moins que nous avions passé un stade. Je ne parle pas d'amour puisque je comptais mettre un terme à notre histoire au moment où j'allais être hospitalisée, mais je pensais que l'on pourrait devenir amis.

Mais je me trompais… lourdement. Je ne suis qu'un numéro de plus dans le calepin du roi des connards !

Avec la colère qui s'installe doucement en moi, des questions s'imposent. Qui est cette femme ? Shirley, c'est le même prénom que la gagnante de mon concours. S'agit-il de la même femme ? Qui est-elle pour lui ? Elle doit compter puisqu'il l'a invitée chez lui. Et si Donovan m'avait menti, si je n'étais pas la seule personne à avoir découvert son appartement comme il me l'a indiqué ?

– Madame ? Vous allez bien ?

– Oui, pardon, dis-je en découvrant une femme qui habite visiblement l'immeuble puisqu'elle est arrêtée devant les boîtes aux lettres.

– Je peux vous aider ?

– Non, merci. Je dois y aller.

Je quitte l'immeuble transportée par deux émotions, la

colère et le chagrin. Si j'accepte la première avec facilité, je refuse la seconde. Il n'est pas question que j'offre ceci à Donovan. Il est temps que je redistribue les pions du jeu et que je conclue notre partie par un échec et mat !

28

Donovan

Voir Shirley évoluer dans mon appartement déclenche en moi un certain malaise dont je n'arrive pas à connaître l'origine. Shirley est pourtant la femme pour qui j'ai le plus de respect et sans qui je serais mort.

– Je te connais, Don, et je sais que quelque chose te travaille. Tu as revêtu ton armure de super connard dans le but de m'éloigner, mais il semblerait que tu aies oublié que c'est moi qui t'ai tout appris.

– Tu as raison, dis-je en prenant ma tête entre mes mains. Et je m'en veux pour ce que je ressens.

– Tu sais que tu peux tout me dire. Pas grand-chose ne m'offusque.

– Mais le pire dans tout ça, c'est que je ne comprends pas.

– Qu'est-ce que tu ne saisis pas ?

– Pourquoi te recevoir chez moi est étrange alors que lorsque Penny est ici ça me semble naturel ?! crié-je presque malgré moi.

Je m'inquiète d'avoir blessé sans le vouloir celle qui m'a tout appris, mais la réaction de Shirley me rassure. Enfin, je crois. Car c'est un rire sonore qui emplit mon salon.

– Ce n'est que ça ? Tu m'as presque fait peur, idiot !

– Tu m'expliques parce que là, pour moi, c'est le bordel absolu.

– Je vais simplifier les choses : Penny est ton présent et ton futur, moi je suis ton passé.

– Non, mon passé, je l'ai laissé à l'autre bout du monde.

– Alors disons que je suis le lien entre ton passé et ton présent et qu'il va te falloir une période d'adaptation. Me voir chez toi doit réveiller certains souvenirs inconscients. Ce n'est pas contre moi, mais contre ce que je représente. Jusqu'à aujourd'hui tu ne m'as jamais invitée chez toi car tu te fermais à tout contact humain, même avec moi. Ta relation avec Penny a changé les choses car tu as permis à une femme de voir ce qui se cache derrière ce costard de super connard que tu portes comme personne. Tu es redevenu l'homme que tu étais, sans pour autant être le même. Ton passé t'a changé mais tu reviens à la vie, à la vie réelle. Et tu n'imagines pas comme je suis heureuse de voir cela.

– Shirley, tu sais que pour moi tu es importante. Tu es à mes yeux ma seconde mère.

– Alors, si tu veux que l'on reste amis, dis plutôt que tu me considères comme une grande sœur !

Je ris face à sa réponse qui lui ressemble tellement.

– Mais je comprends ce que tu veux dire, reprend-elle d'un ton sérieux. Je suis même flattée. Et comme je te l'ai dit, cela n'a rien à voir avec moi, mais je pense sincèrement que tu as toujours considéré cet appartement comme une bulle de protection. En n'invitant personne chez toi, tu ne prenais pas le risque de revivre la trahison que tu as connue. Tu as fait de cet endroit un lieu dans lequel tu pouvais être vulnérable sans que l'on puisse te blesser car tu t'es construit ta propre forteresse.

Je reste un instant silencieux, analysant sa théorie. Et si, de prime abord, j'ai envie de la rejeter, je persiste car c'est justement Shirley qui l'énonce et je lui dois bien ça. Suis-je l'homme qu'elle décrit ? Et dans ce cas, pourquoi est-ce si facile de voir Penny dans mon univers ?

– Je crois que tu as raison en ce qui te concerne, mais maintenant que nous avons éclairci les choses, te savoir chez moi ne me dérange pas.

– Tu m'en vois ravie, car j'ai bien l'intention de revenir et surtout de faire la connaissance de Penny.

– Tu as oublié ce que je t'ai dit ? Penny n'est pas ma petite amie, c'est une sex friend !

– OK. Alors, réponds à quelques questions.

– Vas-y, balance.

– Vous est-il déjà arrivé de rester une soirée sans avoir de rapport ?

– Oui, réponds-je en pensant à la fois où je suis arrivé bourré chez elle.

– Partagez-vous d'autres moments que ceux que vous passez dans un lit ?

– Oui, clairement.

– As-tu dormi plus d'une fois avec elle ?

– Oui.

– Penses-tu à elle en te réveillant ou en t'endormant ?

– Oui, soufflé-je en me rendant compte que cela m'arrive de plus en plus fréquemment.

– Quand tu as appris que l'enquête sur toi était close, qui as-tu contacté en premier ?

– Elle.

– Dois-je continuer ou tu as saisi ?

– Merde, tu as raison, avoué-je. Et ça ne va pas le faire.

– Pourquoi ?

– Car nous avons établi des règles que l'on ne devait pas franchir. Et on est en plein dedans.

– Est-ce qu'elle t'a laissé entendre ou comprendre que cela ne lui convenait pas ?

– Non.

– Alors tout va bien. Maintenant que tu as pris conscience de ce que tu ressens, agis en homme et pas en connard, s'il te plaît.

Je hoche la tête quand la sonnerie d'un téléphone se fait entendre. Je regarde Shirley qui me fait comprendre que ce n'est pas le sien. Je me mets à la recherche de l'appareil en suivant le bruit et j'atterris dans la salle de bains où je découvre le portable de Penny. Je décroche quand je lis le nom de celui qui tente de la joindre.

– Bonjour Les Douceurs de Penny, dis-je en souriant.

– Donovan, comme tu le vois, j'ai oublié mon téléphone chez toi en partant ce matin. As-tu la possibilité de le déposer à la pâtisserie ? Sinon, Ewan se propose pour venir le récupérer avant de venir bosser.

– Euh… je peux te le déposer. Je dois justement sortir, je fais un crochet pour te l'apporter.

– Merci, à tout à l'heure.

Je n'ai pas le temps de répondre qu'elle raccroche déjà. J'imagine qu'elle doit être occupée car elle n'a même pas tenté une petite plaisanterie dont elle a l'habitude. Je suis pressé de la revoir et je dois reconnaître que Shirley a visé juste. J'ai des sentiments pour Penny.

– Alors ? me demande mon amie quand je la rejoins.

– C'est ma jolie miss cupcake qui a oublié son portable.

– Si tu te poses encore des questions, regarde-toi maintenant dans une glace : tu transpires le bonheur ! Va la retrouver !

– Tu reviendras dans de meilleures conditions, annoncé-je cérémonieusement, enfin prêt à lui donner sa place dans ma vie.

– J'en suis certaine. À très vite !

Nous sortons de mon appartement et atteignons rapidement la rue quand Shirley pose sa main sur mon bras.

– Si je peux me permettre une dernière chose, parle-lui de ton histoire. Ouvre-toi si tu penses que c'est la bonne.

Je m'immobilise et plonge mon regard dans le sien. Ce qu'elle me demande est impossible et elle le sait.

– J'en suis incapable. J'ai cru mourir la première fois, je ne peux pas me permettre de revivre ça.

– Alors penses-y.

Je hoche la tête et l'embrasse sur la joue.

– Merci pour tout ce que tu as fait. Par le passé et aujourd'hui.

– Avec plaisir.

Je décide de me rendre jusqu'à la pâtisserie à pied. En allongeant le pas, je devrais y être dans quinze minutes, ce qui me laisse le temps de repenser calmement à tout ce que je viens de découvrir. Moi qui me pensais hermétique à tous ces sentiments, je me suis fait avoir comme un bleu par une nana qui ne se doute même pas de ce dont elle est capable.

Le tintement de la porte d'entrée annonce mon arrivée et je redécouvre ce lieu d'un œil nouveau. Je reconnais le style de Penny dans tous les accessoires et éléments de décoration. Elle a donné une âme à un lieu, le rendant cosy et chaleureux.

Putain, je vais finir par parler comme une gonzesse si ça continue.

– Salut, Donovan. Penny est dans le laboratoire, je vais la chercher, m'informe Lysia avec un grand sourire. Je crois que ta visite va lui faire le plus grand bien car elle s'est levée du pied gauche, me semble-t-il.

La tornade Lysia disparaît en une seconde et je sens plusieurs paires d'yeux se poser sur moi. Des clientes visiblement habituées des lieux me détaillent des pieds à la tête. Je leur souris et les vois minauder quand mes fossettes entrent en jeu.

– Ah, non, le beau gosse, elles sont à moi ! C'est mon fan-club, alors remballe ton sourire, m'interpelle Ewan en entrant à son tour dans la pâtisserie.

– Pas de problème, je te les laisse. Il n'y en a qu'une qui m'intéresse de toute façon.

– Ça tombe bien, la voilà !

Je me retourne et découvre Penny, en tenue de cheffe, et même affublée de la sorte, je la trouve sexy !

– Salut miss cupcake, dis-je alors que je m'approche d'elle. Je t'ai fait perdre la tête ce matin, si tu en oublies ton téléphone !

Elle récupère l'appareil que je lui tends et me sourit poliment.

– Merci d'être passé me le ramener. Ne m'en veux pas, mais j'ai du boulot qui m'attend.

– Je comprends, réponds-je, déstabilisé mais ne voulant rien montrer. On se voit ce soir ?

– Oui, pourquoi pas. Je t'appelle.

Elle disparaît en quelques secondes, me laissant comme un con.

– Ne le prends pas pour toi. Elle est comme ça depuis ce matin, se confie Lysia en me rejoignant. Si tu veux mon avis, elle est fatiguée et tire un peu trop sur la corde ces derniers temps.

– Pourquoi ne m'a-t-elle rien dit ?

– Je ne suis même pas certaine qu'elle en ait conscience.

– OK.

– On va te la mettre dans les meilleures dispositions possible. Après une sieste réparatrice, tout ira bien.

Je quitte la pâtisserie pour rejoindre Will. Big boss nous a accordé une journée de repos et nous avons prévu de faire un marathon jeux vidéo. Encore une nouveauté pour moi. Cela fait des années que je n'ai pas joué et que je n'ai pas partagé mon temps avec un ami.

***

Je retrouve Penny en fin de soirée chez elle. Il est tard, mais je n'ai pas pensé à décommander quand elle m'a contacté il y a vingt minutes. Je la découvre, ultra-sexy, dans une nuisette qui la rend indécente, et qui m'enflamme immédiatement.

– Ça valait l'attente.

Je l'enlace et parsème de baisers ses épaules. Elle repousse sa tête en arrière, m'offrant un accès dégagé à son cou dans lequel je m'abandonne avec délectation. Son odeur si parfaitement sucrée, son goût acidulé et la douceur de sa peau. Sans que je m'en rende compte, nous traversons le salon et elle me pousse sur le sofa dans lequel je m'assois.

– Maintenant, c'est mon tour. Et j'ai envie de pimenter les choses. Est-ce que tu es prêt à jouer ?

– Tout ce que tu veux du moment que nos peaux sont en contact.

Elle m'offre un sourire de conquérante et je la découvre dominante quand elle me présente une longue corde et une paire de menottes.

– Du moment que tu ne sors pas un fouet ou d'autres accessoires de ce style, ça me va, réponds-je à sa question silencieuse.

– Je ne désire pas te blesser, juste t'offrir du plaisir.

– Alors nous sommes deux !

Elle se penche sur moi et embrasse mes fossettes. Alors que je veux la rapprocher de moi, elle s'écarte, me faisant un signe de désapprobation de la main.

Bon, OK, j'ai compris, je dois rester sage et lui laisser la direction des opérations. C'est nouveau et déstabilisant pour moi, mais je sais qu'avec Penny, je ne risque rien. Pour lui prouver ma confiance, je lui tends mes mains qu'elle menotte avec facilité, puis d'un geste souple, elle les fait passer au-dessus de ma tête. La corde trouve sa place entre la chaîne, passe derrière le canapé pour venir s'enrouler autour de mes chevilles. C'est ingénieux, je ne peux pas me libérer, mais elle a laissé assez de jeu pour que ça ne soit pas inconfortable.

– M'aurais-tu caché un certain talent pour le bondage ?

– Chut, sinon je te bâillonne.

– Et tu nous priverais de nous embrasser ?

– Si tu n'es pas sage, oui.

J'acquiesce d'un signe de la tête, pensant déjà à une revanche sensuelle, puis toutes mes pensées s'égarent quand Penny entame une danse langoureuse. Je ne peux détacher mon regard de ses courbes qui ondulent pour moi, me charment. Elle m'envoûte comme aucune autre femme auparavant ne l'a fait. Mon sexe réagit immédiatement et tend la toile de mon jean au point d'en être douloureux. La désirer si fort me fait mal et c'est pourtant la chose la plus délicieuse que j'aie jamais connue. J'avale avec difficulté quand miss cupcake m'enjambe et commence un *lap dance* sur moi. Le meilleur de ma vie. Mes doigts brûlent d'envie de la toucher, de lui prouver combien je la veux maintenant et encore après.

– Penny, embrasse-moi.

Son index se pose sur mes lèvres, m'enjoignant au silence. Mais avant que je n'émette une nouvelle plainte, elle m'embrasse comme je le souhaite. Son corps épouse le mien et ce contact ne me suffit plus. J'en veux plus encore. Je la veux elle, sur moi, autour de moi. Et comme si elle entendait ma prière, elle défait la ceinture de mon jean et fait glisser ce dernier sur mes cuisses quand je soulève le bassin pour lui faciliter la tâche. D'un mouvement lascif, elle se sépare de son string qu'elle laisse tomber au sol et s'empare d'un préservatif que je n'avais pas vu jusque-là pour le dérouler sur mon sexe tendu. Une fois la protection en place, elle revient sur moi et nous offre enfin la libération quand elle entame un mouvement de lents va-et-vient. Elle dirige notre plaisir, accélérant et ralentissant quand cela lui chante et j'ai l'impression de tout redécouvrir sous un autre jour. Mon corps hurle de plaisir et de frustration. J'ai besoin de reprendre le contrôle, sinon je vais sombrer dans la folie. Mon bassin s'agite mais Penny s'en éloigne, me refusant la libération que je désire tant. Elle pose son front contre le mien quand enfin elle laisse nos corps fusionner à la perfection. Je recherche ses lèvres, les entrouvre et mêle ma langue à la sienne au même rythme que nos corps. C'est bon, c'est tellement bon que je ne tiendrai plus longtemps. L'urgence se fait sentir chez Penny aussi qui resserre ses chairs sur les miennes et quand elle pousse un cri de jouissance, je bascule à mon tour.

Le souffle court, épuisés, nous restons dans cette position quelques minutes avant que Penny ne se relève et défasse mes attaches. Une fois libre, je fais la seule chose dont j'ai besoin. Je l'enlace ! Moi, Donovan, roi des connards, je fais un câlin à une femme après lui avoir fait l'amour ! Mais la réaction de Penny après quelques secondes me surprend.

– Tu vas bien ?

– Oui, c'est juste que j'ai besoin de prendre une douche, me répond-elle en se raidissant dans mes bras.

– Tu as besoin d'aide ? suggéré-je, prêt à remettre le couvert.

– Non, répond-elle en riant. Par contre, tu peux me préparer une tisane si ça ne te dérange pas.

– Bien sûr.

Je me rends dans sa cuisine alors qu'elle se dirige dans sa salle de bains. Je tâtonne un peu dans les tiroirs et placards avant de faire bouillir de l'eau et d'installer des tasses. Penny refait son apparition au moment où je plonge les sachets de tisane.

– Pourquoi deux ? demande-t-elle, surprise.

– Je t'accompagne.

– Non, ce n'est pas possible. Je vais boire mon infusion au lit, seule. Merci pour ce moment unique, Donovan, mais j'ai besoin de me reposer.

Attends, quoi ? Qu'est-ce qu'elle vient de dire ?

– Tu veux que je parte ?

– Oui, s'il te plaît.

– Mais pourquoi ?

Bon, même pour moi, entendre ces mots me semble pathétique.

– Je te l'ai dit, je suis fatiguée.

La distance qu'elle met entre nous et le regard fuyant qu'elle adopte depuis son retour de la douche me dérangent profondément.

– On se revoit quand ?

– Je crois qu'il vaut mieux que l'on en reste là.

– Quoi ? demandé-je, abasourdi.

– Je suis fatiguée et je dois me concentrer sur mon affaire. Deux raisons largement suffisantes pour mettre fin à ce contrat.

– Et tu crois que je n'ai pas mon mot à dire ?

– Non, à vrai dire. Maintenant, pars. J'ai besoin de dormir.

Elle ouvre la porte, bâille, me prouvant que ma présence l'exaspère. J'ai envie de la secouer, de l'obliger à me parler, de lui demander pourquoi elle est comme ça, mais les cernes de son visage et la tension qui se dégage d'elle m'incitent à changer de tactique. Je la dépasse et au moment où le battant se referme, je prononce les seuls mots qui me semblent justes :

– Ce n'est pas fini.

29

Penny

Je referme la porte et m'appuie dessus, me laissant glisser sur le sol. J'ai mal au cœur et une boule grossit dans ma gorge. Mais cette fois-ci, je sais que cela n'a rien à voir avec mon diabète et tout avec ce qu'il vient de se passer. Ça fait donc ça d'agir en roi des connards !

J'ai détesté, réellement détesté ce que j'ai fait ce soir. Mettre de côté mes sentiments, ne penser qu'au plaisir physique lors de notre rapprochement a été plus déstabilisant que ce que je croyais et je n'ai pu m'abandonner réellement que lorsqu'une connexion s'est rétablie entre nous. Mais son câlin m'a ramenée à la vérité : si j'ai besoin d'avoir des sentiments pour faire l'amour à un homme, Donovan n'en a cure. Et je dois absolument barricader mon cœur, le protéger avant qu'il ait trop mal. Car il est évident que ce que je développe pour Don me fera souffrir. Tomber amoureuse de cet homme est une erreur dont j'aurais du mal à me relever.

Agir de manière si détachée, si inhumaine m'a coûté, mais ai-je d'autres solutions ?

Je ramène mes genoux contre moi et m'autorise juste quelques minutes à laisser aller mes larmes. Je pleure cette histoire qui meurt avant même d'avoir commencé, je pleure mes mauvais choix. Ce contrat n'était pas une bonne idée, car même en ayant établi des règles strictes, je me suis fait prendre au piège.

Je ne sais combien de temps je reste dans cette position, mais quand je me relève, mon corps est douloureux. Je me traîne jusqu'à mon lit et me recroqueville en boule sous ma couette. Mes larmes redoublent et je n'arrive à m'endormir que lorsque la fatigue s'abat sur moi.

Je me réveille une heure plus tard avec une migraine carabinée. Le jour ne s'est pas encore levé, mais je sais que je n'arriverai pas à retrouver le sommeil. Je suis vidée et pourtant une longue journée m'attend. Je dois finaliser les commandes pour mon départ qui arrive à grands pas. Dans trois jours, je serai à l'hôpital pour affronter le début de ma nouvelle vie.

– Il était temps que mon histoire avec Donovan se termine. C'est un mal pour un bien, dis-je à mon reflet dans le miroir, qui porte les traces de ma crise de larmes de la veille.

Je prends le chemin de la pâtisserie quelques minutes plus tard et apprécie le calme de mon laboratoire alors que je suis seule dans l'établissement. Je sais que dans une heure, la tornade Lysia viendra me rejoindre et que je devrai affronter son regard et son avis tranché. Juste le temps pour moi de revêtir mon armure. Après un dernier inventaire et l'ajustement du planning pour la quinzaine à venir, je retrouve mon plan de travail. C'est un refuge dans lequel je me sens apaisée, où j'abandonne tous mes soucis à la porte.

Un désir de création se fait sentir et je me laisse guider par mon instinct. Pas de recette établie, mais je note tout de même ce que je fais sur mon calepin. C'est souvent comme ça que naissent mes meilleures créations. Le chocolat sera le goût principal pour son côté réconfortant et c'est presque naturellement que je décide de faire un cupcake. Je me rends dans la réserve et pars à la recherche de ce qui pourrait sublimer la fève de cacao. Et c'est là que je vois ce que je recherche : les ingrédients mis de côté par Ewan pour le brownie. Je récupère la caisse et me mets à l'œuvre. Je pèse, verse, mélange et après quelques manipulations, je me retrouve avec ma pâte à cupcake prête. Je la verse dans des caissettes en papier et enclenche la cuisson.

– Mais qu'est-ce que tu fais ici à cette heure-là ?

La voix de Lysia résonne et je me retourne vivement pour la découvrir sur le pas de la porte.

– Je crois savoir que ce lieu porte mon nom, réponds-je, désinvolte.

– Tu devrais surtout être dans les bras d'un charmant jeune homme à compter les orgasmes que tu as eus dans la nuit !

Je grimace à l'évocation de Donovan et de notre dernière rencontre.

– J'ai passé la nuit seule.

– Donovan n'est pas venu ?

– Si, mais il est reparti peu de temps après.

– Qu'est-ce que tu me caches ?

– Rien.

– Penelope Douglas !

– Aïe… Quand tu utilises mon nom complet, ça ne sent pas bon.

– Accouche !

– Ah, non ! Pas pour le moment et sûrement pas avant longtemps.

– Penny, vas-tu enfin m'expliquer pourquoi tu as les yeux gonflés et cernés de la sorte ? Tu as pleuré, c'est ça ? C'est Donovan qui a fait ça ? Je l'avais prévenu, je vais lui faire la peau. Je vais lui couper les couilles et…

– Il n'a rien fait. C'est moi, la coupé-je quand je la vois s'énerver de la sorte.

– Quoi ?

– Je lui ai dit que c'était fini.

– Mais pourquoi ? Vous sembliez bien, ensemble !

– Eh bien, tu te trompes. Pour Donovan, je ne suis qu'un plan cul, rien de plus.

– Je ne peux pas le croire.

– Et pourtant, je l'ai entendu de sa propre bouche.

– C'est dingue. Ça ne colle pas avec ce qu'il laisse penser.

– C'est comme ça, c'est tout.

– Et toi, comment tu vis ça ?

– J'ai connu mieux mais c'était prévisible. Cela faisait partie de notre contrat.

– Oh, arrête avec ce foutu contrat. On le sait toutes les deux que c'est de la connerie ! Dès le départ, vous avez tout transgressé !

– Peu importe, de toute façon nous deux c'est impossible.

– Parce que c'est un connard ?

– Pas seulement, réponds-je en riant malgré moi. Cette histoire avait une date de péremption.

– Mais qu'est-ce que tu racontes ?

– Dois-je te rappeler que je suis malade ?

– Non merci, j'en ai pleinement conscience. Et justement, Donovan te faisait du bien, alors je ne comprends pas pourquoi vous deux ce n'est pas possible.

– Je te l'ai déjà dit, je ne désire pas que l'on me voie comme une personne affaiblie, condamnée. Et c'est ce qui se passera le jour où Donovan saura ce que j'ai. Soit il restera par pitié et je ne le supporterai pas, soit il me jettera comme une vieille chaussette et ça m'est inconcevable.

– Je sais que tu es malade, je connais tous les aspects et les conséquences que cela engendre. Je suis au courant de ce qui t'attend, et je ne t'ai jamais vue comme une personne faible. Bien au contraire. Accepter ce qui t'arrive et décider de te battre fait de toi une héroïne. C'est tellement dommage que tu ne te voies pas réellement !

– Ce n'est pas pareil.

– Ah, et pourquoi ?! s'énerve-t-elle tout à coup. Je t'aime comme une sœur, je travaille avec toi tous les jours, tu es la personne dont je suis la plus proche, celle avec qui je partage tout ce qui m'arrive. Alors ne me dis pas que ce n'est pas pareil. On ne couche pas ensemble, certes, mais je t'aime et laisse-moi te dire que tu fais une grosse connerie ! Tu veux savoir ce que je pense ?

– Comme si j'avais le choix !

– Celle qui a un problème avec le diabète, c'est toi ! Personne ne te voit comme une malade, à part toi ! Tu es celle qui est la plus intransigeante face à tout ça ! Ouvre les yeux enfin ! Tu es malade, tu n'es pas morte, alors vis !

– Tout va bien ici ? nous interrompt Ewan en débarquant, visiblement surpris du ton de notre échange.

– Très bien, répond Lysia en me fusillant du regard. Je me casse.

Elle tourne les talons, me laissant perdue face à son discours. La porte claque sous l'effet de sa colère et me fait sursauter.

– Tu vas bien, Penny ?

Je me tourne vers mon nouveau pâtissier et lui souris amèrement.

– Ce n'est pas véritablement le meilleur jour de ma vie.

– J'ai cru comprendre. C'est quoi cette odeur ? demande-t-il en levant le nez.

– Merde, mes cupcakes !

Je me précipite vers le four et récupère la plaque de cuisson.

– Ouf, on est arrivés à temps, semble-t-il.

– Merci, c'est grâce à toi.

– Et qu'est-ce que tu nous prépares de bon ?

– Des « browcakes », dis-je après avoir trouvé le nom. Brownie et cupcake dans la même recette.

– Oh, tu m'intéresses. Donc ta base de muffin est la recette du brownie ?

– La version nature.

– Et le *topping* ?

– Crème mascarpone, caramel beurre salé et noix de pécan.

– Tu l'as déjà fait ?

– Non, j'allais m'y mettre quand Lysia est arrivée.

– Alors laisse-moi t'aider.

– Avec plaisir.

Nous cuisinons en binôme et je retrouve mon calme, petit à petit. Mais au moment de tester ma préparation, je reste avec la cuillère suspendue dans les airs.

– Il y a un problème ?

– Je ne peux pas goûter…

– Pourquoi ?

– Mon diabète.

– Tu devrais voir ça avec ton endocrinologue, mais je ne pense pas que la toute petite quantité que tu t'apprêtes à manger va changer fondamentalement ta glycémie. Tout est dans la mesure. Évidemment, je ne te conseille pas de prendre une louche entière de ta préparation, car pour être honnête, même moi je ne le supporterais pas et je n'ai aucun problème de santé.

– Je ne sais pas.

– Dans ce cas, tu vas devoir me faire confiance.

Je hoche la tête, frustrée de ne pas savoir quel goût a ma création.

– Et tu peux toujours appeler l'hôpital pour poser la question. Tu nous as parlé d'une ligne téléphonique ouverte vingt-quatre heures sur vingt-quatre.

– Merci, Ewan. Je ne sais pas comment je ferais sans toi.

– Ça tombe bien, car j'aimerais bien rester à Londres encore un peu !

Je dépose un baiser sur sa joue et me rue sur mon portable. Quand l'infirmière me confirme que je peux en effet tester dans des proportions plus que raisonnables, un immense sourire prend vie sur mon visage.

– Et au pire, ajustez votre dose d'insuline si vous savez que vous allez faire un écart. On se voit dans quelques jours.

Je reviens dans le labo et m'accorde enfin un plaisir que je me refuse depuis trois semaines. Juste une petite cuillère qui m'apporte un réconfort immédiat.

– Ça fait du bien, n'est-ce pas ? m'interroge mon collègue qui déguste un deuxième « browcake ».

– Y a rien de meilleur !

30

Donovan

– Eh merde !

C'est la troisième fois que je me plante sur un dossier. Autant dire que je suis simplement et purement inefficace aujourd'hui. Et il n'est pas encore midi.

– Donovan, résonne la voix de big boss quand j'atteins la salle de repos.

– Bonjour.

– Je te vois fulminer depuis ce matin. Tout va bien ?

– Oui, juste une journée pourrie qui s'annonce. Mais je vais me reprendre.

– Je n'en doute pas, mais je ne parlais pas du boulot. Je te trouve différent.

Depuis qu'un de ses employés s'est suicidé quelques années auparavant, big boss est plus soucieux du bien-être de ses employés, même en dehors de l'entreprise.

– Ça va.

Bon, je ne suis pas loquace mais je ne me vois pas m'épancher sur son épaule à cause d'une miss cupcake indigeste. Car c'est vraiment ce qui ressort de la soirée de la veille et de la nuit passée. Ça me reste en travers de la gorge et ça me fait littéralement chier.

– Si tu as besoin de t'absenter, préviens-moi. Tu as pas mal de congés à poser.

– Merci boss.

Je me sers un café et grogne quand je vois que des cupcakes sont posés sur un plateau. Putain mais c'est dingue, cette nana est partout. Je ressors d'un pas rapide quand je percute un corps solide.

– Eh, Don, fais attention.

Je sauve mon café in extremis alors que Will se déporte sur le côté. Je relève la tête et découvre deux paires d'yeux qui me dévisagent. Une plus amicale que l'autre.

– Salut, Lysia.

– Ouais, c'est ça !

OK. Elle est en mode bombe prête à exploser et il semblerait que la catastrophe soit toute proche.

– Ly, mon cœur, la calme Will en mettant une main dans son dos. Vas-y doucement.

– Qu'est-ce qui se passe ? demandé-je en fronçant les sourcils quand je constate que la colère de la miss est dirigée contre moi.

– Rentrons ici, nous invite Will, me faisant réintégrer la salle de pause.

– Je vais te les briser menues ! Je t'avais prévenu et tu n'en as fait qu'à ta tête. Tu vas souffrir, je t'en fais la promesse.

– Mais de quoi tu parles ? Pour info, c'est ta copine qui m'a viré comme une merde.

– Et tu ne t'es pas demandé pourquoi ?

– J'en sais foutrement rien.

– Eh bien je vais te le dire moi ! Car tu es un connard ! Un véritable connard qui a osé dire qu'elle n'était qu'une simple baise comme toutes les autres femmes que tu as connues avant.

– Je ne lui ai jamais dit ça, me défends-je.

– Et pourtant elle a entendu ces mots de ta bouche.

Elle avance vers moi, prête à en découdre quand Will s'interpose.

– Don, c'est vrai ?

– Mais non, je ne lui ai jamais parlé de la sorte ! Car ce n'est pas ce que je ressens.

– Alors où aurait-elle pu t'entendre dire qu'elle n'était qu'un plan cul ?

Je réfléchis un instant sous le regard menaçant de Lysia quand je repense à ma conversation avec Shirley. Et tout fait sens, car c'est à partir de là que le comportement de Penny a changé.

– Merde !

– Je vois qu'elle avait raison. Tu es un homme mort, McFlane ! grogne Lysia alors qu'elle me saute dessus.

Will la rattrape au vol et la serre contre lui alors qu'elle se débat.

– Où est-elle ? crié-je pour qu'elle m'entende.

– Tu crois que je vais te le dire ! répond-elle en riant. Tu es encore plus timbré que je ne le croyais.

– Elle est à la pâtisserie, c'est ça ?

Quand je vois son œil friser, je sais que j'ai vu juste. Je

dois la voir, je dois lui expliquer.

– Je t'interdis de l'approcher !

– Don, je ne pense pas que ce soit une bonne idée, tempère Will. Elle est sur son lieu de travail.

– Mais il faut que je lui dise.

– Quoi ?

– Que je l'aime !

Je prononce ces mots sans réellement les avoir décidés. Ils se sont imposés à moi et si la révélation me coupe le souffle, elle impose le silence dans la pièce.

– Tu l'aimes ? me demande calmement Lysia.

– Oui ! Je suis fou d'elle.

– Alors ça change tout.

– Tu vas m'aider ?

– Je vais l'aider elle, me répond-elle, mystérieuse. Mais il va falloir que tu t'accroches. Réellement.

***

Il est dix-sept heures lorsque j'arrive à la pâtisserie. J'ai suivi les conseils de mes amis et j'ai laissé Penny travailler calmement. L'attitude de Lysia a changé du tout au tout quand elle a compris mes sentiments. Elle a même fini ses encouragements en me disant qu'elle me souhaitait bonne chance car j'allais en avoir besoin, que Penny valait le coup que je me batte et que l'ennemi était de taille. J'ai l'impression qu'il me manque une information capitale, mais elle n'a pas voulu m'en dire plus.

C'est déterminé que je me retrouve devant le comptoir sur lequel je découvre la nouveauté du jour, un cupcake façon brownie. Je souris devant cette friandise qui semble délicieuse et qui correspond tellement à Penny.

– Elle est dans son bureau, m'apprend Lysia. Officiellement elle fait les comptes, mais si tu veux mon avis, elle me fuit.

– Pourquoi ?

– Un léger différend que nous avons eu à l'aube.

– Par ma faute ? demandé-je, mal à l'aise d'avoir créé un problème supplémentaire à ma jolie pâtissière.

– Non, pour une fois, tu n'y es pour rien. Tape deux fois, comme cela, ajoute-t-elle en frappant deux coups rapides sur le comptoir. C'est mon code pour entrer sans attendre l'autorisation.

– Merci, Ly. Vraiment.

– Je t'avertis, si elle te demande si l'on t'a aidé, je déclinerai toute responsabilité. Si jamais tu prononces mon nom…

– Je sais… Tu t'en prendras à mes attributs !

– Tu apprends vite.

Je souris et suis les indications qu'elle me donne pour trouver facilement le bureau. Je prends une inspiration profonde avant de frapper et de pousser la porte.

– Je n'ai pas le temps, Ly, déclare Penny sans même relever la tête.

– Ça tombe bien, ce n'est pas elle.

La surprise lui fait lâcher son stylo et elle lève rapidement la tête pour plonger son regard dans le mien.

– Donovan, mais que fais-tu ici ?

– Bonjour, Penny, je suis ravi de te voir. Tu as passé une bonne journée ?

– Je ne suis pas d'humeur.

– Tu sais quoi ? Moi non plus. J'ai passé une nuit horrible et une journée de merde mais il est temps que l'on parle, toi et moi.

– Nous n'avons rien à nous dire !

– Alors tu vas simplement m'écouter car j'ai beaucoup de choses à te dire.

– Mais je ne veux rien savoir, s'énerve-t-elle en se relevant. J'en ai assez entendu, pour être honnête.

– Et qu'as-tu découvert ?

– Rien que je ne sache déjà. Tu as été clair dès le départ.

– Et si tu te trompais ?

– J'ai très bien entendu !

– Mais il semblerait que tu n'aies pas saisi la fin de la conversation que j'ai eue avec Shirley.

– Et je devrais te croire ? Tu sais ce que j'ai découvert ce jour-là ? Que tu étais un menteur né !

– Je ne t'ai pas menti. Au pire, je me suis menti à moi-même, mais mon amie m'a permis de m'en rendre compte.

– Qu'est-ce que je disais ? « Aucune femme, aucune personne n'est venue ici avant toi », m'imite-t-elle. « Je n'ai pas d'amis. »

– C'était vrai !

Le silence s'installe et nous nous défions du regard. Je

sais que rien n'est gagné mais je dois me faire entendre.

– C'était vrai... avant toi.

– Ce n'est pourtant pas ce que tu disais à ton « amie ».

Elle mime des guillemets quand elle prononce le mot amie, sous-entendant qu'il y a quelque chose de plus que de l'amitié entre elle et moi.

– Je n'ai jamais couché avec Shirley !

– Je ne t'ai rien demandé.

– Je le sais, mais il me semble nécessaire de le préciser. Shirley n'est pas une conquête et n'en sera jamais une.

– Et qu'est-ce que cela peut bien me faire ?

– Mais tu as raison sur un point, elle compte pour moi. Elle a une place à part dans ma vie et c'est grâce à toi que j'en ai pris conscience.

– Mais qu'est-ce que tu racontes ?

– Shirley m'a sauvé la vie. Sans elle, je serais déjà six pieds sous terre.

Je vois que mes mots l'atteignent, qu'elle est prête à m'entendre, mais ce lien est fragile. Je vais devoir trouver les bons mots pour qu'elle me laisse aller jusqu'au bout.

– Je n'ai pas toujours été l'homme que je suis.

Elle me désigne deux fauteuils et nous nous y installons en conservant une certaine distance.

– J'ai été élevé par ma mère jusqu'à ce qu'elle décède d'un cancer. Nous avions une relation unique dont l'amour était le ciment. Je n'avais que 15 ans et mon monde a été chamboulé. C'est mon père, que je ne connaissais que de nom, qui a pris soin de moi. Ou du moins qui m'a recueilli pour m'éviter de me retrouver dans un foyer. J'ai géré mon deuil à ma façon, c'est-à-dire en évacuant ma colère dans le sport. J'excellais dans tout, ce qui m'a valu d'être repéré par un sélectionneur qui m'a informé que si je réussissais mon dernier cycle, je pourrais devenir professionnel. Il n'a pas hésité à financer ma première année. Mais j'ai déchanté quand j'ai compris que pour ma fac, je ne représentais qu'un chèque. Le doyen n'a pas hésité à spéculer sur les sommes que le stupide sportif pouvait lui faire gagner. Ne voulant pas lui donner raison, je me suis lancé à fond dans les études. C'est à ce moment-là que j'ai rencontré Julia, une étudiante qui donnait des cours de soutien et que j'ai embauchée un temps. À force de la côtoyer, elle est devenue plus qu'une simple prof. Elle est devenue mon essentiel, mon binôme, mon autre.

Je vois Penny tiquer quand je fais référence à mon ex. Et je la comprends, car j'ai moi-même la gorge en feu d'avoir prononcé ces syllabes que je m'étais promis de ne plus associer.

– Pendant deux ans, nous avons vécu une histoire idyllique, reprends-je après avoir dégluti. Enfin, c'est ce que je croyais, car un jour, en rentrant chez mon père plus tôt que ce qui était prévu, j'ai eu une vision d'horreur.

Je vois à son visage qu'elle comprend ce qui va suivre sans que je l'aie encore dit.

– La femme que je considérais comme la femme de ma vie et que je m'apprêtais à demander en mariage batifolait avec mon père. Mon père ! Je te laisse imaginer ma réaction. J'ai vu rouge, j'ai voulu casser la gueule de celui qui partageait mes gènes, mais Julia m'en a empêché. Elle s'est jetée entre nous, faisant barrière de son corps, m'implorant de ne pas le blesser, car elle préférait souffrir elle plutôt qu'être témoin de sa douleur. Elle l'a choisi, lui. J'ai cru devenir fou quand je me suis rendu compte qu'elle ne se souciait pas de moi, qu'elle ne ressentait aucune peine pour moi, ni de honte. Elle était même soulagée que ce secret soit dévoilé.

– Et ton père ?

– Il m'a répondu par une simple phrase qui m'a longtemps hanté : « On ne choisit pas. »

– Oh !

– C'est ça. Il a pourtant choisi une femme à l'amour de son fils. Mais ce n'est pas ce qui m'a fait péter les plombs.

Elle fronce les sourcils dans l'attente de la suite.

– Pendant que je faisais mes bagages, Julia est venue me parler pour tenter de dédouaner mon père. « L'amour a ses raisons que la raison ignore », n'arrêtait-elle pas de me répéter. Quand je lui ai dit qu'elle me dégoûtait autant que lui, que j'allais me barrer pour ne plus jamais les revoir, elle m'a annoncé qu'elle était enceinte et que je devrais au moins rester pour apprendre à connaître mon frère.

– La salope.

– C'est à peu près ce que je lui ai dit, ce qui a fait réapparaître mon père qui à son tour m'a demandé de me calmer et de rester respectueux envers la femme qu'il allait épouser. Ça a été la goutte d'eau qui a fait déborder le vase. L'anneau que j'avais moi-même prévu de lui offrir me brûlait au fond de ma poche. J'ai quitté la maison de mon père sans jamais revenir en arrière.

– Je suis... Merde, c'est fou.

– C'est le mot. Je suis devenu fou, fou de douleur, de colère, de violence. Je me suis arrêté dans un bar dans lequel je me suis saoulé. Je n'avais pas d'argent pour payer donc j'ai refilé la bague au barman. J'ai erré après pendant des jours, des semaines même. J'ai parcouru des milliers de kilomètres, ne sachant pas vraiment où j'étais. Puis un soir, après une énième cuite, après une énième bagarre, j'ai fini dans le caniveau. J'ai voulu mourir. Faire taire cette douleur qui me tuait à petit feu. C'est cette nuit-là que j'ai rencontré Shirley.

– Continue.

– Elle m'a relevé, m'a conduit dans son camping-car et m'a veillé toute la nuit. Le lendemain, elle m'a écouté pleurer ma vie, ma peine et ma colère. J'en voulais au monde entier. Elle m'a laissé m'exprimer sans me juger. Quel enfant désire voir son père souffrir, voire mourir ? Qui ne s'en offusquerait pas ? Shirley a été une oreille attentive. Elle m'a pris sous son aile, m'a remis sur pied, m'a soutenu comme ma mère le faisait. Après un certain temps, je lui ai demandé pourquoi elle se prostituait. Sa réponse a été un élément décisif pour la suite de ma vie. « Quand je me suis rendu compte que le monde était dirigé par l'argent et le sexe, j'ai su. N'étant pas née avec une cuillère en argent dans la bouche, il ne me restait que l'autre option : le sexe. Mais je refusais de perdre ma liberté. Je ne voulais pas me marier avec un vieux plein de fric et subir ma vie. Il me fallait choisir, décider, mener la danse… Et avoir de l'argent rapidement. C'est ce jour-là que j'ai décidé de faire pareil. Du sexe pour du sexe, et encore plus s'il me permettait d'ouvrir des portes. J'ai refusé de me vendre, mais j'ai aussi choisi mes partenaires. » J'ai misé, j'ai gagné. Un mois plus tard, je quittais les États-Unis pour l'Angleterre.

– Tu viens des States ?

– Oui, Chicago, pour être exact. J'ai proposé à Shirley de me suivre. Je voulais lui permettre de sortir de son milieu. Ce que je n'avais pas prévu, c'est que ce monde lui convienne. Elle continue à pratiquer par choix. Et je le respecte.

J'attends que Penny encaisse toutes mes révélations. Je sais que ça fait beaucoup d'un seul coup, mais maintenant que c'est sorti, je me sens mieux.

– Et ton père ? Et Julia ?

– Je n'ai jamais eu de leurs nouvelles et n'en désire pas. Ils ont disparu de ma vie en me trahissant de la sorte. Savoir qu'ils m'ont menti pendant des mois, ou qui sait, peut-être des années, ça m'a littéralement fait péter les plombs.

– Ça se comprend.

C'est le moment ! souffle ma conscience. *C'est maintenant que tout se joue, place bien tes pions !*

– C'est pour cela que je ne peux pas te mentir, tu comprends ?

– Je vois, c'est ta blessure qui te motive.

– Pas seulement, dis-je en lui prenant la main et en plongeant mon regard dans le sien. Pas seulement. Je n'aurais pas pu le faire, car j'ai des sentiments pour toi, Penny. Et c'est ce que j'ai fini par dire à Shirley ce matin-là. Tu as bouleversé mes certitudes, mes croyances grâce à tes cupcakes.

Son regard s'éclaire malgré la position tendue qu'elle conserve.

Allez, miss cupcake, crois-moi !

– Je ne suis plus l'homme que tu as rencontré dans ce bar il y a plusieurs semaines, car avant de penser à moi et à mon désir, c'est toi qui comptes. Tu comprends ce que je veux te dire ?

– Je crois, oui. Mais ça ne change rien.

– Oh, si ! Ça change tout, Penny ! Hier soir, quand tu m'as mis à la porte, j'ai compris que je te voulais dans ma vie, tout le temps.

Une larme roule sur sa joue, mais elle conserve le silence.

– Je t'aime, Penny.

Je ne pensais pas qu'il serait si simple et si vrai de le dire. Et pourtant, c'est la seule chose dont je suis certain. Je l'aime à en crever. Ses yeux se plantent dans les miens et je suis saisi par la palette d'émotions que je découvre. De la joie à la peur, de la souffrance au bonheur, elle est à fleur de peau.

– Laisse-moi te le prouver, ajouté-je, lui laissant le choix de la suite des événements.

Elle se lève, sans avoir prononcé un seul mot, et me tend la main.

– Viens.

Je l'accepte et l'attire à moi pour enfin goûter ses lèvres. Notre baiser est profond, fougueux, désespéré. Il fait naître en moi un désir que je ne peux cacher. Mes mains caressent ses fesses et d'un geste maîtrisé, je la relève, faisant en sorte qu'elle s'enroule autour de moi. Mon sexe se trouve parfaitement positionné contre sa féminité et nos gestes deviennent de plus en plus lascifs. J'embrasse chaque parcelle de peau que je découvre mais très vite cela n'est pas suffisant.

– Penny…

– Prends-moi, aime-moi.

– Tout ce que tu désires.

D'une main, je dégrafe mon pantalon et libère mon sexe, puis je remercie Penny d'avoir eu la bonne idée de porter une jupe aujourd'hui, car cela me facilite grandement les choses. Je décale juste son sous-vêtement pour me retrouver contre ses chairs et d'un coup de reins je retrouve enfin le paradis. Ça n'a jamais été aussi bon, aussi vrai quand soudain je comprends quelque chose.

– La capote !

– Je suis clean et je prends la pilule.

– Je le suis aussi.

– Alors, fais-moi l'amour.

Elle scelle sa demande par un baiser et je ne peux que lui offrir ce qu'elle me demande… pour notre plaisir commun. Elle accentue mes va-et-vient en prenant appui sur mes épaules et ça devient explosif. Nos corps sont au diapason et nos yeux ne se lâchent pas quand nous finissons par nous laisser emporter par un orgasme d'une violence et d'une beauté inouïes.

– Je t'aime.

– Je t'aime aussi, me répond-elle pour la première fois. Allons chez toi, j'en veux encore.

Heureux. Voilà comme je me sens. Heureux alors que je tiens dans mes bras la femme que j'aime.

31

Penny

Je suis allongée dans le lit de Donovan alors qu'il vient tout juste de s'endormir après notre troisième round. Et ça a été à chaque fois plus magique. Il y a clairement une alchimie entre nous et je suis presque certaine de ne revivre cela avec aucun autre homme. Je n'arrive pas à trouver le sommeil et c'est peut-être mieux comme ça. J'ai le temps de réfléchir aux options qui s'offrent à moi : l'informer de ma maladie et lui faire subir une vie qu'il ne mérite pas ou partir sur ce merveilleux souvenir et lui rendre sa liberté.

Je suis certaine qu'une femme saura le rendre heureux et lui offrira tout l'amour qu'il mérite. Mais plus les minutes s'égrènent et plus je suis convaincue que ce ne sera pas moi. J'étais sérieuse quand je lui ai dit que je l'aimais hier soir et c'est justement parce que je l'aime que je le quitte. Qui suis-je pour lui imposer ma maladie, les contraintes journalières, les privations, les nombreux examens et tout ce qui s'ensuit ? Car je le sais, je ne guérirai jamais du diabète. Je suis condamnée à vivre avec et je ne souhaite cet enfer à personne. Je dois rendre sa liberté à Donovan comme j'aimerais pouvoir retrouver la mienne.

Je prends une profonde inspiration pour me remplir une dernière fois de son odeur, puis je me défais de la chaleur de ses bras. J'agis le plus discrètement possible pour ne pas le réveiller, je récupère mes vêtements que j'ai abandonnés dans le salon avant de m'habiller avec hâte. Je trouve du papier et un stylo et écris quelques mots à l'attention de Donovan. J'embrasse du regard l'appartement, me rappelant à quel point il a changé, et photographie mentalement tous les bons moments que nous avons partagés, Don et moi. Mon cœur se serre à l'idée de tout abandonner, mais je sais que c'est la meilleure solution. Je referme la porte discrètement et laisse une larme s'échapper. C'est la seule que je m'autorise. Alors que j'attends un taxi pour me ramener chez moi, je prends une décision que je repousse depuis trop longtemps. Une fois arrivée chez moi, je prépare ma valise et contacte l'hôpital dès que l'heure est raisonnable pour prévenir de ma disponibilité qui est accueillie avec enthousiasme. Je n'avance mon hospitalisation que de quelques heures finalement, mais je suis prête ! J'écris un long e-mail à Lysia pour la prévenir de mon absence et je termine en précisant que j'espère qu'à mon retour nous aurons le temps de retrouver notre complicité. Je déteste cette distance qu'il y a entre nous depuis hier matin.

Quand toutes mes affaires sont prêtes, que mon taxi annonce son arrivée, j'éteins mon téléphone pour ne pas être tentée de contacter Donovan ou de répondre au message qu'il va m'envoyer en découvrant ma fuite, car je sais qu'il va le faire. Devant l'hôpital, une sourde angoisse me prend et c'est presque à reculons que je pénètre dans la chambre qui va devenir la mienne pendant la quinzaine à venir.

– Je suis certaine que je ne suis pas la seule à vouloir faire du *moonwalk* en arrivant ici ? demandé-je en grimaçant à l'infirmière.

Grande, élancée, la cinquantaine approchant, les cheveux coupés à la garçonne, des yeux pétillants, elle m'est immédiatement sympathique.

– Oh, vous savez, la plupart de nos entrants sont déjà alités après un passage aux urgences. On peut dire que vous faites déjà partie d'une minorité alors si vous le faites en dansant, vous serez une exception.

Sa réponse m'arrache un sourire et permet de relâcher la tension qui m'habite.

– Alors quel est le programme ? J'imagine que pour la thalasso, les massages, les dîners gastronomiques, il faudra repasser. Mais à quelle sauce vais-je être mangée ?

– Vous avez de la chance, votre chambre est équipée d'une petite douche à l'italienne avec appel intégré, me répond l'infirmière en me faisant un clin d'œil. Un kinésithérapeute pourra vous rencontrer si le chef estime que vous en avez besoin et vous allez avoir droit à un régime alimentaire sur mesure. Un vrai traitement de star ! Plus sérieusement, je vous laisse vous installer et je reviens d'ici une dizaine de minutes pour prendre vos constantes et vous exposer ce qui vous attend. Le Dr Durand passera également. Il a été prévenu de votre arrivée et je suis certaine qu'il adorera votre état d'esprit.

– Ça, j'en suis moins sûre. Il n'était pas ravi que je repousse l'échéance à notre dernière entrevue.

– Mais vous êtes revenue sans que l'on vous rappelle et même plus tôt que prévu. Ce détail nous prouve que vous avez conscience de la gravité de la situation. Allez, je vous laisse prendre possession de votre chambre.

J'acquiesce d'un signe de la tête alors que je laisse tomber mon sac sur le lit motorisé.

– Ce sera peut-être le seul point positif de ce séjour, pensé-je à haute voix alors que je joue avec la télécommande.

– Je ne l'espère pas, me répond une voix grave. J'espère que vous allez bien, Penny.

– Docteur, je ne vous attendais pas si tôt.

– J'ai été appelé pour un second avis pour une consultation, mais je tenais à vous accueillir avant. Je suis ravi de vous voir aujourd'hui. Nous allons pouvoir commencer le protocole au plus vite mais avant cette étape, nous allons refaire un point avec vous. Vous aurez un examen sérologique qui nous permettra de vérifier votre taux d'hémoglobine glyquée[2]. On va également analyser votre lecteur de glycémie présent dans votre testeur et on se revoit tout à l'heure.

2. C'est la part de l'hémoglobine qui se fixe sur le glucose quand le taux de sucre dans le sang est élevé. Son taux est un reflet de la glycémie pendant toute la durée de vie des globules rouges. L'hémoglobine glyquée est un paramètre biologique de la surveillance de l'équilibre glycémique des états diabétiques.

– Très bien. Vous savez combien de temps je vais rester ici ?

– Vous connaissez déjà un peu la maladie par rapport à votre mère, mais laissez-moi vous dire que chaque cas est différent. Ce qui était valable pour votre mère ne le sera peut-être pas pour vous. Et surtout il faudra trouver le bon traitement et cela ne se fait pas en un clin d'œil… Oh, désolé mais je vais devoir y aller, m'indique-t-il après avoir vérifié son biper. Je repasse vous voir plus tard.

Il quitte ma chambre à la vitesse de la lumière et je me retrouve seule dans cette pièce triste et bien trop blanche. Ce n'est qu'à ce moment-là que je prends conscience de l'odeur de désinfectant omniprésente, des consignes de sécurité et d'hygiène, des appareils dont je ne connais pas l'utilité et du bracelet en plastique que j'ai autour du poignet. Pendant que je range mes affaires et prends possession des lieux, je sens une boule d'angoisse grossir dans ma gorge. Je revois ma mère, ses douleurs, ses souffrances et je refuse de vivre les mêmes. Je ne pourrais pas le supporter. Je dois absolument penser à autre chose pour ne pas faire une crise. Je me souviens des conseils du thérapeute que j'avais vu après la disparition de ma mère : « Pensez au dernier moment où vous étiez heureuse et en sécurité. Retournez dans ce lieu et imprégnez-vous de la plénitude qui s'en dégage. »

Inconsciemment, c'est Donovan que je vois en premier et la nuit que nous venons de partager, ce moment suspendu où nos sentiments et nos corps étaient à nu, quand mon cœur battait au même rythme que le sien.

– Je ne sais pas ce qui vous fait sourire de la sorte, mais surtout continuez ! C'est rare de voir des patients aussi épanouis, me surprend la voix de l'infirmière.

– Vous seriez pareil face aux souvenirs qui s'imposent à moi ! réponds-je en rougissant lorsque je découvre l'infirmière.

– Ah ! Un petit ami rigolo qui a décidé d'égayer votre quotidien ? me questionne-t-elle alors qu'elle me fait signe de m'installer sur le matelas et qu'elle s'applique à désinfecter l'intérieur de mon coude.

– Oui, enfin non… C'est compliqué.

– Et il s'applique à vous faire sourire ?

– Sans le savoir ou même sans le vouloir.

– Je vois ! Bon, si vous voulez mon avis – il faut dire que j'ai un peu de vécu –, ce sont ces hommes-là qui ont généralement quelque chose de merveilleux à offrir. N'hésitez pas à gratter le vernis en surface, vous pourriez découvrir un véritable trésor.

– J'en suis certaine, mais je ne pense pas avoir l'âme d'une chercheuse d'or.

– Si j'avais suivi votre théorie, je ne serais pas mariée avec le plus merveilleux des hommes, m'explique-t-elle alors qu'elle prélève plusieurs tubes de sang. Peter était un *biker* et je l'ai rencontré pendant l'une de mes gardes. Il a refusé les médicaments antidouleur alors qu'il devait être recousu à vif. Je vous laisse imaginer les noms d'oiseaux dont il nous a affublés. Quand il est parti, il m'a mis la main aux fesses en me disant que mon cul valait toutes les drogues du monde et que pour lui il irait brûler en enfer. C'est ce que je lui ai conseillé de faire après l'avoir repoussé. Par la suite, il est revenu tous les soirs, m'attendant sur le parking et me suivant jusque chez moi. Si au départ j'ai flippé, j'ai fini par comprendre qu'il me protégeait à sa façon.

– Comment ?

– Mon ex avait du mal à accepter ma décision de le quitter. Il était… comment dire… envahissant. Et un soir où il avait bu, il ne s'est pas contenté des appels à répétition dont il m'inondait depuis des semaines. Il m'attendait devant chez moi dans le but de me convaincre. Quand il est devenu menaçant, Peter est arrivé de nulle part et l'a fait voler dans les airs. L'homme qui me terrorisait m'apparaissait comme mon super-héros.

– On croirait un téléfilm !

– C'est pas faux ! Mais dites-vous que chaque film, chaque livre est basé sur quelque chose qui a été un jour, surtout pour les histoires d'amour.

– Ouais… Je ne suis pas convaincue que le roi des connards finisse en roi des canards, tout de même.

– J'espère bien pour vous ! Cela doit être ennuyeux d'être avec un homme qui dit amen à tout ce que vous dites ou faites. Il faut du piquant, du piment pour faire vibrer un palais, c'est pareil dans la vie. Le fade ennuie.

– Là, je vois ce que vous voulez dire. C'est mon domaine !

– Ah ?

– Je suis pâtissière.

– C'est extra ! Je vous demanderai sûrement quelques conseils pour bluffer mon mari. Bon, allez, je vous laisse tranquille pour l'instant et je viens vous appareiller dans moins d'une heure.

– M'appareiller ?

– Oui, vous allez être perfusée et branchée à cet appareil de torture qui fera un relevé de vos constantes pendant un temps défini.

– D'accord, dis-je, perdue.

– Retrouvez votre sourire et continuez à penser à votre ami.

Josy, dont je viens de lire le prénom sur son badge, me laisse seule et notre conversation tourne en boucle. Se peut-il qu'un happy end soit possible pour moi ? Pour nous ? Je n'en suis vraiment pas sûre.

32

Donovan

– Pourquoi rien n'est simple avec cette nana ! râlé-je en constatant que Penny n'est plus dans mon lit et que ses affaires ont disparu.

Encore un peu dans le coaltar, je traverse chaque pièce en me cognant contre les murs ou les meubles. Je finis par trouver mon téléphone et reste surpris quand je remarque qu'il est près de dix heures. J'ai bien fait de poser deux jours de repos comme me l'a proposé big boss. Par contre, je suis surpris de ne pas voir de message de la part de ma miss cupcake. Je fais un tour par la cuisine, ouvre mon frigo et quand je constate le vide intersidéral qui règne dedans, je suppose que Penny a dû aller faire des courses pour préparer un petit déjeuner parfait. J'ai remarqué qu'elle met un soin particulier à avoir une alimentation super saine et variée, ce qui explique la silhouette parfaite qu'elle a, et j'avoue que j'apprécie de plus en plus ses petits plats mijotés. Je décide de prendre une douche, histoire d'être complètement en forme pour son retour. J'ai une idée bien précise de la manière dont nous allons passer le temps et le compteur énergie a besoin d'être au taquet.

Quand je rejoins le salon une bonne vingtaine de minutes plus tard, toujours pas de Penny. C'est étrange. Je lui téléphone mais tombe directement sur sa messagerie. Y a quelque chose qui cloche. Je regarde de nouveau autour de moi et distingue une feuille de papier sur la table basse. Je récupère le papier et reconnais l'écriture de ma copine.

Donovan,

Pour commencer, sache que ces dernières nuits ont été magiques. Et ce que je ressens pour toi me dépasse. Je ne savais pas que cela existait vraiment. Je pensais qu'il s'agissait d'une légende urbaine, un conte de fées irréel et pourtant…

Merci pour ce que tu m'as fait découvrir. Merci de m'avoir offert ce rêve. Mais la réalité me rattrape plus vite que je ne le pensais et c'est pour cette raison que je te quitte. Il vaut mieux conserver cette parenthèse enchantée avant qu'elle ne se transforme en cauchemar.

Je suis certaine que tu trouveras une femme qui te rendra heureux et que tu l'aimeras comme personne. Ce jour-là, dis-lui de ma part que c'est une véritable chanceuse et qu'elle doit chérir l'homme merveilleux que tu es.

Je sais que tu ne vas vouloir en faire qu'à ta tête, mais s'il te plaît, en souvenir de mon amour, respecte ma décision. Elle est déjà assez difficile à prendre.

Ta miss cupcake.

Je termine ma lecture en froissant la feuille, traversé par deux sentiments. La colère prend le dessus sur la peine et mon ego supporte mal ce nouveau revirement de situation.

– Elle va me rendre fou.

Au même moment, mon téléphone sonne et je décroche quand je constate que c'est Shirley qui tente de me joindre.

– Tout ça, c'est de ta faute, dis-je avec hargne. Avec tes idées à la con, maintenant j'en paie les frais !

– Donovan, mais qu'est-ce qui se passe ?

– Elle est partie, bordel. Hier soir, elle me disait qu'elle m'aimait et ce matin elle part en me disant que c'est parce qu'elle m'aime qu'elle met fin à notre histoire !

– Je ne comprends rien.

– Mais moi non plus ! crié-je. Quand je disais que les relations humaines et amoureuses sont une source d'emmerdes !

– Et si tu commençais par te calmer et tout me raconter.

Je prends une inspiration puis je résume à mon amie les événements des deux derniers jours et je finis par lui lire la lettre.

– Il y a quelque chose qui cloche.

– Sérieusement, dis-je ironiquement. Je n'avais pas remarqué !

– Pas besoin de la jouer roi des connards avec moi. As-tu essayé de la contacter ?

– Répondeur.

– Et ses amis ? La pâtisserie ?

– Non, pas encore.

– Commence par là. Mais avant de le faire, pose-toi une question.

– Laquelle ?

– À quel point veux-tu la retrouver ? Car je ne pense pas qu'elle ait pris cette décision à la légère.

– C'est une chieuse, elle me rend fou la plupart du temps, mais c'est elle.

– C'est tout ce que j'avais besoin de savoir. Tu sais comment t'y prendre ?

– Je suis le roi des connards, n'est-ce pas ? Alors je vais agir comme tel !

***

Je surprends Lysia dans le laboratoire en passant par la porte arrière de la boutique. Elle sursaute quand elle m'aperçoit avant que son regard devienne méfiant.

– Qu'est-ce que tu viens faire ici ?

– Je dois te parler.

– Si c'est au sujet de Penny, je ne peux rien te dire.

– Ah, et pourquoi ?

– Car c'est ce qu'elle m'a demandé !

– Elle t'a littéralement dit : « Ne dis rien à Donovan » ?

– Oui ! Il faut te le dire en combien de langues pour que tu comprennes ?

– Elle a donc quelque chose à cacher.

– Don, écoute, je t'aime bien, mais je ne trahirai pas mon amie.

– Elle a un autre mec ? Elle est mariée ? Elle a des gamins ?

– Non, mais tu es fou !

– Tu n'imagines pas ce que l'on peut découvrir sur les gens qui nous entourent.

– On parle de Penny, là ! La femme la plus douce au monde. Elle ne pourrait jamais faire un plan pareil.

– Très bien, je suis rassuré. Donc, si je résume, Penny a un secret ?

– Je ne peux rien te dire.

– Mais tu voudrais bien le faire.

– Tu m'énerves !

– Je sais. Et je crois que j'ai trouvé la solution pour que tu me renseignes sans trahir la promesse que tu as faite à ton amie.

– Ah bon ?

– Bien sûr, tu ne peux pas me le dire, mais tu peux me l'écrire. Ça, elle ne te l'a pas interdit.

Elle reste un moment sans réagir puis elle éclate de rire. Elle se retourne, quitte le laboratoire et je crois avoir perdu la main, imaginant déjà un autre plan pour obtenir des informations, quand Lysia revient avec un papier dans les mains.

– Tiens, tu auras l'information la plus importante ici. Le reste, ce sera Penny qui t'en parlera.

Je souris, fier d'être arrivé à faire plier Ly, puis mes fossettes disparaissent quand je lis ce qu'elle a écrit.

St Mary's Hospital – service endocrinologie

– Tu ne peux pas me laisser sans autre information.

– Et pourtant… Maintenant, si tu veux des explications, tu sais où chercher.

Très bien, miss cupcake, prépare-toi, j'arrive !

33

Penny

J'observe le Dr Durand, consciente qu'il s'apprête à m'annoncer quelque chose de grave. J'ai appris à décoder ses différentes expressions et celle-ci ne me plaît pas.

– Penny, vos résultats me sont parvenus.

– Très bien. J'imagine que vous n'allez pas me dire que c'était une erreur et que je vais pouvoir reprendre le cours de ma vie.

– Non, j'aurais aimé, mais non. Je me doute que vous allez me trouver abrupt, mais je ne vais pas broder toute une histoire. Grâce à vos examens, nous savons que votre pancréas ne fonctionne plus. Nous l'avions supposé lors de nos derniers échanges et j'avais espéré qu'une sollicitation allait le remettre en marche, mais ce n'est pas le cas.

J'encaisse l'information sans réellement comprendre.

– Et c'est un organe vital, si je comprends bien ?

– Oui. Pour simplifier les choses, il régule la glycémie en produisant de l'insuline, entre autres.

– Quelle solution s'offre à moi ? Une greffe de pancréas ? Un pancréas artificiel ?

– Avant d'envisager des mesures drastiques et encore expérimentales pour certaines, nous allons parler d'une solution qui me semble plus adaptée et qui est surtout applicable dans l'immédiat.

– Laquelle ?

– Dans votre cas, communément appelé diabète de type 1, nous préconisons une pompe à insuline.

– Injections alors, conclus-je en imaginant déjà les chamboulements que cela va avoir sur ma vie.

– Oui, mais pas comme vous l'imaginez.

Je revois ma mère, allongée sur un lit d'hôpital, un appareil imposant sur le ventre relié à une perfusion.

– Je précise, reprend le médecin en voyant mon visage, que ce n'est pas ce que vous avez connu. Il s'agit ici d'un patch que vous collez sur votre bras, par exemple, qui diffuse une dose d'insuline toutes les heures. Il est associé à un boîtier sur lequel vous pouvez ajouter des doses d'insuline ponctuelles, ce que l'on appelle des bolus. Ces bolus seront à faire au moment des repas ou si, en contrôlant votre glycémie, vous remarquez une hyperglycémie.

– À vous entendre parler, c'est quelque chose de banal.

– Non, je ne dirai jamais cela. Votre vie va changer, mais en optant pour ce dispositif, vous vous en rendrez moins compte.

– Et comment cela fonctionne concrètement ?

– Il y a un protocole à suivre, une formation.

– Et cela se verra ? Je veux dire, quand cet été je me retrouverai en maillot sur la plage pendant mes vacances, tout le monde se rendra compte que je suis malade ?

– Il est certain que vous ne pourrez pas le cacher.

Je pense immédiatement à des moments plus intimes et je grimace. Autant me mettre une pancarte sur le corps avec l'inscription « Malade » écrite au marqueur fluo.

– D'accord. Et en attendant, qu'est-ce que je dois faire ?

– Ce que vous faites déjà depuis que vous êtes ici : nous faire confiance.

– Ce doit être dans mes cordes.

– Alors c'est parfait.

Il quitte ma chambre après quelques minutes et je me retrouve seule avec le bip régulier de la machine à laquelle je suis reliée depuis mon arrivée.

Ma vie va changer ? Mais elle a déjà changé ! Je m'étais toujours dit que si je devais contracter une maladie de ce genre, je ne supporterais pas un traitement ou de me voir dépérir. Que je serais prête pour une solution plus radicale comme la mort. Mais maintenant, les choses sont différentes. Je suis confrontée à cela et mon envie de vivre surpasse tout. Je ne veux pas abandonner, je veux lutter. Je ne veux pas pleurer et subir ce qui m'arrive, à la place je veux vivre le plus normalement possible. Vivre, ce mot ne m'a jamais paru plus beau et plus insaisissable. Comme un rêve que l'on touche du doigt, mais qui s'évapore la seconde suivante.

Comme Donovan.

Repenser à lui rend toute cette histoire encore plus amère. J'ai pris la bonne décision en partant de la sorte.

– Alors miss Penny, comment allez-vous ?

Josy apparaît devant moi et avec son grand sourire réconfortant je me sens mieux.

– Est-ce que je peux vous poser quelques questions sur mon état ?

– Je répondrai à ce à quoi je suis autorisée.

– Merci. Le Dr Durand vient de me parler de cette pompe. Qu'en pensez-vous ?

– C'est un traitement efficace.

– C'est celui que vous choisiriez si vous étiez atteinte de la même maladie que moi ?

– C'est surtout celui que j'ai accepté de suivre depuis deux ans, m'informe-t-elle en remontant sa manche.

Je découvre alors un petit boîtier de quatre centimètres de hauteur, discret et invisible sous les vêtements.

– J'ai également opté par un patch contrôleur de glycémie, m'apprend-elle en dévoilant son autre épaule.

– Ça ne fait pas mal ?

– Non, aucunement. Et pour être honnête, à force de piqûres, que ce soit pour le dextro[3] sur la pulpe des doigts ou les injections intramusculaires, ma peau était devenue hypersensible et j'étais recouverte de bleus.

– Ce n'est pas contraignant ?

– Beaucoup moins que l'injection d'insuline par seringue. Dans le cas de la pompe, on l'installe et elle diffuse toutes les heures un dosage préétabli par le médecin, et ce pendant trois jours. Nous avons juste un supplément à apporter au

---

3. Le dextro est une mesure simple et rapide de la glycémie qui s'effectue grâce à une goutte de sang.

moment des repas en fonction de notre taux de glycémie. Et là aussi, on a un tableau de référencement qui nous dit quoi faire. L'ordre est donné par un boîtier et c'est la pompe qui diffuse le bolus. Auparavant et même lorsque j'étais de sortie, je devais appliquer des gestes précis pour effectuer une injection sans risque de contamination et l'insuline devait être stockée selon certaines conditions. Bref, pour faire simple, depuis que j'ai la pompe, j'ai l'impression d'avoir retrouvé une certaine liberté.

Elle met tellement de conviction dans son discours que cela me convainc, mais un détail non négligeable m'empêche de sauter le pas.

– Je peux vous poser une dernière question… indiscrète ?

– Dites toujours.

– Comment vous gérez le regard des autres ?

– Avant que je vous montre mon appareillage, saviez-vous ou aviez-vous soupçonné que j'étais équipée de la sorte ou même que j'étais atteinte de diabète ?

– Pas du tout.

– Tout a été conçu pour être le plus discret possible, le plus confortable aussi.

– OK. Mais l'été, quand vous vous retrouvez en maillot ?

– Il m'est arrivé de voir quelques regards, plus curieux qu'autre chose, pour être honnête. Mais pourquoi devrais-je mal vivre la chose selon vous, Penny ?

– Vous portez votre maladie aux yeux de tous. On voit que vous êtes malade. Je ne sais pas si je m'exprime assez bien et je ne veux pas vous blesser…

– Ne vous inquiétez pas, je comprends ce que vous dites et vous n'êtes pas la seule à vous poser ces questions. Maintenant, Penny, laissez-moi vous dire une chose. Vous êtes malade. Que vous l'acceptiez ou pas, cela ne changera rien au fait que le diabète fait partie de vous. Une fois que vous aurez accepté cela, les choses seront différentes.

– On peut être malade sans pour autant le montrer, insisté-je quand même.

– Mais personne ne le revendique et ne crie sur les toits : « Youhou, regardez-moi, je suis diabétiqueeeeeee. » Par contre, pourquoi cacher qui je suis ? Estimez-vous qu'une personne qui a eu un accident et se retrouve avec un problème moteur après cela se montre en utilisant une béquille ou un fauteuil roulant pour se déplacer ?

– Non, évidemment !

– Estimez-vous qu'une personne atteinte d'un problème de vue se montre en portant des lunettes ?

– Non, pas du tout !

– Alors pourquoi un diabétique qui porte un dispositif pour améliorer son quotidien se montrerait-il ?

– Je vois.

– Et puis, Penny, après plusieurs années à vous piquer trois fois par jour pour les injections puis au minimum trois fois de plus pour le contrôle de glycémie, vous serez heureuse qu'on réduise cela à une seule mise en place tous les trois jours.

– Merci, Josy. Cette discussion m'a permis de voir les choses différemment.

– Je sais que c'est difficile de voir sa vie changer de la sorte sans qu'on le désire, mais vous n'avez que deux solutions : soit accepter et vivre au mieux, soit refuser et subir votre état.

Je reste pensive un moment, appréciant la franchise de cette femme et sa façon de voir les choses.

– Je suis certaine que vous êtes du genre optimiste en temps normal ? ajoute-t-elle.

– En effet.

– Alors vous avez déjà vos réponses. Je vais vous apporter de la documentation sur le protocole, comme ça, vous serez rassurée. Mais avant, vous avez un cours de nutrition à l'étage inférieur.

Je hoche la tête et accepte avec plaisir son aide quand elle m'explique comment me déplacer avec le pied à perfusion auquel est relié tout mon barda.

Une heure et demie plus tard, je reviens dans mon service avec l'impression de ne rien avoir appris de plus que ce que je savais déjà. Il faut dire que mes études m'ont déjà appris beaucoup sur le sujet, mais bon, ça m'aura permis de tuer le temps. Au détour d'un couloir, je reconnais Donovan en grande conversation avec Josy.

Merde. Mais que fait-il là ? Je suis certaine que c'est Lysia… Celle-là ne perd rien pour attendre. Je vais lui faire faire la plonge pendant six mois pour me venger.

Josy m'aperçoit, me sourit et me désigne du doigt, ce qui fait se retourner Donovan. Il est beau, terriblement beau, mais il est en colère, de toute évidence.

Tu ne le serais pas, toi aussi, si tu avais été abandonnée de la sorte ?

Il s'avance vers moi et le temps d'une seconde, je me demande si retourner à l'étage inférieur pour entendre un nouveau cours sur la cuisson vapeur n'est pas vital. Mais quand son regard capture le mien, je ne peux rien faire d'autre que rester face à lui. Une démarche animale, un sourire en coin, il veut en découdre.

– Salut, miss cupcake. Tu sais quoi, je me suis planté le jour où je t'ai donné ton surnom. J'aurais dû t'appeler l'anguille.

– Donovan, mais comment tu…

– Non, c'est moi qui pose les questions. La seule option que je te laisse, c'est de savoir si tu veux que l'on fasse ça dans ce couloir ou dans ta chambre.

Je plisse les yeux, pas certaine d'apprécier ses manières, mais je me vois mal piquer une crise en plein couloir. Alors sans lui répondre, je le dépasse et l'entends me suivre. Je regarde ma chambre avec un œil nouveau et la tristesse qui en ressort me fait grimacer. Je remarque également toute la documentation remise par Josy pendant mon absence.

– Qu'est-ce que tu as ? L'infirmière n'a pas voulu me le dire à cause du secret médical.

– Je suis diabétique, prononcé-je pour la première fois.

– Pourquoi ne pas m'en avoir parlé, Penny ?

– Comment tu m'aurais perçue, hein ? Comment tu m'aurais traitée ?

– Je ne sais pas.

– Je vais te le dire. Tu n'aurais vu que ma maladie, tu ne te serais même pas intéressé à moi, tu m'aurais jetée comme toutes les autres femmes de ta vie.

– Tu n'as pas le droit de dire ça !

– Si, car c'est ce que ma mère a vécu ! Je sais comment ça se passe. Si je n'avais pas été là pour elle, elle aurait été seule.

– Ta mère avait la même maladie ?

– Oui, et je l'ai vue s'étioler de jour en jour. Je l'ai vue s'éteindre quand mon père s'est enfui sans même nous prévenir. Il a disparu du jour au lendemain et ma mère a simplement reçu une demande de divorce un an plus tard. Je sais ce qui m'attend, je sais que je vais devoir composer avec la solitude, alors excuse-moi si pendant un temps j'ai voulu être considérée comme une femme comme les autres, si j'ai voulu croire que je pouvais vivre normalement.

– Tu n'es pas comme les autres.

– Je le sais, dis-je en prenant conscience de ça. Je ne serai jamais normale.

Je laisse tomber ma tête dans mes mains et lutte contre les larmes qui tentent de s'imposer.

– Pourquoi être normale quand on peut être exceptionnelle ?

Je n'ai pas le temps de répondre que la porte s'ouvre et que le Dr Durand s'invite.

– Penny, j'aurais besoin de vous parler.

– Je vous laisse, intervient Donovan sans même me regarder.

Je le vois quitter la chambre mais je n'ai pas le temps de le retenir car le médecin récupère la seule chaise disponible et la rapproche de mon lit.

– Josy m'a parlé de vos craintes. Et sachez que je les entends et les comprends mais il faut aussi que vous preniez conscience de l'urgence de la situation. Vous n'êtes pas sans savoir que le diabète est dans votre cas une maladie incurable. La maîtriser est vital. Réellement. Alors jusqu'à présent, je vous ai parlé de ce que l'on rencontre le plus fréquemment et de ce qui est quotidien, c'est-à-dire les hyperglycémies et hypoglycémies. Mais il y a d'autres formes plus graves.

– Je sais. Le sucre est mon ennemi.

– Oui et non. Le sucre n'est pas un ennemi, car vous en avez besoin. Mais il faut savoir qu'il fait d'énormes dégâts lorsqu'il n'est pas maîtrisé.

– Comme ?

– Le sucre ronge. Il s'attaque au système nerveux, aux muscles, aux organes. Pendant votre séjour, vous allez rencontrer des personnes qui auront subi une amputation des orteils ou des pieds, qui auront des problèmes de vue ou encore au cœur. Je ne dis pas ça pour vous inquiéter mais pour que vous compreniez que l'on ne peut pas prendre ça à la légère. Vous êtes malade, mais on peut vous offrir un traitement qui vous permettra de vivre dans les meilleures conditions si vous le respectez.

– C'est ce qui va m'arriver ?

– Non, il n'y a pas de raison, mais il va falloir être régulière dans votre suivi médical même si cela vous semble trop contraignant. Il faudra également prêter une attention particulière à certains détails qui jusqu'à aujourd'hui étaient de second ordre. Maintenant que je vous ai tout dit, qu'en pensez-vous ?

– Que j'aurais bien bu un verre pour accuser le coup mais comme je sais que cela m'est interdit, je vais simplement me contenter de vous dire que je suis prête pour la suite.

– Vous m'en voyez ravi ! Je vous laisse avec de la lecture. À ce que je vois, Josy vous a ramené l'encyclopédie complète du diabète et de la pompe à insuline. Si vous avez la moindre question, n'hésitez pas.

– Merci, docteur.

Il quitte ma chambre et j'ai espoir de voir entrer Donovan dans la seconde qui suit. Mais personne ne se présente. Je vais donc directement dans le couloir pour le chercher mais je ne le trouve pas. Je m'avance un peu plus, mais ne rencontre que le vide.

– Je suis désolée, m'annonce Josy, il est parti.

– Oh…

Le regard plein de compassion qu'elle me lance m'apprend ce que les mots ne disent pas. Il ne reviendra pas.

***

– Vous voilà équipée ! Je vous assure que c'est la meilleure solution, annonce le Dr Durand quarante-huit heures après dans le service endocrinologie de l'hôpital.

– Je vous fais confiance.

– Votre espérance de vie n'est pas menacée si vous respectez votre traitement, vos soins, vos besoins. Vous pouvez vivre comme tout le monde à quelques ajustements près. Mais rien ne vous empêche d'avoir des enfants, de vous marier, de faire des voyages. Vous devez juste vous habituer à vivre autrement.

Aimer… Cela me paraît impossible car celui qui détient mon cœur est parti depuis deux jours.

– J'ai compris, dis-je, les larmes aux yeux. Je suis toujours Penny, légèrement différente.

– Vous êtes la version 2.0.

– J'aime le concept.

– Alors c'est parfait.

Un bruit résonne contre ma porte et je vois le visage de ma meilleure amie apparaître.

– Je ne dérange pas ?

– Même si vous dites oui, elle restera, dis-je au médecin avec un clin d'œil.

– Dans ce cas, il vaut mieux que ce soit moi qui prenne la poudre d'escampette. Et, Penny…

– Je sais, docteur. À la moindre question, je vous bipe.

– Vous apprenez vite !

Il passe devant Lysia qui lui fait presque une révérence et la confusion du médecin est flagrante.

– Tu vas le traumatiser, ironisé-je en riant une fois que nous sommes seules dans la chambre.

– J'aurais été prête à lui baiser les pieds puisqu'il t'a sauvée.

– Tu n'en fais pas un peu trop ?

– Bon, j'avoue, mais tu me connais, j'aime les belles mises en scène.

– Qu'est-ce que tu fais là ?

– Je me suis déplacée jusqu'ici puisque tu n'es pas

capable de répondre à ton téléphone.

– Je suis désolée, je l'ai éteint en arrivant et je n'ai pas eu le cœur de le rallumer de peur de découvrir certaines réponses.

– C'est pour cette raison que je suis venue te la donner de vive voix ! Et c'est oui !

– Oui à quoi ?

– Je te pardonne et j'accepte que l'on redevienne amies !

– Je n'ai jamais demandé ton pardon, rétorqué-je en riant. Et je crois que si l'une de nous devait le faire, ce serait toi. Il me semble que tu as trahi ta promesse.

– Ah, non ! Je n'ai rien dit !

– Alors comment a-t-il su ? Pas que ça change quelque chose finalement, car il est reparti.

– Je l'ai écrit ! répond-elle en souriant, fière de son coup.

– Tu l'as… Merde, Lysia ! C'est diabolique.

– C'est une idée de Donovan.

– Ça ne m'étonne pas. Et depuis, tu n'as pas eu de nouvelles ? tenté-je, rongée par la curiosité.

– Non, ma puce, je suis désolée.

– Ce n'est pas grave. De toute façon, c'est ce que j'avais prévu.

– Et tu gères ?

– Non, bien sûr que non. Mais ai-je le choix ?

– J'étais pourtant certaine qu'il ne ferait pas ça. Je ne comprends pas.

– Il n'y a rien à comprendre. C'est comme ça. Je dois juste accepter.

Lysia me prend dans ses bras quand elle voit une larme

couler le long de ma joue. C'est le câlin de réconfort dont j'avais besoin. Nous passons encore une heure à parler avant qu'elle ne s'en aille, me faisant promettre de rallumer mon téléphone pour qu'elle puisse m'envoyer des photos de la pâtisserie et d'Ewan qui se fait courser par les petites mamies de plus en plus nombreuses. Une fois seule, je m'allonge sur le lit, zappe de chaîne en chaîne sans trouver un programme qui me convienne. Je poursuis ma quête jusqu'à ce que je tombe sur une rediffusion de *Friends*. Je m'installe plus confortablement et petit à petit je sombre dans un sommeil léger. C'est un bruit extérieur qui me fait tendre l'oreille.

– Mais monsieur, qu'est-ce que vous ne comprenez pas dans la phrase : « C'est trop tard » ?

Je reconnais la voix de Josy lorsqu'elle entre dans la chambre. J'ouvre les yeux et découvre un spectacle qui me laisse sans voix.

Donovan.

Déterminé, il est campé devant elle, les bras chargés.

– Personne ne pourra m'empêcher d'être ici. Personne. Vous allez devoir composer avec ma présence cette nuit et les jours qui suivent.

Josy lève les yeux au ciel et c'est à ce moment précis qu'elle découvre que je suis réveillée.

– Penny, vous n'avez qu'un mot à me dire pour que je fasse intervenir la sécurité.

– Ça ira, dis-je après m'être redressée.

– Il est comme mon Peter ?

– Tout à fait, réponds-je en riant à l'évocation de son mari.

– OK. Dans ce cas... Mais n'hésitez pas à me biper au moindre problème.

– Merci, Josy.

– Eh ben dis donc, elle est plus efficace qu'un pitbull. Au moins je suis certain que tu es en sécurité !

Je reste silencieuse et l'observe. Quelque chose a changé en lui, mais je n'arrive pas à comprendre quoi. Il est moins parfait qu'à l'habitude. Une barbe de trois jours ombre ses joues, des cernes marquent sa peau, et ses cheveux sont sens dessus dessous. Il est moins parfait, mais il est tellement beau.

– Qu'est-ce que tu fais là ?

– Où veux-tu que je sois ? Je suis là où je dois être, là où je veux être.

– Mais je...

– Non, cette fois-ci, c'est moi qui parle et je voudrais que tu m'écoutes avec attention. L'autre jour, tu m'as dit la plus merveilleuse des choses avant de me jeter. Pendant une seconde, mon cœur a été ramené à la vie, se remettant à battre la bonne mesure. Alors avant de continuer, j'ai besoin de savoir si tu le penses toujours.

Je sais à quoi il fait référence. Et, oui, je suis plus que certaine de mes sentiments. Je l'aime comme je n'ai jamais aimé auparavant.

– Tu as raison, ne me réponds pas tout de suite. Je voudrais que tu entendes cela avant d'y réfléchir. Il y a deux jours, tu m'as dit que tu avais peur de mon regard sur toi. Putain, ça m'a tué, tu n'imagines même pas, car moi c'est ce que je désire plus que tout. Que tu me voies comme je suis, que tu m'acceptes dans ta vie, dans ton cœur comme je t'accepte moi. Malade ou pas, cela ne change rien pour moi, car tu es et restes Penny, ma miss cupcake, ma pâtissière préférée. J'ai conscience que mes mots ne sont pas suffisants et que tu vas avoir besoin de plus. C'est pour cette raison que je me suis absenté. Ouvre le sac, me conseille-t-il après l'avoir déposé devant moi.

Je m'exécute, tremblant à cause des mots qu'il vient de prononcer et qui me chamboulent bien plus qu'il ne le pense. Je découvre un livre de cuisine vierge.

– C'est…

– Ta prochaine bible.

– Je ne comprends pas.

– Ouvre ça.

Un nouveau sac apparaît devant moi et quand je l'ouvre, je remarque une quantité d'ingrédients que je ne connais pas.

– Je me suis renseigné auprès de plusieurs nutritionnistes. Il s'agit des différentes substances naturelles qui peuvent se substituer au sucre. Avant de revenir vers toi, j'avais besoin de savoir ce qui t'attendait et comment je pouvais faire pour t'aider au mieux. J'ai récupéré toute la documentation que j'ai pu sur le diabète, j'ai rencontré un médecin en ville qui m'a également informé. Je suis incollable maintenant.

– Je…

– Je ne veux pas que tu aies honte de ce que tu es, je veux que tu sois fière d'être la femme fabuleuse que tu es. Réinventons ensemble ton métier, crée des recettes sans sucre pour les diabétiques, deviens une ambassadrice pour le public. Ce ne sera pas facile, je le sais, mais je serai à tes côtés si tu veux bien de moi.

Je regarde le livre de nouveau avant de planter mon regard dans celui de Donovan alors qu'il s'assoit à mes côtés sur le lit.

– Je t'aime, Penny. J'aime tout de toi. Je sais que je ne suis pas l'homme idéal, mais je te promets d'être présent pour toi, de te soutenir, de t'aider, de te faire rire, de t'aimer comme tu le mérites.

Je n'imaginais pas à quel point réentendre ces mots me ferait tant de bien. C'est comme s'ils me ramenaient à la vie, qu'ils recollaient les morceaux manquant à mon cœur. Voilà ce qu'il me manquait pour être enfin moi. Une larme roule sur ma joue, mais cette fois-ci c'est le bonheur qui en est le responsable.

– Ne pleure pas, s'il te plaît. Je ne le supporte pas, m'implore Donovan.

– Je suis juste heureuse. Et tu sais pourquoi ? Car l'homme que j'aime plus que tout au monde m'a ouvert son cœur.

– Tu m'aimes ?

– Plus que tu ne peux l'imaginer. Et savoir que tu as fait toutes ces recherches et que tu n'as pas peur de ma maladie, ça me bouleverse.

– Je te veux juste toi, mon cœur. Juste toi.

Il m'embrasse enfin et ce que je ressens dépasse tout ce que j'ai connu. Tout m'apparaît plus vrai, plus juste, plus beau. Plus… Donovan. C'est lui qui rend tout cela possible. J'ai trouvé mon âme sœur, ma moitié, la personne qui me pousse vers le haut. Et je sais que ce n'est que le début de notre nouvelle vie.

34

Donovan
Deux mois plus tard

– Penny, Penny… Où es-tu ?

J'arrive au pas de course dans la cuisine de mon appartement et découvre ma miss cupcake, un fouet à la main.

– Ah, te voilà !

– Où veux-tu que je sois ? me répond-elle en levant les yeux au ciel. Goûte ça et dis-moi ce que tu en penses !

Je récupère la petite cuillère et porte à ma bouche sa nouvelle préparation. Depuis sa sortie de l'hôpital, ma pâtissière préférée a mis en pratique les différentes recettes qu'elle a trouvées pour des desserts faibles en sucre.

– C'est meilleur que la dernière fois.

– Mais ce n'est pas encore parfait ! Je n'aurais jamais cru qu'il me serait si difficile de trouver le bon dosage pour que le goût du sucre de substitution ne domine pas sur le reste.

– Je sais que tu vas y arriver. Tu l'as fait avec ta tarte aux fraises, il n'y a pas de raison que cette tarte au citron meringuée soit un échec.

– Merci ! Heureusement que tu es là pour me booster de nouveau quand je suis prête à tout abandonner !

– Tu parles, plus combative, je ne connais pas. Mais j'aime bien le fait que tu me prennes pour un héros. Ça flatte mon ego.

– Mon super-héros à moi, dit-elle en s'accrochant à mon cou pour m'embrasser.

– Tentatrice, dis-je après deux minutes. Mais avant de te renverser sur le lit, je dois te montrer quelque chose.

– Hum, un strip-tease, enfin !

– Tu n'y es pas du tout et je te l'ai déjà dit, ce n'est pas du tout mon trip. Par contre, tu peux m'en faire quand tu veux.

– C'est de l'arnaque !

– On en reparlera plus tard. Regarde ce que j'ai trouvé !

Je lui montre alors l'article que je viens de consulter. Elle s'installe devant mon ordinateur et après quelques secondes elle lève les yeux sur moi.

– Don, je n'ai vraiment pas le temps de lire un énième article médical. Tu peux m'en faire la synthèse s'il te plaît ?

Bon, c'est vrai que depuis que j'ai appris la maladie dont souffre Penny, je suis à l'affût de toutes les dernières recherches sur le sujet. Je passe des heures à me documenter afin de mieux cerner cet ennemi invisible qui s'en prend à celle que j'aime.

– Une nouvelle étude sur le pancréas artificiel est en cours aux États-Unis. Les résultats sur le papier sont excellents et ils vont passer à l'étape expérimentale sur des bénévoles. Le professeur en charge de cet essai se montre très optimiste.

– Et je suis certaine que tu suivras tout le protocole à distance.

– Évidemment !

– Quand je disais que tu étais mon super-héros ! Tu es le meilleur de tous les hommes !

Elle se jette dans mes bras et m'embrasse.

– Et pour te remercier, je veux bien t'accorder une petite danse.

Mon sourire s'agrandit et je la laisse me guider vers ma chambre. Je ne peux être plus heureux, j'ai la femme de ma vie avec moi, nous nous aimons et l'espoir d'un remède miracle est présent.

Tout va pour le mieux !

ÉPILOGUE

Penny
Un an plus tard

– Penny, mon cœur, tu es prête ?

– Encore cinq minutes.

– On n'a pas vraiment le temps, tu sais. L'avion décollera sans nous sinon.

Je pousse un soupir de frustration, mais choisis l'option la plus raisonnable, c'est-à-dire éteindre le robot dans lequel un appareil à cupcake est en train de prendre forme.

– Quel gâchis !

– Tu parles, Lysia et Ewan vont se faire un plaisir de terminer ta recette.

– Oui, mais elle n'est pas encore au point.

– Tu verras ça à notre retour. Allez, Paris ne nous attendra pas !

Paris ! Cette ville m'a toujours fait rêver et aujourd'hui je vais enfin découvrir l'effervescence qui y règne.

– Tu es certaine que Nina ne se doute de rien ?

– Max me l'a encore confirmé tout à l'heure.

J'ai été très touchée par la demande de ce jeune homme que l'on a rencontré il y a plusieurs mois. Sa femme, férue de pâtisserie, était une fan de la première heure des Douceurs de Penny. Elle désirait elle-même se lancer dans l'aventure et c'est tout naturellement que nous avons échangé ensemble sur notre passion commune. Alors quand Max nous a envoyé une invitation pour l'inauguration de sa boutique Les Gourmandises de Nina, j'ai sauté sur l'occasion. Tout comme Donovan qui me demandait depuis un moment maintenant de ralentir le rythme.

– Alors, faisons un point, demande Donovan une fois que nous sommes installés dans l'avion. Où en es-tu ?

– Il ne me reste qu'à finaliser la dernière recette et le second volume de *Faire de la pâtisserie sans sucre* sera terminé.

– Je suis fier de toi, tu le sais au moins ?

– Je crois, vu que tu me le répètes au moins une fois par semaine. Mais tu sais que je n'en serais pas là sans toi ? Tu es ma force, ma motivation.

Il m'embrasse sur la joue avant que sa fossette n'apparaisse.

– Donc, on peut considérer maintenant que nous sommes en vacances ! Je ne veux plus de Penny la pâtissière à succès, devenue porte-parole des différentes associations pour diabétiques, qui a une chaîne YouTube qui explose tous les records.

– Alors qui dois-je être ? demandé-je, amusée par la fierté qui brille dans son regard.

– Penny, la femme de ma vie, l'amante qui me fait découvrir à chaque fois que l'amour est magique, l'amie avec laquelle je plaisante sur tout.

– Rien que ça ! Et moi, est-ce que je dois exiger de voir une certaine personne à mes côtés ?

– Non, je suis déjà tout à toi.

***

Après avoir quitté Les Gourmandises de Nina avec la promesse de nous revoir bientôt et de monter un projet commun entre nos deux pays, nous voilà en promenade dans les rues de Paris.

– Oh, mais c'est la tour Eiffel !

– Oui, mon cœur. On a une table réservée au restaurant qui se trouve au premier étage.

– Waouh… Tu me sors le grand jeu !

– Ce n'est pas tous les jours que l'on se trouve dans la ville la plus romantique du monde.

Nous arrivons au pied de la Dame de fer et je reste bouche bée devant la beauté du monument qui est paré de milliers de lumières.

– C'est une chose de la voir en photo, en vidéo… Mais la voir en vrai, c'est…

– Magique, termine Donovan à mes côtés.

– On y va ?

– Attends une minute s'il te plaît, je voudrais en profiter encore un peu.

J'observe de nouveau la tour Eiffel, qui s'éteint tout à coup.

– Mince. Mais qu'est-ce qu'il se passe ?

Puis la lumière revient, mais au lieu de découvrir les

scintillements bleu, blanc et rouge habituels, je découvre une phrase : « Penny, veux-tu m'épouser ? »

Je porte ma main à la bouche et me tourne vers Donovan que je découvre agenouillé sur l'herbe.

– Mon amour, acceptes-tu de faire de moi l'homme le plus chanceux du monde ?

– Oui, oui, oui, mille fois oui. Je ne pouvais espérer mieux. Tu es ma réalité depuis longtemps et je veux passer le reste de ma vie à tes côtés.

Je lui saute dans les bras, ce qui nous fait basculer dans l'herbe dans laquelle nous roulons avant de nous embrasser.

Je ne pensais jamais connaître un amour pareil, je ne pensais jamais vivre quelque chose de si beau et pourtant Donovan a fait d'un rêve une réalité. Ma réalité.

Fin

BONUS

Recette brownie aux noix et noix de pécan

Ingrédients :

- 2 œufs
- 1 jaune d'œuf
- 200 g de chocolat noir dessert
- 100 g de beurre
- 80 g de sucre (peut être remplacé par du sucre de substitution)
- 75 g de farine
- 75 g de noix
- 75 g de noix de pécan

Étapes :

1/ Faire fondre le beurre et le chocolat.
2/ Mélanger les œufs, le sucre puis la farine.
3/ Incorporer le chocolat et le beurre une fois que la pâte est homogène.
4/ Faire dorer à la poêle les noix et noix de pécan en y incorporant une pointe de fleur de sel de Guérande.
5/ Ajouter les noix et noix de pécan à la pâte.
6/ Beurrer et fariner votre moule.
7/ Verser la pâte dans le moule.

8/ Mettre au four pendant 30 à 33 minutes à 175 °C.
9/ Laisser reposer sur une grille une fois la cuisson terminée.

Bonne dégustation… Et n'oubliez pas… le chocolat, c'est la vie !

REMERCIEMENTS

Voici un roman particulier pour moi. Le diabète fait partie de ma vie depuis plus de vingt ans maintenant puisque mon père en est atteint. C'est lui qui me prouve chaque jour que la maladie n'est pas une fatalité et que l'on peut vivre avec en adaptant son quotidien. C'est un héros à mes yeux et il me permet souvent de relativiser tout ce qui peut nous tomber dessus et pourtant je vous assure que rien n'est simple pour lui. À l'heure où je pose ces mots, il est hospitalisé pour un problème cardiaque en corrélation avec son diabète, mais une fois encore sa force et sa détermination me surprennent.

Donc Papa, merci d'être l'homme fort que tu es. Merci d'être un exemple sans faille depuis tout ce temps et de voir le verre à moitié plein quand le pire arrive.

Merci aussi à mes proches et plus précisément à ma fille qui accepte sans râler les heures passées derrière un écran. Elle est ma motivation principale.

Merci à mes amies, Émilie, Audrey et Aurélie. Ma Lilly, une nouvelle fois, tu m'as écoutée du début à la fin, tu m'as soutenue pendant mes doutes. Bref, sans toi, je suis perdue. Je t'aime, ma puce.

Merci à ma maison d'édition et plus précisément à Marianne, qui une fois de plus m'a fait confiance. Tu es une véritable belle personne.

Merci à mes copinauteures aussi... Luv un jour, Luv toujours.

Merci aux chroniqueuses qui répondent toujours présentes ! Vous êtes des amours !

Et merci à vous, lecteurs, lectrices, de prendre le temps de me lire, de m'écrire, de laisser un avis sur les plateformes de vente légale. Vous n'imaginez pas combien cela me touche. Vous êtes une source d'inspiration et de motivation sans faille.

Extrait

CRAZY WEDDING

Mila Marelli

1

Emma

Je tape frénétiquement sur le clavier de mon ordinateur. L'article que je suis en train de pondre va prouver à mon patron que je suis la meilleure journaliste de son putain de journal. Voilà pourquoi je me retrouve dans mon bureau après la fermeture de la boîte. Je n'ose même pas regarder l'heure parce que je sais que le soleil a tiré sa révérence depuis un bail… Nous ne sommes que deux en compétition, cette semaine, et c'est moi qui vais battre Caleb. Je relève la tête et le vois concentré sur son ordinateur. Je ne résiste pas et me saisis de mon portable.

[Si tu lèves les yeux,
tu verras celle qui va t'écraser
comme une vulgaire punaise !]

[Nous sommes seuls,
ne me tente pas à lever
autre chose !]

Je glousse comme une collégienne, mais c'est de courte durée lorsque je reçois un message de mon meilleur ami depuis la maternelle. À cette heure-ci, c'est inhabituel…

[Urgence vitale ! Dispo au tél ?]

[Oui !]

Je n'attends pas mon reste lorsque mon téléphone se met à vibrer de plus belle. Je me lève et surveille Caleb de l'œil pendant que je réponds à Maxence.

– Allô, monsieur le directeur des renseignements généraux, j'écoute !

Il rit, ce qui me fait une belle pause dans le travail assez fastidieux qui m'attend toute la nuit.

– Je suis content de t'entendre, Emma…

– Moi aussi, on ne devrait pas rester autant de temps sans s'appeler.

– C'est vrai ! C'est le but de mon appel.

– C'est pour m'annoncer ta venue ici ? Que tu emménages dans mon quartier ?

– Non, c'est toi qui t'es tirée, donc c'est à toi de revenir… Mais ce n'est rien de tout ça, c'est beaucoup plus important.

– Ouh, tu m'intrigues ! Allez, balance la sauce, Maxence !

– Je vais me marier !

Lorsque mes fesses rencontrent le sol, une douleur fulgurante irradie jusqu'en haut de ma nuque. Mes oreilles bourdonnent et ma tête est sur le point d'exploser. Cette nouvelle est si… incroyable. Je ne me suis jamais imaginé qu'il pourrait se marier… enfin, pas maintenant. D'autant que je ne connais même pas celle qu'il a demandée en mariage, et en plus, c'est mon meilleur ami, en quelque sorte, le frère que je n'ai jamais eu. C'est un choc. Je ne m'attendais vraiment pas à ça.

Je reprends mes esprits et remarque que j'ai lâché mon portable pendant ma chute. Je le cherche à tâtons sous le bureau et finis par le récupérer. Lorsque je le remets à mon oreille, il me faut bien deux minutes avant de me connecter à la réalité.

– Je te jure, quand tu la verras, tu vas aussi tomber raide dingue d'elle. Elle est magnifique, elle est drôle… Putain, je suis trop amoureux d'elle. C'était une évidence, tu vois, comme mes parents…

– Mais… tu te maries quand ?

– Le 6 juillet ! Putain, j'ai hâte, Emma !

– C'est court, comme date, non ? Enfin, je veux dire que…

– On voulait plus tôt, mais pas de place. Ah, il y a autre chose…

– Que le fait de te marier ? Parce que t'as trouvé un truc plus énorme que ça à m'annoncer ?

– Je veux que tu sois mon témoin, avec Nathaniel.

Je m'assieds brusquement, sur mon siège, cette fois, et ferme les yeux.

Eh merde !

2

Emma
Un mois plus tard

Je vérifie une fois de plus mon maquillage. Je suis tellement stressée à l'idée de revenir ici, à Black Canyon City. Lorsque je suis partie à la fac à Philadelphie, je pensais ne plus jamais revenir dans le coin, sauf en cas de force majeure. Mes parents ont déménagé et résident non loin de mon appartement depuis la fin de mes études, quand je leur ai annoncé que je quittais définitivement l'Arizona. Tout était orchestré pour ne plus remettre les pieds ici, mais je me trouve dans une position délicate et, si ce n'était pas pour Maxence, je ne serais jamais revenue.

Je me regarde une dernière fois dans le miroir et essaie de dompter mes cheveux. Je réussis à me faire une tresse africaine et souffle encore par à-coups.

Je vais revoir Nathaniel, je vais revoir Nathaniel.

Je ne devrais pas stresser comme je suis en train de le faire. Nous ne nous sommes pas revus depuis le lycée. C'est le pire connard que la terre ait pu porter. A contrario de son frère, Maxence est adorable, un vrai nounours. Quant à Nathaniel, il n'a fait que me persécuter et me rendre la vie impossible pendant toute mon enfance. Lorsqu'il est enfin parti à San Diego afin de poursuivre son cursus universitaire, j'ai pu souffler. Je n'avais plus ce tortionnaire de mes deux dans les jambes.

Tu es une femme forte et indépendante. Nathaniel ne te fera plus de mal, plus jamais !

Je me répète cette phrase comme un mantra et sors des toilettes de l'aéroport. Je traîne ma valise et cherche des yeux mon meilleur ami. Lorsque je l'aperçois enfin, il y a une petite brune à ses côtés qui le regarde avec admiration. Je suppose donc que c'est Wendy, la future Mme Maxence Cox. Lui est comme je l'ai quitté, il y a des années. Il est grand, brun, avec une carrure de sportif et un sourire collé aux lèvres. Il a fait un effort et porte un costume comme les grands de ce monde, il est devenu le directeur d'une société de sécurité ultra-perfectionnée qu'il a montée à la fin de ses études. Ma tête bifurque légèrement et je prends quelques minutes pour détailler celle avec qui il va se marier. Sa fiancée est jolie et s'accorde parfaitement avec lui. Elle est petite et vêtue d'un haut moulant en laine et d'un jean. Je reconnais la simplicité de Maxence, car même s'il est un P.-D.G. très respecté, il n'en reste pas moins quelqu'un d'abordable et de simple. Ce que j'ai toujours admiré chez lui. Il sait d'où il vient et ne l'oublie jamais. J'avance d'un pas assuré et les rejoins, mais je n'ai pas le temps de dire quoi que ce soit qu'il m'attrape et me fait voler dans les airs.

– Tu m'as tellement manqué ! crie-t-il.

– Toi aussi… Viens t'installer à Philadelphie ! Quitte ce coin une bonne fois pour toutes !

Il rit, puis me pose à terre. Je reprends mes esprits et souris à la jeune femme qui se dandine un peu à côté de nous.

– Tu dois être Wendy ? demandé-je.

Elle opine du chef alors je m'approche et lui fais un câlin.

– Je suis tellement heureuse de te rencontrer ! Ces dernières semaines, il n'a fait que me parler de toi !

– Je n'entends que ton prénom depuis que l'on s'est rencontrés…

– Je suis un peu la sœur qu'il n'a jamais eue ! dis-je en éclatant de rire en direction de Maxence qui ne se prive pas.

Il attrape ma valise et nous sortons de l'aéroport en direction de leur voiture. Je hume l'air de l'Arizona et essaie de me détendre. Il fait bien dix degrés de plus à Black Canyon City qu'à Philadelphie. Les rayons du soleil pénètrent ma peau et je me laisse submerger par tous les souvenirs que je chéris de cette ville qui m'a vue grandir.

Pendant tout le trajet, Wendy me parle de la cérémonie, de sa robe qu'elle tient absolument à me montrer et de ses différents hobbies. Lorsque Maxence se gare le long de mon ancienne rue, je coupe court et ouvre la portière. Je m'avance de quelques pas et admire mon ancienne maison. Tout un tas de pensées me percutent, aussi j'ôte mes talons et pose mes pieds nus sur l'herbe fraîche. Je ferme les yeux, me délecte de cette sensation et me rappelle notre emménagement, la rencontre avec Maxence lorsque j'étais assise sur la pelouse, malheureuse, et qu'il m'a tendu la main pour m'aider à me relever. Il m'a offert un bonbon qu'il avait dans sa poche, alors j'ai séché mes larmes et nous sommes devenus les meilleurs amis du monde.

– Je t'avais dit qu'il fallait que tu reviennes ici !

Je tourne la tête vers lui et hausse les épaules. Malheureusement, il y a aussi les souvenirs de Nathaniel et ça, ça casse tout le charme de ces retrouvailles.

– Ça fait tellement longtemps que je ne suis pas venue, ça me fait tout drôle.

– Remets tes talons, le vieux qui habite dans ton ancienne maison ne supporte rien. S'il te voit détruire sa pelouse avec tes pieds, il va te faire un procès !

– Sérieux ? demandé-je rapidement en remettant mes chaussures.

– Non, mais t'es comme à l'époque. On te dit un truc, tu ne marches pas, tu cours !

– Espèce de…

– Emma, ma chérie !

Je suis coupée dans mon élan par la mère de Maxence, qui me hèle depuis le perron. Je me penche vers lui et murmure :

– Tu ne perds rien pour attendre…

Il se met à rire et nous avançons vers cette femme qui me prend dans ses bras. Elle n'a pas changé, avec ses cheveux attachés en tresse, elle est toujours habillée simplement et sent toujours cette bonne odeur de cookies, qui sont de loin les meilleurs de la planète. Et j'en connais un rayon, avec mes parents…

– Qu'est-ce que tu nous as manqué, ma petite chérie…

– Comme je l'ai déjà dit à votre fils, vous devriez venir avec Dwayne à Philadelphie. Mes parents et moi serions heureux de vous accueillir !

– T'es adorable ! Tu as rencontré ma future belle-fille ?

– Oui, elle a l'air super pour Maxence…

Une fois notre câlin terminé, nous entrons dans cette maison si familière à mes yeux et à mon cœur. L'odeur qui s'en dégage me ramène vers des souvenirs qui m'ont autrefois un peu soulagée, lorsque Nathaniel agissait comme un con à mon égard. Sa mère a toujours été gentille avec moi, même si son fils était le pire salaud de la planète. Après avoir passé l'entrée, nous pénétrons à gauche dans la pièce à vivre qui est meublée des mêmes fauteuils qu'à l'époque, de style victorien, en velours vert, et pas du tout confortables. Le père de Maxence se tient debout devant la fenêtre, comme à son habitude, avec un verre de scotch à la main. Son attitude m'intriguait beaucoup et j'ai souvent pensé qu'il faisait partie des services secrets ou d'une organisation gouvernementale ultra-secrète. Voilà pourquoi, avec Maxence, nous en faisions une blague. Le ton et la carrure autoritaires de leur père m'ont toujours stressée, et pourtant, chaque fois qu'il me voit, une petite étincelle jaillit dans ses yeux, comme si je faisais partie de la famille. Il a le même regard avec ses deux fils.

Je me racle la gorge alors il se tourne et j'énonce d'une voix claire et dénuée de tout stress :

– Il est presque treize heures et je n'ai toujours pas consommé mon premier verre de vin !

Son visage s'illumine, il met ses mains dans les poches de son pantalon de costume et me fait un clin d'œil. Il a une certaine passion pour l'œnologie et je suis sûre que s'il avait pu déménager en France pour faire son propre vin, il l'aurait fait sans hésiter.

– Une jeune fille de bonne famille ne consomme pas d'alcool…

– Alors je peux affirmer que j'ai été adoptée…

Son sourire s'élargit, puis il se pourlèche discrètement les lèvres et lance dans ma direction :

– Du vin de ma cave secrète contre des gâteaux de crabe ?

Après sept heures de vol et un retour aux sources, je donnerais ma petite culotte pour un verre de vin rouge. Sans compter que le pire reste à venir…

– Affaire conclue, dis-je en lui tendant la main.

Nous nous donnons une poignée de main brève avant qu'il m'attrape et me serre contre lui quelques secondes. Il murmure contre mon oreille :

– Je suis content de te revoir.

– Le sentiment est partagé.

– J'ai hâte de retrouver tes parents.

– Ils arrivent en début de semaine, papa ferme le restaurant exprès pour le mariage.

Lorsque mes parents ont quitté la ville, ils ont mis en gérance le restaurant qu'ils avaient hérité de mes grands-parents. Papa ne voulait pas commencer une autre vie à Philadelphie en laissant tout tomber ici. Ça a pris du temps, mais ils ont pu enfin trouver un fonds de commerce, et maintenant, ils sont propriétaires de plusieurs bonnes tables à Philadelphie et alentour. Je suis tellement fière d'eux. Leur gâteau de crabe est très réputé. Il a été primé dans différentes catégories lors de concours culinaires et salué par les critiques. Notre départ de Black Canyon City nous a été profitable à tous les trois.

– Pars à la douche avant que les crabes ne filent à l'anglaise…

Je lui souris, puis me tourne vers les autres, restés à l'écart. Wendy n'ose plus parler. J'espère que ce n'est pas à cause de ma relation avec M. et Mme Cox, parce que je ne veux surtout pas qu'elle se sente mal à l'aise. Maxence ouvre le chemin et nous fait monter à l'étage afin d'y déposer mes affaires. Nous passons dans le couloir, et mon regard dévie vers l'ancienne chambre de Nathaniel. Un petit pincement point au fond de mon cœur… Maxence pousse la troisième porte, celle de la chambre d'amis, et nous nous y engouffrons en silence, Wendy sur nos talons. Le téléphone de mon ami se met à vibrer, et comme il sort pour répondre, je vois Wendy regarder ses chaussures en se dandinant. Je pose ma valise contre le mur et mon sac à main sur le lit. J'aimerais qu'elle se sente bien en ma présence, qu'elle ne se gêne pas avec moi, et surtout, je ne voudrais pas qu'elle soit stressée parce que, dans quelques jours, elle va vivre le plus beau jour de sa vie avec l'homme idéal. Alors j'ai une technique imparable pour ce genre de situation.

– J'ai hâte que tu me montres ta robe, je suis sûre que tu vas être merveilleusement belle dedans.

– Merci, répond-elle, toute timide. Maxence m'a dit que tu étais frileuse…

Je hausse un sourcil. Qu'est-ce qu'elle veut dire par là ?

– Donc je t'ai tricoté des chaussettes et des moufles.

– Oh… c'est super sympa, merci.

– Je vais te les chercher ! s'exclame-t-elle en sortant de la chambre en trottinant.

C'est au tour de Maxence d'entrer sans frapper, comme à son habitude. Il met ses mains dans les poches et hésite à me parler. Alors, que Wendy ait cette attitude avec moi, OK, mais lui, il me connaît par cœur, il n'a aucune raison d'être gêné en ma présence. À moins que… Je parierais qu'il souhaite engager une discussion sur le fait que je sois son témoin avec Nathaniel.

– Crache le morceau ! dis-je en croisant les bras devant ma poitrine.

– Il n'arrive que ce soir, tard. Je devrais te prévenir, mais…

– Attends, t'es en train de me dire qu'il n'a jamais rencontré Wendy ?

Il ouvre la bouche mais reste en apnée. Les bras m'en tombent. Je me frotte les tempes et me mordille la lèvre.

– Elle n'a aucune chance devant Nathaniel !

– Maman l'a appelé et l'a déjà mis en garde…

– Maxence, allô ! Elle m'a tricoté des chaussettes ! Elle ne survivra jamais face à lui ! T'as oublié quel connard est ton frangin ?

– Il va bien se tenir… J'en suis persuadé. Il ne gâchera pas mon mariage.

– Je l'espère… Tu me diras, peut-être que le fait d'être marié, ça l'a calmé un peu, non ?

Il fronce les sourcils et sourit.

– Détends-toi, poulette, Laurie ne fait plus partie du paysage… Elle ne sera pas là !

– Quoi ?

– Ils viennent de divorcer, elle l'a trompé avec un joueur de tennis de son club.

– NOOOOONNN ???!!! Et t'as osé me cacher un truc pareil ?

Il se met à rire tandis que Wendy entre de nouveau dans la chambre.

– Je ne remercierai jamais assez le Seigneur d'avoir fait disparaître de mon champ de vision cette peste de Laurie Mayer !

– Oh ! Ce n'est pas l'ex-femme de ton frère, bébé ? renchérit Wendy.

– Oh, si… réponds-je. Et heureusement que tu ne la rencontres pas, elle est horrible. C'est une espèce de bimbo avec plus de matière dans les miches que dans le crâne !

Wendy rit et se détend. Maxence me propose de prendre une douche et de les rejoindre en bas un peu plus tard, le temps que je me repose, chose que j'apprécie. Les sept heures de vol et l'angoisse permanente de revoir ce petit con de Nathaniel m'ont vidée de toute énergie, mais j'ai fait une promesse, donc…

***

Aretha Franklin nous accompagne pendant notre digestion sur les canapés. Je n'arrive plus à bouger et ne me souviens pas d'avoir fait une telle orgie de nourriture depuis des lustres.

– Tu as pris le don de cuisiner de tes parents, ma chérie, dit Phoebe, la mère de Maxence.

– J'avais oublié ce goût de paradis, répond son mari en zappant sur le poste de télévision.

Maxence est installé sur un des fauteuils, Wendy dans les bras.

– Je ne peux plus bouger, s'exclame-t-il en enlaçant sa future femme, qui se mordille les lèvres depuis que nous avons fini de manger.

– Sauf qu'on a un mariage à préparer, dis-je en me relevant.

Le visage de Wendy s'illumine comme une guirlande de Noël branchée sur du quatre mille volts.

– Quoi ? répond-il, un peu à l'ouest.

– Et ouais, mon pote ! Tu bouges ta carcasse, car, vu que je suis ton témoin, et en plus une fille, je m'autorise à voir ton costume, et aussi la robe de la mariée ! Alors, on commence par quoi ?

– Oh ! Je veux bien qu'on aille voir ma robe ! s'extasie Wendy.

– Vendu ! On y va.

Elle embrasse langoureusement Maxence avant que je récupère les clés de sa bagnole, sous le regard ahuri de la future mariée.

– Ça aussi, je m'en donne le droit.

– Une rayure et t'es bannie à jamais de ma liste d'amis, rétorque Maxence.

– Viens voir, maman, dis-je en faisant tinter le trousseau dans mes mains.

– Je ne plaisante pas, Emma, tu me la bousilles pas, elle est neuve et…

– Bla-bla-bla, réponds-je en attrapant la main de Wendy et en sortant devant la maison.

Je me réjouis de conduire ce petit bijou. Je n'ai pas manié de volant depuis un bail, depuis que j'ai décidé d'aller au boulot à vélo, ça fait plus de deux ans. Je n'ai donc plus de voiture, mais un fessier d'enfer ! Une fois à l'intérieur de la caisse, je la fais ronronner et avance sur la route. Je coupe la radio et me racle la gorge. Il faut que je parle à Wendy, qu'elle soit à l'aise avec moi comme avec une sœur, il faut qu'elle me fasse confiance parce que quand l'autre énergumène va se ramener, ce ne sera plus aussi détendu qu'en ce moment…

– J'aimerais te dire franchement ce qu'il en est entre nous, avec Maxence, et je… commencé-je.

– Il m'a beaucoup parlé de toi, et je…

– Tu ne crains rien, avec moi. Les sentiments que j'ai à son égard sont purement fraternels. Il est comme un grand frère pour moi, n'aie pas peur de ce qui pourrait arriver, car ça n'arrivera pas. Je le connais depuis que je suis gamine, on a fait les pires conneries ensemble, mais ça s'arrête là. Je n'ai jamais nourri d'autres sentiments envers lui, et je suis vraiment, vraiment heureuse pour vous deux, OK ?

Elle hoche la tête, un brin rassurée. Alors je me lance, parce qu'il faut qu'elle soit prévenue et je pense que Maxence ne l'a pas fait, comme le brave nounours qu'il est.

– Maintenant, je vais te parler de Nathaniel.

– J'ai hâte de le rencontrer et de sympathiser avec lui, ses parents ne font que des éloges sur…

– C'est le plus gros enfoiré du siècle, un énorme méga giga connard. Tu prends Maxence, eh bien, Nathaniel est son opposé, et à l'extrême. Il est imbuvable, vulgaire, narcissique, égocentrique, misogyne, pervers, abruti, débile, c'est une raclure, c'est…

– La vache, t'as pas l'air de le porter dans ton cœur ! Maxence m'a dit que vous aviez des désaccords, tous les deux…

Nerveusement, j'éclate de rire en serrant le volant dans mes mains. Parler de lui reforme mon ulcère, et si je continue, je vais de nouveau avoir de l'urticaire. C'est fou ! Il n'est pas encore arrivé que je m'emballe déjà.

– Il m'a torturée toute mon enfance, putain, ce n'est pas ce que j'appelle des désaccords ! aboyé-je. Tu sais quoi ? J'avais à peine 8 ans quand nous avons emménagé ici. Mon grand-père venait juste de mourir, et Nathaniel a été… infect. Le premier jour de l'école, il a mis une brique de jus de raisin moisi dans mon cartable. Elle s'est ouverte et il y en avait partout dans le sac, sur mes cahiers, sur le sol de la classe. Ça puait tellement que j'en ai eu des haut-le-cœur. J'ai eu vraiment honte, alors je me suis mise à pleurer, et là, ça a été le début de la fin pour moi. Il a vu que j'étais faible et il m'en a fait baver jusqu'à son départ à la fac.

– Waouh…

– C'est peut-être con ce que je vais te dire, mais je n'avais que 8 ans et je venais de perdre le dernier de mes grands-parents, dont j'étais très proche. J'avais juste besoin d'amis, de soutien, et lui… Bref, ce n'était pas le moment de me chercher des noises !

– Tu ne t'es pas défendue ?

– Oh, si… dis-je, le sourire aux lèvres. Avec Maxence, nous sommes devenus de plus en plus proches. On se voyait à l'école, mais aussi en dehors. Il venait dormir à la maison, et moi de même, alors dès que j'en avais l'occasion, je me vengeais pour toutes les crasses que Nathaniel me faisait subir. Une fois, j'ai écrit « Bastard » sur son front, au marqueur indélébile. Il n'est pas allé en cours pendant une bonne semaine, et moi, j'ai encore des crampes d'avoir autant ri.

– C'était la guerre, entre vous, c'est ça ?

– Oui, voilà. C'était perpétuel, et plus on grandissait, plus c'était violent. Donc, juste, reste sur tes gardes avec lui.

– Je vois ça… Maxence ne m'a pas annoncé ça comme…

– Le jour de mes 15 ans, Nathaniel a brandi une culotte devant toute sa bande de copains en disant que c'était la mienne et qu'il avait pris un malin plaisir à me baiser. J'étais tellement choquée qu'il aille aussi loin que je n'arrivais même pas à parler. Les deux frères se sont battus parce que Maxence ne supportait plus les coups bas que me faisait Nathaniel, et là, on parlait de mon honneur… Enfin, le jour où il a annoncé à tout le monde qu'il partait, je crois que j'ai eu mon premier orgasme.

Elle éclate de rire, et je la suis. Je ne parle pas dans le vent, je crois qu'aucune partie de jambes en l'air n'a été aussi bonne que son départ de ma vie.

– C'est un peu compliqué pour moi d'être le témoin de Maxence avec lui, mais je te jure que je vais tout faire pour que ce ne soit pas le carnage.

Elle me sourit et pose sa main sur la mienne en signe d'apaisement, ce qui me soulage un peu. Mais je sais très bien que c'est le calme avant la tempête !

Extrait

JUST SEX & TATTOOS

Mina Zadig

1

– Meri, bouge ton joli cul, on va être en retard !

– J'arrive !

– Mais tu fais quoi ?

Je grogne. Je déteste qu'elle m'appelle Meri. « Meri », c'est parce que je ressemble comme une sœur à Merida, l'héroïne de *Rebelle*. Je suis l'incarnation vivante d'un personnage de Disney et ça me gonfle. Ce qui n'arrange pas mon humeur, déjà passablement mise à mal par une nuit beaucoup trop courte. Je me suis couchée tard, bien trop tard. Si la marmotte que je suis n'a pas au moins huit heures de sommeil, elle n'est bonne à rien. Je suis à quarante pour cent de mes capacités et je me traîne lamentablement derrière Mélanie, ma meilleure amie.

– Je te signale que c'est ta faute si je suis une vraie larve, je lui balance.

– Je ne t'ai pas forcée à boire comme un trou.

– Et alors, je devais faire quoi ? je l'interroge tandis que je la rattrape. Te regarder fourrer ta langue dans la bouche de ton mec d'un soir ?

– T'avais qu'à t'en trouver un. Je te rappelle que mon mec d'un soir avait un pote, et que ce dernier n'attendait que ça.

– Tu rigoles ? Ce type ne ressemblait à rien. Il me bouffait des yeux comme si j'étais un sandwich appétissant. Je le revois passer sa langue sur ses lèvres violacées. Beurk ! J'en ai encore des frissons.

– T'es difficile.

– Absolument pas ! Ce mec n'avait rien pour lui, et encore moins pour moi.

– Tu ne trouveras jamais ton prince charmant si tu t'arrêtes à des détails, continue-t-elle en avançant d'un pas martial.

– Des détails ? Tu te fous de moi ? Parce qu'il faudrait que je me tape tout ce qui bouge pour trouver l'homme de ma vie ? T'es sérieuse ?

– T'es trop sélective.

– Mais n'importe quoi ! Et le type de la semaine dernière ? Et celui de la semaine d'avant ?

– C'est bien ça, le problème.

– Mais quoi, encore ?

– Tu changes trop vite.

– Et toi, non ?

– Non, moi, je sors d'une histoire qui a duré plusieurs mois, alors j'ai du retard à rattraper.

De toute manière, je n'aurai jamais le dernier mot. Mel vient de se faire larguer. Je devrais la plaindre, mais je n'y arrive pas. Je n'ai jamais vu une nana tomber amoureuse aussi souvent.

Ma meilleure amie est une incorrigible romantique qui voit un potentiel prince charmant dans chaque mec qui croise sa route. Si j'avais eu dix euros chaque fois que je l'ai entendue dire : « Celui-là, c'est le bon ! », je serais riche et je me la coulerais douce sur une île, sans rien faire, à boire des cocktails toute la journée, éventée par un beau gosse ou plusieurs. Parce qu'en matière de mecs, nous sommes très différentes.

Si je sais que, statistiquement, j'aurai sûrement la possibilité de rencontrer, un jour, un mec avec qui je ferai un plus long bout de chemin qu'avec les autres – un mec avec qui je pourrais envisager de me caser et d'avoir des enfants –, je ne cours pas non plus après. J'ai le temps. J'ai 24 ans et je viens d'obtenir le boulot de mes rêves. Je ne vais pas m'encombrer d'un petit ami qui m'attendra à la maison le soir et qui finira par poser ses valises et me considérer comme une boniche ou une mère de substitution.

Certainement pas. Je mène ma vie comme je l'entends. Je m'amuse, je me concentre sur mon boulot, je choisis les mecs avec qui je ne fais que baiser et pour une seule nuit. Je sais que le prince charmant n'existe pas, alors pourquoi perdre mon temps à le chercher ? La vie est bien trop courte pour courir après une chimère.

Je rejoins Mel devant une vitrine sombre sur laquelle une enseigne annonce en lettres noires sur fond blanc :

Ombres

– On y est, déclare-t-elle d'un air satisfait.

Je déteste le petit sourire victorieux accroché à ses lèvres.

Cette garce jubile. Si nous sommes devant la vitrine de ce studio de tatouages, c'est que j'ai perdu un pari. Un pari lancé un soir de fête alors que j'avais quatre grammes dans chaque bras, et encore plus dans chaque jambe. Un pari complètement stupide. Nous venions de sortir de boîte et Mel m'a certifié que je ne serais pas capable de rentrer chez moi en Vélib'. J'ai trouvé ça tellement bête que je me suis moquée d'elle, arguant que, si elle n'avait rien de plus compliqué à me faire faire, je la plaignais. C'est moi que j'aurais dû plaindre, parce que j'étais plus alcoolisée que je ne le croyais. En tout cas, beaucoup trop pour tenir en équilibre sur un engin à deux roues même pas motorisé. Qui a dit que faire du vélo, ça ne s'oublie pas ? Ce soir-là, j'ai vraiment tout perdu. Je me suis retrouvée dans l'impossibilité de synchroniser mes pieds qui pédalaient, mes mains qui tenaient le guidon, tentant de maintenir le cap, et mes yeux incapables de se fixer sur le point à atteindre. Alors que Mel se débrouillait plutôt pas mal, je n'ai pas fait cent mètres. Il y avait un virage en descente. Mes doigts n'ont jamais trouvé le frein. J'ai oublié de tourner le guidon et je me suis vautrée en beauté. J'ai hurlé, très fort, et mon vélo et moi avons fini dans un tas de poubelles. J'ai donc perdu et hérité d'un tatouage.

Le motif ? C'est une surprise, puisque nous devons toutes les deux arborer le même. Où ? Là aussi, c'est une surprise. Pas à un endroit trop voyant à cause du boulot, mais je n'en sais pas plus.

– Je suis trop contente qu'on fasse ça toutes les deux.

– Mouais, comme si j'avais le choix, je ronchonne.

– Fallait pas parier.

– Tu savais pertinemment que je n'étais pas en état de monter sur un vélo.

– Oui, peut-être, mais au moins, j'ai eu ce que je voulais depuis longtemps.

– Te faire marquer comme du bétail ?

– Non. Un signe commun pour qu'on se reconnaisse.

– Pourquoi ? Tu comptes changer de visage ?

Elle me regarde quelques secondes pour tenter de comprendre, puis elle pige enfin.

– T'es qu'une crétine. C'est pas ce que je voulais dire. Bon sang, Meri, je te jure que tu peux être obtuse quand tu t'y mets ! Tu sais que je suis fille unique, alors que j'ai toujours rêvé d'avoir une sœur, et tu es arrivée dans ma vie.

Elle devrait plutôt dire que j'ai *déboulé* dans sa vie. Et, pour être plus précise, que je lui suis littéralement tombée dessus. Nous avions 14 ans et étions en troisième. Le plus beau mec du collège m'a invitée à une soirée chez l'un de ses potes. Il me plaisait, alors j'ai accepté. Ça a été aussi ma première grosse cuite. Au milieu de la nuit, je suis sortie pour prendre l'air et je me suis pris les pieds dans un tuyau d'arrosage. J'ai perdu l'équilibre. Mélanie était sur ma trajectoire, alors je l'ai percutée et entraînée avec moi dans la piscine ! Nous nous sommes retrouvées complètement trempées et dégrisées. Après nous être dévisagées de longues secondes, nous avons fini par éclater de rire. Depuis ce soir-là, nous ne nous sommes plus quittées.

Nous nous sommes découvert de nombreux points communs : la musique, le cinéma, mais surtout la littérature. Nous avons suivi le même cursus scolaire, puis universitaire.

Et aujourd'hui, nous bossons dans la même boîte, une maison d'édition où nous pouvons faire ce qui nous éclate le plus : lire, découvrir de nouveaux talents et mettre en avant les œuvres auxquelles nous croyons. La seule différence, c'est que Mel bosse dans la branche romance tandis que je me consacre à la science-fiction et aux romans fantastiques, que j'affectionne tout particulièrement.

– T'es prête ?

– Si je réponds non, j'ai le droit de partir ?

Mel éclate de rire et pousse la porte du salon.

Nous sommes accueillies par du metal. Je ne connais pas le groupe, mais ça dépote. Je trouve ça pas mal, plein d'énergie, même si ce genre de truc à longueur de journée aurait de quoi me rendre dingue. D'ailleurs, la meuf qui nous interpelle depuis son comptoir a l'air d'en avoir beaucoup trop écouté. Elle a un look improbable. On dirait un petit rat de l'opéra maléfique qui sautille jusqu'à nous.

– Bienvenue chez Ombres, mes bichettes. Je me présente : Pénélope. Mais vous pouvez m'appeler Penny, c'est moins long. Vous aviez rendez-vous ?

Si je répondais non, on pourrait annuler et je rentrerais chez moi pour finir ma nuit et recharger mes batteries.

– Oui, Mélanie Coulon et sa meilleure amie, Meri.

– Putain, Mel, j'ai un prénom.

– Camomille ! s'écrie cette dernière, hilare.

– Non, sans blague, tu portes le nom d'une tisane ? s'étonne la danseuse démoniaque. Merde, mais ils pensaient à quoi, tes vieux ?

Je fixe Mel pour bien lui faire comprendre que ce n'est vraiment pas le jour pour me gonfler. Je suis HS, absolument pas prête à me faire tatouer, alors si la gothique commence à s'amuser avec mon prénom, c'est clair, j'abandonne et je rentre.

– Appelle-moi Camille ou Came, et oublie le reste si tu ne veux pas que je me casse.

– Houla… T'es toujours aussi tendue du slip ? s'amuse la digne fille de Dark Vador.

– Oh oui ! Et là, elle est même pas à la moitié de ses capacités.

OK, la coupe est pleine. Je fais demi-tour et je m'apprête à sortir de ce piège à la con quand une main d'homme vient bloquer la porte pour m'empêcher de l'ouvrir et de fuir.

– Et elle va où, comme ça ?

Encore un truc qui me gonfle. Je déteste qu'on m'enquiquine avec mon prénom, mais c'est encore pire quand on emploie la troisième personne pour s'adresser à moi. « Et elle va où ? Et elle fait quoi ? Et elle a une langue ? Et elle comprend ce que je lui dis ? »

– Elle a un prénom, je crache.

– Waouh, et elle est pas commode !

C'est clair, ce type me gonfle. Je le désigne à Mel, qui a beaucoup de mal à se retenir de sourire.

– C'est qui, le p'tit marrant ? Il a bouffé un comique au petit déj ? je râle.

– Oh non, là, il fait un effort, s'esclaffe Penny. Je te présente Thunder !

Thunder ? Et moi qui me plaignais de mon prénom ! Ce mec s'appelle « Tonnerre », nom de Zeus ! Je lève les yeux sur le type qui me dépasse d'une bonne tête et, il n'y a pas à dire, je suis sidérée. Ce mec est une bombe atomique. Le genre de gars qui pourrait me faire mouiller ma petite culotte en quelques secondes. Il me paraît gigantesque. Il est très grand et fin, même si son tee-shirt laisse deviner un torse musclé. Je ne parle même pas de ses cuisses, que son jean dessine admirablement. Autre chose, il a la peau dorée et un visage qui me font dire qu'il est d'origine indienne. Pas de l'Inde, mais plutôt du style apache ou iroquois, pour les quelques tribus dont je connais le nom. Il sort tout droit d'un western avec ses longs cheveux noirs et lisses, qui coulent sur ses épaules et dans son dos. Je me répète, il est vraiment sidérant. Mais voilà, il est tatoué. Hilarant quand on sait que c'est exactement ce que je viens faire ici. Non, quand je dis « tatoué », c'est qu'il l'est vraiment beaucoup. Hormis son visage, toutes les parties de son corps que j'aperçois sont recouvertes d'encre, et je n'ose même pas imaginer ce que je ne vois pas.

– Elle a buggé ? s'inquiète-t-il.

– Ouais… Oh ! Meri, t'es avec nous ?

– C'est moi qui lui fais cet effet-là ? demande encore Thunder.

Il a un accent américain prononcé.

– Meri ? Faut que tu reviennes sur terre !

Mais qu'est-ce qu'elle me fait ? J'entends, je suis là, bon sang !

– Arrête de brailler, je m'agace en me tournant vers Mel. Bon, on est là pour faire la causette ou pour se faire tatouer ?

C'est gagné. Petite repartie « triple action » : la danseuse maléfique est retournée derrière son comptoir, j'ai vexé Mel, et le beau gosse semble plutôt amusé, même s'il n'en rajoute pas. Heureusement pour lui.

– Vous me suivez ?

– Où ça ? je demande.

– Te faire tatouer, banane, lâche Mel, encore sous le coup de ma réplique cinglante.

D'accord, elle est vraiment énervée et emboîte le pas à Thunder sans m'adresser un regard de plus. Super !

Je suis le mouvement et entre dans une petite pièce blanche, carrelée jusqu'à un mètre du sol. Les murs sont recouverts de dessins en tous genres, des petits, des grands en couleur ou en noir et blanc. Ils sont de styles divers et représentent des dragons, des têtes de mort, des pin-up, des bateaux, pour ne citer que ceux-là. Une chose est certaine : les artistes qui les ont dessinés ont beaucoup de talent. Les murs sont également habillés d'étagères qui supportent différents produits et du matériel : de petites fioles aux bouchons multicolores que je suppose être de l'encre, des boîtes de compresses, des rouleaux de film transparent et d'autres choses que je n'identifie pas.

En revanche, ce que j'identifie très bien, c'est que le grand brun a enfilé une paire de gants en caoutchouc et qu'il nous désigne deux fauteuils disposés l'un à côté de l'autre.

Parce que c'est lui qui va nous tatouer ?

addictives

Romans déjà parus

Rose Becker
Le Bébé, mon milliardaire et moi (aussi en poche)
Torride, sexy & dangereux
Forever You – saisons 1 et 2
Dangerous

Phoebe Campbell
Tes ordres sont mes désirs – poche
Lui résister… ou pas – l'intégrale
You Again
Single Daddy. Try Me if You Can

Mia Carre
Bad for You
Teach Me Everything
Charmant connard !

Mélodie Chavin
Campus Rules
Fucking Wedding

Olivia Dean
À lui, corps et âme – volumes 1 et 2 – poche

Emma Green
Toi + Moi : L'un contre l'autre (aussi en poche)
Toi + Moi : Envers et contre tout (aussi en poche)
Toi + Moi : Seuls contre tous (aussi en poche)
Call Me Baby – volumes 1 et 2
Call Me Bitch
Love Me if You Can
Kiss Me if You Can
Bliss. Le faux journal d'une vraie romantique – volumes 1 et 2
Jeux interdits
Jeux insolents
Jeux imprudents
Une toute dernière fois
Fallait pas me chercher ! – volumes 1 et 2

Corps impatients (aussi en poche)
Cœurs insoumis (aussi en poche)
Âmes indociles (aussi en poche)
Cent facettes de Mr Diamonds – l'intégrale
Bliss. Le faux journal d'une vraie romantique – l'intégrale
(Im)parfait
Love Me if You Can – l'intégrale
Kiss Me if You Can – l'intégrale
It's Raining Love!
The Boy Next Room
Call Me Baby – l'intégrale
Call Me Bitch – l'intégrale
PS: Oublie-moi!
Fallait pas me chercher! – l'intégrale
Recherche coloc: emmerdeurs, râleurs, lovers… s'abstenir!
10 bonnes raisons de te détester!
Just 17
Love & Lies on Campus
Bien plus forte que toi!

Kim Grey
Insolent Bastard

Megan Harold
Sublime-moi! – poche
Breaking the Rules
Initiation with my Boss

Amy Hopper
Gone Boy
Le Coloc

Julie Huleux
Alpha Player

Charlie Lazlo
Mon insupportable boss
Kiss Me I'm Famous – poche

Sienna Lloyd
Mords-moi!

Caroline Mongas
Mariage forcé. Un contrat indécent

June Moore
Étreinte – volumes 1 à 3

Zoé Murat
Stepbrother Love
Boss Me Around

Clara Oz
Arrogant

Lise Robin
Infiltrée. Sex, Drugs & Danger
Love Scandal
Forbidden Stepbrother – poche

Gaëlle Sage
Kiss, Kill & Ride

Ana Scott
Dark Ride
Last Ride
Vicious Ride
The Dominant
Evil Ride
Sensual Stepbrother

Camilla Simon
Le voisin parfait est un enfoiré
Initiation with my Enemy

Ève Souliac
Sexy Mistake

Liv Stone
Love Lessons

Lisa Swann
Adore-moi ! – l'intégrale

Louise Valmont
Toi & moi, c'est compliqué !
Campus Initiation

Chloe Wilkox
Extreme Lover – l'intégrale
Immoral
Your Game, My Rules – poche
Dominant Boss. Apprends-moi
The Virgin's Price

Luv

Romans déjà parus

Ana K. Anderson
Indompté
Scottish Bastard

Sophie Auger
Be with Me

Sonia Birdy
L'Initiation
Touchdown. Campus Star

Laura Black
Dark Initiation
Games of Desire
H.A.R.D. Hot, Arrogant, Rebelle, Déterminé
Sulfurous Bad Boy

Margot D. Bortoli
Too Young

Juliette Brunel
Delicious

Anne Cantore
Promets-moi. Louise et Marco

Sarina Cassint
Avec toi… peut-être
Insolent Boss

Mary Ann Davis
Coach Me Love

Nora Davy
Don't Resist

Gwen Delmas
Noël, toi & moi
Perfect Boss
Sex Friends. Pas de contraintes, que du plaisir !

Cléa Dorian & Ninon Vars
Dark Love

Laurie Eschard
Love Naked

Lil Evans
Savage Rider
Crash & Burn
Boss Affair

Lou Everly
Bad Boy Crush – poche

Lou Garance
Can You Keep a Secret?

Alexandra Gonzalez
Shades of You

Erin Graham
Teach Me Love
The Boss
Secret Stepbrother
Strong Addiction
Coloc avec mon boss

Joh Harper
Crazy Love

Marie Hayle
Under Control

Emma S. James
Under the Rain

Iris Julliard
Catch & Shoot

Lucie F. June
Fight with Darkness

Sara June
Rider in the Dark
Sexy Wild Rider

Lena Jung
Mon coloc, mes désirs & moi

Emily Jurius
Love to Hate You

Allie Krown
High School Challenge

Marion Laurent
Mr Alpha

Pauline Libersart
Tiger. Entre ses griffes

Nina Loren
Breaking the Ice

Ella Lores
Mariée par accident à un connard arrogant rencontré la veille...

Jessica Lumbroso
Emma X. Secrète et insoumise

Lili Malone
Coloc avec un inconnu

Mila Marelli
Dark Man in Love
Crazy Wedding

Mag Maury
Fast Games
No Love, No Limits
My Hipster Christmas

Alix Parks
Never Kiss the Boss

Jeanne Pears
Insupportable coloc
Colocs & Sex Friends
H.O.T. Hypnotique, Obstiné, Ténébreux

Alexia Perkins
Arrogant Fake Lover

Sophie S. Pierucci
L'Inconnu de l'ascenseur & Moi (aussi en poche)
My Stepbrother. L'initiation
Deep & Dark – poche

Silvia Reed
Darkest. La dernière heure
Too Close

Anita Rigins
No Rules
My Rules

Avril Rose
Coffee, Sex & Law

Jana Rouze
Effet de vague – saisons 1, 2 et 3

Wendy Roy
Une seule fois (ou presque)

Ana Scott
À corps brisés

Léana Soal
Fight & Hope

Cara Solak
Perfect Obsession

Izia Soley
Fauve

Liv Stone
Initie-moi. Mes jours contre tes nuits

Lena K. Summers
Perfect Bad Boy
Donovan. Roi des connards

Kaly Swann
Austin. Breathe with Me

Alexane Tolley
The Boss Rules – poche

Lily Tortay
Dance for Me

Flore Valier
Ta peau contre la mienne

Anna Wendell
Arrogant Bad Boy
Apprends-moi le désir
Colosse. Le maître du jeu

Mina Zadig
Just Sex & Tattoos

Coloc avec un inconnu
Lili Malone

Un appart, une coloc surprise, beaucoup d'étincelles !
Élodie est indépendante, libre, et elle veut profiter de la vie comme elle l'entend ! Son dernier coup de tête ? Des vacances à la montagne avec ses meilleures amies, Amanda et Kelly. L'imprévu ? Le chalet est déjà occupé par Luc et ses potes. Et entre Élodie et Luc, c'est électrique dès la première seconde ! Au programme des vacances : confrontation, sensualité et boules de neige… La guerre est déclarée, tous les coups sont permis ! Et si c'était le désir qui sortait vainqueur ?

Auteure : Lena K. Summers

Edisource – Éditions Addictives
100, rue Petit, 75019 Paris
Imprimé par FINIDR – Lipova cp. 1965 – 73701 Cesky Tesin,
République tchèque
Dépôt légal : octobre 2021 – Achevé d'imprimer : septembre 2021
ISBN : 978-2-37126-454-0
Réf. contrat : ZENN_001